孝머니스트 명강사 박덕순 약사의

행복한
인생을 위한
처방전

박덕순 지음

도서
출판 행복에너지

행복한
인생을 위한
처방전

초판 1쇄 발행 2017년 11월 1일

지 은 이 박덕순
발 행 인 권선복
편   집 천훈민
교   정 천훈민
디 자 인 이세영
마 케 팅 권보송
전 자 책 천훈민
발 행 처 도서출판 행복에너지
출판등록 제315-2011-000035호
주   소 (157-010) 서울특별시 강서구 화곡로 232
전   화 0505-613-6133
팩   스 0303-0799-1560
홈페이지 www.happybook.or.kr
이 메 일 ksbdata@daum.net

값 20,000원

ISBN 979-11-5602-541-2   03810

도서출판 행복에너지는 독자 여러분의 아이디어와 원고 투고를 기다립니다. 책으로 만들기를 원하는 콘텐츠가 있으신 분은 이메일이나 홈페이지를 통해 간단한 기획서와 기획의도, 연락처 등을 보내주십시오. 행복에너지의 문은 언제나 활짝 열려 있습니다.

孝머니스트 명강사 박덕순 약사의

행복한
인생을 위한
처방전

박덕순 지음

도서
출판 행복에너지

CONTENT

힐링매니저 박덕순입니다!

손약국 사람들

선한 영향력을 가진 리더

한 알의 밀알이 키운 큰나무

사랑하는 딸들에게

부록

효머니스트 박덕순 약사의 편지

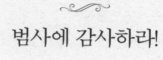

범사에 감사하라!

"항상 기뻐하라 쉬지 말고 기도하라 범사에 감사하라.
이는 그리스도 예수 안에서 너희를 향하신 하나님의 뜻이니라."
살전 5장 16~18절

'감사'는 만병통치약이다

내가 제일 좋아하는 성경 말씀은 '범사에 감사하라!'이다. 행복, 감
사, 연민, 배려, 사랑 같은 긍정적인 정서는 건강에도 좋다. 스트레스

호르몬인 코르티솔의 분비를 억제하고 스트레스 대항 호르몬 분비가
증가한다.

'감사'만큼 몸에 좋은 약도 없다. 특히 '감사'는 아주 강력해서 마치
아침식사를 하듯 스트레스를 먹어 치운다고 한다. 진정으로 감사하
면 그 에너지 파장이 전신에 미쳐 신경계와 모든 세포활동이 원활해
진다. 저절로 노화 억제 호르몬이 증가하니까 두뇌 기능이 활성화되
고, 혈압이 낮아지며 면역기능이 강화된다. 아플수록 긍정적으로, 감
사하며, 행복하게 살아가야 하는 이유다.

사람들은 내게 왜 이렇게 잘 웃느냐고 물어본다. 늘 눈꼬리에 웃음
을 달고 사는 내게는 힘들거나 아픈 일은 전혀 없을 것처럼 보인다고
말씀하기도 한다. 잘 웃는 나를 보면서 인생의 쓴맛과 신맛 따위는
절대 맛보지 않았을 사람으로 생각하는 분들도 계신다. 어느 유복한
집 장녀나 맏며느리로 여기시는 분들도 많다.

단골들이나 지인들은 내가 빼어난 미인은 아니지만 아마도 잘 웃
기 때문에 예쁘게 봐주시는 것 같다. 나를 가리켜 '미스코리아 약사님'
이라고 부르시는 어르신들에게 방긋 웃으며 내가 드리는 말이 있다.

"인생을 살면서 오미자처럼 신맛, 단맛, 짠맛, 쓴맛, 매운맛 다 본
사람이 바로 접니다!"

우스개 같은 내 대답에 사람들은 아주 재미난 이야기를 들었다는 듯이 또 껄껄 웃음을 되돌려 주신다. 인생의 모든 맛이 더해진 지금의 내 삶은 향취가 깊은 오미자처럼 마음과 몸을 이롭게 만들고, 긍정적으로 변화시켰다.

나도 인간인데 왜 슬픔과 어려움, 고난이 없었을까? 지난 삶을 떠올리면 내게도 힘든 때가 많았다. 단 한 번도 마음 편하게 마른자리, 꽃자리만 골라 다니는 삶을 산 적 없다. 여섯 살 어린 나이에 아버지를 잃은 여자애가 얼마나 인생이 안온하고 행복했을까? 커다란 맥락에서만 본다 해도 쉬운 인생은 아니었음을 누구라도 쉽게 그릴 수 있을 것이다.

홀어머니 밑에서 가난이라는 것도 겪었고, 홀시아버지의 모진 시집살이도 겪었다. 1인 3역을 하는 워킹맘으로 애면글면 가슴 졸이며 살았던 시간도 많았다. 여성이라는 이유로 받았던 편견과 차별에 좌절하기도 했었다. 하지만 항상 마지막에는 난 늘 웃고 있었다. 그 이유는 늘 감사하면서 살았기 때문이다.

감사하면 모든 것이 기쁘다

살아있음에 감사해하고, 지극히 고요하면서도 평온하게 죽음에 이르는 과정을 향해 나아가는 것조차 감사해하다 보면 이 세상에서 일어나는 모든 것들이 전부 기쁠 수밖에 없다. 내 긍정적인 사고와 뭐든 감사하게 받아들이고, 도전하고, 실천하는 행동은 모두 학같이 고아하면서도 국화처럼 향기롭게 삶을 살고 계시는 내 어머니가 물려주신 것이다.

"고난이 네게 유익이라!" 어머니가 자주 들려주시던 또 하나의 성경 말씀이었다.

어쩌면 이른 나이에 올망졸망한 자식들을 남겨두고 떠나간 남편을 대신해 세상과 온몸으로 부딪혀야 했던 어머니께서 당신 스스로에게 주문처럼 거셨던 말씀이었는지도 모른다. 나는 늘 하나님과 어머니의 가르침대로 새로운 일에 대한 호기심과 열정으로 내게 닥친 두려움과 머뭇거림을 떨쳐나갔다. "일단 부딪쳐 보자!" 그리고 "최선을 다해보자!"라는 도전 정신이 지금의 나를 있게 했다고 장담한다.

많은 사람들이 아파하는 시대다

내 '직職'은 약사다. 하지만 내 '업業'은 웃픈애써서라도 웃고 싶은 사람들이 진짜로 웃을 수 있도록 만드는 힐링매니저라 생각한다. 나는 남을 치유하고, 그들을 웃게 만들고 싶어 한다. 젊은 대학생들에게 조언을 건네는 교수이자 멘토로, 도민들에게 희망을 건네는 정치가로, 아프고 가난한 지역의 이웃들에게 그 틈을 채우는 사회봉사자로 살고자 늘 노력하고 있다.

요즘 사람들은 너무도 쉽게 마음을 다친다. 서로에게 감사해하고, 칭찬하고 위안을 건네는 것이 어렵다. 차라리 내 탓을 남 탓으로 미루고, 악다구니를 치거나 비난하는 것이 더 쉽다. OECD 회원국 중 자살률 1위를 기록하는 나라의 국민들의 마음은 가난하다. 도무지 뭘 해도 흥이 나지 않고, 행복하지 않다고 푸념한다. 그렇다고 소득 수준이 낮아진 것도 아니다. 하지만 소득 수준이 늘어도 자살자가 급증했다는 것은 더 이상 성공이 인생의 최고의 가치가 아님을 반증한다. 그래서 나는 지인들에게 '행복하세요!'라는 말을 자주 사용한다. 두 딸들에게 '성공해라!'라는 말 대신 모든 일에 '최선을 다해라!'라고 한다.

성경에는 '성공'이라는 단어가 단 한 차례도 등장하지 않는다고 한다. 비슷한 단어를 찾아보면 '잘됨'이라는 단어가 한 번, '잘되고'라는 표현이 두 번만 나올 뿐이다.

'성공하는 것'과 '잘되는 것'은 같지 않다

'목적'을 이루기 위해 '과정' 자체를 무시해도 되는 것이 성공하는 것이라면 '과정' 자체부터 좋아서 '목적'까지 좋은 것이 잘되는 것이다. 우리의 소중한 삶을 제물로 바치고 얻은 성공은 아무리 해도 행복을 대체할 수 없다. 사람에 대한 믿음과 희망, 용기와 아름다움을 죽이는 것이 더 쉬운 킬링의 시대를 맞이할수록 사람들은 역설적으로 힐링을 더욱 더 원하게 된다.

나는 건강과 자신감을 잃어버린 사람들을 수없이 만났다. 모든 이들을 다 치유할 수는 없었지만 적어도 내게 온 이에게 따뜻한 위로와 감동 어린 치유법을 건네고 싶었다. 그리고 어느 정도는 성과가 있었다고 생각한다.

하지만 아무리 내가 친화적인 화법과 약사로서의 전문지식으로 아픈 사람들을 포용한 채 치유해주는 '개인적 힐링'을 행한다 하더라도 체계적이고 광범위하게 할 수 있는 '사회적 힐링'을 좀처럼 따라갈 수는 없다. 인간은 사회적 동물이다. 우리가 속한 이 사회의 모든 병증들을 치유한다는 것은 불가능하며 개인의 고통과 아픔을 모두 없앨 수는 없다.

그것이 나를 둘러싼 지역 사회, 더 나아가 경기도, 미래의 대한민국을 위해 무슨 일을 할 수 있을 것인지 늘 고민하고, 도출된 문제점을 해결하기 위해서 활동하는 이유다. 나 역시 세상의 많은 사람들로부터 치유를 받았던 사람이다. 그래서 이제는 내가 할 수 있는 치료법으로 이들에게 다가서고 싶다.

승자독식의 논리, 이기주의, 물질 만능주의, 절대주의, 박탈감, 위화감, 소외감 등 사회에 만연한 독소를 빼내 사람들과 사회와 국가가 건강해지는 날이 올 때까지 나는 오늘도 다양한 처방책을 찾고, 아픈 사람들을 맞이하고, 그들을 위해서 기도할 것이다.

나는 약만 잘 조제하고 판매하는 약사가 아니라 사람들과 소통하며 감동케 하며 세상 속에 숨은 병증을 찾아내어 치유시키는 약손을 가진 따뜻한 약사가 되고 싶다. 성경에 나오는 '선한 사마리아인'처럼……

ㅣ 의왕역 주변의 왕송호수 전경

항상 도전하고,
발전해나가려는 진정한 약사

지역약사로서의 역할을 다하면서, 현실에 안주하지 않고, 끊임없이 공부하고 자기발전 위해 노력하는 모습이 주변의 많은 약사들의 귀감이 되어 왔는데 이번에 자서전인『행복한 인생을 위한 처방전』을 읽어보니 그간의 걸어오셨던 길들을 돌아보며, 감동도 되고, 큰 자극도 되었습니다.

평시 효와 섬김의 삶 그리고 모든 일에서 불타는 열정, 항시 자신감이 넘치는 도전정신이 이 책에 올곧게 나타나 있습니다.

30년 동안 전문직업인 지역약사로서 고객을 평생지기 친구이자 가족으로 생각하며 힐링과 효孝를 실천하는 약국 그리고 다시 찾고 싶은 행복한 약국인 '손온누리약국'의 이야기는 약사의 직업은 약국을 운영하면서 고객의 건강증진 위해 노력할 뿐 아니라 더 나아가 행복까지 안겨 주어야 한다는 업業의 정신으로 일구어온 약국의 이야기입니다. 이제 『손온누리약국』은 전국의 동료약사들이 자주 찾아오고, 약대 재학생들이 인턴과정에서 가고 싶은 약국이 되었습니다.

앞으로도 지역약국, 단골약국으로 더욱 승승장구하시리라 믿고, 다양한 강사로서의 역할도 응원합니다.

많은 후배 약사들에게 귀감이 되는 좋은 책이라고 생각됩니다.

온누리H&C 대표이사

박종화

나의 동지이자 멘토이신
박덕순 약사님

이십 년 전 처음 부산에서 당신의 강의를 들었을 때 열정을 다해 강의하는 모습을 보고 옆에 계시는 선배님들이 "배 약사와 똑같은 약사님이 계시네"라고 말씀하셨습니다. 인사를 나누고 함께 스포라녹스 펄스요법 강의를 전국을 다니면서 하게 되었고, 그때의 우정이 지금까지 서로에게 힘이 되어 주는 인생의 동지이자 친구이신 박덕순 약사님!

당신의 소중한 책 속에는 30년 이상의 인생길이 그대로 있어서 너무 감동 받았습니다. 그 많은 일들을 할 수 있는 그 탁월한 능력은 하느님이 주신 것이라고 생각했습니다. 약국에서 오랜 세월 정성을 다해 환자분들과 끊임없이 소통하는 모습을 보면서 당신은 진정한 약사이며 참으로 훌륭한 약사님이라고 생각했습니다.

지역사회에서 봉사하면서 항상 최선을 다하고 적극적으로 문제의 핵심을 해결하는 분, 지역의 오피니언 리더로 지역을 사랑하는 분, 이 모습이 바로 박덕순 약사님의 모습입니다.

　박덕순 약사님은 미래에 대한 올바른 판단과 예지력도 가지고 계십니다. 이 시대가 요구하는 그리고 자신이 가장 잘할 수 있는 분야를 찾아 내어 노인들에게 행복을 줄 수 있는 엘림요양원을 운영하시는 모습에서 당신은 훌륭한 약사님이심을 알 수 있었습니다.

　어머님에게는 효를 실천하시는 분, 부부간의 사랑하면서 살아가는 모습, 자녀들에게는 현명한 엄마로서 최선을 다하시는 그대의 모습에서 참으로 배울 점이 많은 훌륭한 약사님이십니다.

　이 모든 것을 이루신 당신이 참 잘하신 일 중 하나는 효머니스트 명강사로 강연을 한 것입니다. 이 사회 곳곳에 당신의 열정적인 강의가 필요합니다. 행복이 필요한 사람들에게 힘을 주는 강의를 많이 하여 사회에 힘을 불어 넣어주고 응원해 주는 진정한 멘토가 되어 주십시오.

　이 사회에 꼭 필요한 당신이 해낸 많은 일의 노하우를 약사사회 후배들에게도 알려주세요. 매년 당신의 새로운 도전과 활동이 더욱 기대됩니다. 당신을 늘 응원합니다. 동시대에 이십 년간 박덕순 약사님과 같이 할 수 있어서 나는 행복한 약사입니다.

동지이자 친구 裵信子 약학박사

어머니께 드리는 글

나뭇잎이 울긋불긋 물들어 대지에 고이 낙하할 준비를 합니다. 어머니 약국 옆 전통시장에는 어느새 농부가 수확한 햇곡식이며 햇과일이 당당히 제자리를 차지합니다.

수확의 계절 가을, 사람들은 저마다 나름의 결실을 맺습니다. 누군가는 벼를 거두고 누군가는 사과며 배며 감을 땁니다. 그리고 삶에 있어 보이지 않는 무형의 기억과 나눠온 마음과 소중히 펼쳐온 뜻을 가지런히 글로 거두어 추수하는 이도 있습니다.
그 분이 바로 저의 사랑하는 어머니이십니다.

사실 제 어머니는 비범하고 부지런한 분이셔서 매일 매일 유형의 농사와 무형의 농사를 지으시는 분이십니다. 어머니는 비가 많이 내리는 날에는 밭에 심은 작물들이 해를 입지 않을까, 날이 많이 쌀쌀한 날에는 약국을 찾아주시는 분들과 요양원 어르신들께서 몸 상하진 않을까 걱정하십니다.

어머니는 늘 분주히 기다리는 이들이 있는 곳으로 발걸음을 옮깁니다. 그리고 손을 뻗어 그네들을 보듬습니다.

어머니는 이렇게 다양한 농사를 짓다 보니, 가을뿐만 아니라 다른 계절에도 추수를 하십니다. 상추, 깻잎, 호박, 감자, 매실, 앵두, 복숭아, 고추, 고구마, 배추, 사람들의 감사 인사, 악수, 미소, 포옹, 따뜻한 마음 등등을 거두며 어머니는 소녀처럼 해사하게 웃으십니다. 추수한 것들은 단정히 정리를 하고 필요한 이들과 함께 나누십니다.

올가을에 어머니의 손끝에서 나온 글은 어머니의 생애 몇 번째 결실일까요? 저는 감히 헤아리지 못합니다. 다만 어머니가 정성스레 길러낸 글 열매가 향기롭고 보암직하고 읽음직하여, 손에 든 이들이 한입 베어 물면 청량하고 풍성한 과즙이 흘러나와 누군가의 마음을 가득 채울 수 있기를 소원합니다.

마지막으로 어머니의 또 한 번의 추수를 마음 깊이 축하드립니다.

어머니 사랑합니다. 당신을 늘 응원합니다.

큰딸 임지영 올림

힐링매니저
박덕순입니다!

크고 은밀한 기적을 만드는
긍정과 감사

유년의 뜨락

　나는 1959년 11월 21일 성북동에서 태어났다. 한창 김장을 하느라 바쁘셨을 어머니를 고생스럽게 만들면서 태어난 3남 3녀의 넷째이다. 바로 위로 아주 개구졌던 쌍둥이 오빠들이 있었다. 형제들이 북적거리는 다복한 집안을 이끌어 가셨던 부모님은 어린 내 눈에도 퍽 다정한 한 쌍으로 보일만큼 금슬이 좋으셨다. 결혼 생활 12년 동안 6남매나 두었으니 더 말할 필요도 없을 것이다.

　아버님은 경기도청 공무원으로 재직하셨고, 어머니는 교사 출신의 가정주부셨다. 원체 아이들을 좋아하셨던 두 분은 지극한 사랑과 관심으로 우리들을 낳고 키우셨다.

　나는 쌍둥이 오빠를 든든한 기둥으로 삼아 우리 동네에서는 또래 친구들에게 골

I 1959년 11월 21일생, 나의 돌 사진

목대장 노릇을 했다. 당시에는 텔레비전이 있는 집이 드물었기에 저녁 시간이 되면 우리집 넓은 대청마루에 동네 친구들이 모여 함께 텔레비전 방송시간을 기다리던 생각이 난다. 나는 롤 모델이었던 쌍둥이 오빠들을 따라 구슬치기, 딱지치기도 하고 고무줄, 줄넘기를 하면 너무 잘해서 항상 깍두기를 해야 했던 **"당차다"는 말을 자주 듣던 소녀였다.**

성북동에 있던 우리 집은 넓은 기와집이었다. 방이 여섯 개나 있는 큰 한옥에는 커다란 대청마루가 있어서 형제들이 우르르 몰려다니며 그곳에서 장난을 치곤 했다. 유복했던 그 시절, 어린 내게도 즐겁고 신났던 추억들이 꽤 많았다.

공무원이셨던 아버지는 저녁 일곱 시면 정확히 퇴근하셔서 온 가족이 둘러 앉아 저녁을 먹었다. 저녁을 다 먹으면 꼭 집 인근에 있는 경신고등학교 야산으로 산책을 나갔다. 그 야산에 흐드러지게 피어 있던 아카시아 꽃들이 생각난다. 그래서인지 지금도 봄이 되면 그 시절 맡았던 아카시아 꽃향기가 코끝에서 슬며시 느껴지는 것 같아 마음이 아리곤 한다.

소풍을 간 듯 즐겁게 언덕에 둘러앉은 우리 가족들은 아카시아 잎을 따서 가위바위보를 하며 한 잎씩 떼어내고 마지막 잎을 따는 사람이 술래가 되는 놀이를 하기도 했다.

이겨서 키득거리는 오빠, 져서 울먹거리는 언니를 흐뭇하게 바라보던 부모님의 모습이 기억난다. 굳이 밥을 먹어서가 아니어도 포만감을 느끼는 표정을 하셨던 아버지와 어머니. 정말 평범했지만 행복했던 일상 속 한때의 풍경이었다.

하지만 이 행복은 그리 오래 가지 못했다. 6살 되면서 맞았던 봄의 초입 즈음이었다. 갑자기 직장에서 아버지께서 쓰러지셨다는 소식이 전해졌다. 나는 어머니와 형제들과 함께 집 근처에 있는 우석대학병원으로 달려갔다. 당시 아버지는 대통령 선거를 앞두고 며칠째 집에 들어오지 못할 정도로 격무에 시달리고 계셨다. 과로로 인해 간경화가 생겼다고 한다. 아버지는 쓰러지신 후 한 달 동안 병실 신세를 졌다. 아버지는 결국 깨어나지 못하셨고, 그 온화한 눈빛으로 우리를 보시는 모습을 보여주지 않으셨다. 의식을 회복하지 못한 아버지는 그토록 사랑하는 가족들의 모습을 끝내 눈에 담아보지 못하셨다. 쉬이 짐작하기는 어렵지만 어여쁜 아내와 귀여운 자식들을 남겨두고 떠나가야 했던 아버지의 맘도 말이 아니었을 것이라 생각한다.

천상병 시인의 「귀천」의 시구처럼, 아버지는 너무도 짧지만 아름다운

I 어린시절 단란한 가족사진

소풍을 끝내고 하늘로 돌아가시고 말았다. 여섯 살인 내가 얼마나 '죽음'에 대해 잘 인식을 했을까 싶다. 아버지가 비록 의식은 없지만 병원에 살아 계시는 동안에도 아버지와의 이별이 그토록 가까이 다가왔는지 감히 생각지도 못했다. 그만큼 철없을 정도로 나는 어린 아이였다.

자주 어머니를 따라 자주 병원에 갔는데 그때마다 나는 누워 계신 아버지를 보면서 '얼마나 피곤하시기에 이렇게 오래 주무시지?' 하고 생각했었던 것 같다. 딸기가 귀했던 시절임에도 설탕에 재운 맛있는 딸기를 마음껏 먹을 수 있다는 사실에 즐거워했던 것이 어렴풋하게 기억난다. 쓰러진 남편 곁에서 아무것도 모른 채 천진난만한 얼굴로 딸기를 맛있게 먹는 딸을 보는 어머니의 마음은 얼마나 쓰라렸을까. 그때를 되돌아보면서 당시의 내가 차라리 십 대 정도의 나이였다면 얼마나 좋을까 하고 생각한 적이 있다. 어머니를 훨씬 더 진심으로 위로했을지도 모른다. 떨리는 손길을 따뜻하게 마주 잡아줬을지도 모른다.

l 육남매와 어머니   l 혜화초교 시절

어느 날 병원에 계시던 아버지께서 집으로 돌아오셨다. 집으로 돌아오신 아버지는 여전히 안방에 쳐진 병풍 뒤에서 계속 주무시고 계셨다.

시간이 지난 후, 아버지가 누워계신 안방 문틈 사이를 어쩌다 보니 들여다보게 되었다. 어른들이 잠자고 계시는 아버지께 하얀 새 옷을 갈아입히고 있었다. 그리고 흰 천으로 몸을 감기 시작했다. 그런 아버지 곁에서 어머니는 눈물을 흘리시며 아버지가 아프실 수 있으니 살살 감으라고 친척 어른들한테 부탁을 하고 계셨다.

하지만 나는 울지 않았다. 왜냐하면 아버지는 주무시는 것일 뿐이었으니까. 한숨 잘 주무시고 나셔서 일어나시면 내 머리를 쓰다듬으며 '말썽꾸러기 강아지'라고 불러주실 것이라 믿었다.

아버지가 흰 새 옷을 갈아입으신 다음 날, 쌍둥이 오빠들은 새하얀 영구차 앞에서 상복을 입고 머리엔 두건과 새끼줄을 맨 채 자신의 키보다 큰 지팡이로 칼싸움을 하고 있었다. 어머니는 흰 상복을 입으시고 영구차를 붙들고 하염없이 눈물을 흘리고 계셨다. 그 와중에 초등학교 일 학년에 갓 입학한 언니는 새 옷을 입고 학교에 가겠다고 떼를 쓰고 있었다. 그 순간, 나는 불현듯 겁을 집어먹었던 것 같다. 뭔가가 이상하고 불편한 느낌이었다. 그리고 정확하게 알지는 못했지만 쓸쓸하면서도 불안한 마음을 갖기 시작했다.

아주 커다란 것을 잃어버린 듯한 자각. 눈에 뜨거워지고 목이 아파왔다. 울고 있는 어머니의 모습이 무성영화처럼 흐려졌다. 나중에 보니까 나도 모르게 따라 울고 있었다. 그렇게 나는 영화의 한 장면처럼 이렇게 아버지와 작별을 했다.

향그러운 추억, 아버지

아주 어릴 때 헤어진 아버지를 떠올리면 제일 먼저 꽃이 떠오른다. 즐겁게 산책을 하다가 아카시아 꽃이라도 보고 향을 맡으면 자동 반사적으로 아버지가 연상됐다. 보통 여자들을 꽃에 비유하는 게 정석이지만 아버지만큼 꽃과 잘 어울리는 남자를 이때껏 만나 적이 없다. 감수성이 풍부하시고 다감하셨던 아버지는 유난히 꽃을 좋아하셨다. 아버지에게 어머니는 최고로 어여쁜 꽃이었다. 우리 형제들은 애지중지하며 다지고 가꾼 귀중한 꽃밭이었다.

우리 집 마당에는 포도나무, 수국뿐만 아니라 이름 모를 화초 또한 늘 가득했다. 바쁜 직장 생활을 하시는 와중에도 집 화단의 화초는 손수 가꾸셨다. 화단에 포도가 주렁주렁 열려서 아주 신나하는 나를 보며 입꼬리를 스윽 올리시던 아버지가 기억난다.

현재 내가 운영하는 엘림요양원에 제공되는 모든 식재료는 요양원 근처에서 일군 500여 평의 엘림 농장에서 직접 나는 유기농 채소

| 엘림농원의 감자꽃

들이다. 상추와 고추, 마늘 등 먹을 수 있는 채소를 심은 땅이 대부분이지만 한 귀퉁이에 나는 해바라기와 야생화를 심어놓았다. 아주 예쁘게 자라서 살랑거리는 꽃들을 보면서 흐뭇해한다. **아버지를 그리워하는 내 마음들이 그렇게 깊게 뿌리 내리고 꽃을 피워 올린 것이라고 생각한다.**

어쩌면 일찍 아버지와 작별하여 내가 더 오래 아버지를 사랑할 수 있는 것이라 생각할 때가 있다. 오랫동안 살아계시면서 아무리 부모 자식 사이라도 좋은 일만 보고 듣고 겪을 수는 없다. 하지만 여섯 살 내 기억 속에서 살아계신 젊은 아버지에 대한 추억은 내 삶에 많은 것들을 전해 주었다. 공직자로서의 올곧음, 가장으로서의 책임감, 한 여자를 향한 일편단심 순애보, 자녀들을 포용하는 넉넉한 품 등이 내게 커다란 자산처럼 남겨졌다.

'버리면 얻는다.' 아버지를 따라 꽃을 좋아하고 가꾸면서 얻은 진리 중 하나다. 식물이 꽃을 버려야 열매를 얻을 수 있듯 사람들도 작은 것을 버려야 큰 것을 얻는다는 것을 알았다. 꽃의 아름다움만 보는 것도 안 된다는 것을 알게 됐다. 꽃나무는 아름다운 꽃을 피우기 위해 아주 많은 생장 과정을 충실히, 성실하게 살아간다. 한 줌의 햇살을 받아들이는 것과 뿌리로 물을 빨아올리는 것을 조금이라도 소홀하게 했다면 아름다운 꽃은 피우지도 못하고 일찌감치 고사했을지도 모른다.

그처럼 삶의 결실을 아름답게 피우기 위해 하루하루를 충실히 살아가야 하는 것을 배웠다. 인생의 모든 것을 공짜로 얻을 수는 없다는 것을 안다. 충실하게, 진실하게 살아야 지금의 행복을 얻을 수 있다는 가르침은 내게 아주 중요한 가치가 됐다.

내 삶 자체를 부지런히 살다 보면 내 안에 가득 행복이 고여 단단하게 영그는 법이다. 내 안에서 감미롭게 맡아지는 꽃향기 같은 것이 된다. 멀리 밖으로 찾아 나서지 않아도 자신의 일상생활에서 충분히 느끼며 누리는 것이 행복이다.

꽃을 키우면서 '기다림'을 잘하게 된 것도 내가 얻은 것들 중 하나다. 혹시 차가운 땅에서 얼어 썩어버리지 않을까 봄을 한껏 기다리고, 혹시 새싹이 돋지 않았나 하는 마음에 아직 얼음도 풀리지 않은 땅을 들여다보기도 하며, 아지랑이가 피어오르고 있지는 않나 해서 괜스레 먼 길을 바라보기도 한다.

아주 아름다운 자태를 뽐내는 꽃도 가까이 다가가서 보면 멀리서 바라볼 때와 다르게 벌레에 좀먹었거나 생채기가 난 것들이 있다. 그 많은 상처를 지니고도 한결같이 해사하게 아름다움을 뽐내는 그 생명력을 바라볼 때면 울컥하곤 한다.

마치 그런 꽃의 상처는 우리 인간의 삶을 떠올리게 한다. 아름답게 피어난 모습 뒤로 그렇게도 많은 아픔과 상처를 감추고 사는 것이 인간인 것처럼 느껴진다. 아픔을 참아내는 꽃처럼 그렇게 고난과 아픔을 의연하게 견디는 사람이기에 '꽃보다 사람이 아름다워!'라는 말이 나오는 것이 아닐까? 그렇게 아름다운 삶의 흔적을 남기고 남편과 헤어진 생의 아픔을 견뎌내고 상처를 잘 매만지며 자신을 오롯이 피워낸 우리 어머니가 얼마나 아름다운 여인인지를 나이가 들어 자식을 낳고서야 알 수 있었다.

아주 소중한 누군가를 추억할 수 있으므로 길가에 피어있는 들꽃 하나에도 나는 행복해진다. 아버지가 생전에 눈맞춤 하시던 꽃들이

I 다정한 모습의 부모님(우:박상거 / 좌:원봉주)

많다. 그 꽃들이 하나하나 다 기억난다. 아버지가 돌아가신 지는 오래되었지만 그 꽃들을 바라보면서 어딘가에 아버지의 눈길이 남아있을까, 더듬는 나를 발견할 때면 깜짝 놀란다. 그리고 마치 다시 어린 아이로 돌아가는 듯한 느낌이 든다.

여섯 살 어린 나이에 돌아가셨지만 아버지의 나이보다 더 나이 든 딸의 마음속에 아직도 강렬한 잔상을 남길 정도로 아버지는 꽃처럼 모든 걸 주고 가셨다는 것을 느낄 때가 있다. 사랑도 흠뻑 주시고, 그리움도 촉촉이 내려 주셨다. 이 세상 위에 굳건히 잘 뿌리내리고 사는 이유는 아버지가 나를 이 세상 속으로 잘 남겼기 때문이라고 생각한다.

나의 멘토, 나의 어머니

I 나의 멘토이신 어머니

여자 혼자 몸으로 여섯이나 되는 자식을 키우는 것은 녹록지 않은 일이었을 것이다. 하지만 내가 아는 한 내 나의 어머니는 자식들한테 단 한 번도 힘든 기색을 내보이신 적이 없었다.

'아버지가 없는 아이'

세상이 함부로 만든 타이틀에 쏟아지는 편견과 홀대를 막아주신 것은 그 자그마한 몸을 가진 어머니라는 사실을 당시 어린 우리 형제들은 알지 못했다. **어머니는 우리에게 크고 넓고 완벽한 우주셨다. 가끔은 그 우주에서 비가 내리기도 했지만….**

아버지가 계시지 않아도 나는 무소불위였다. 어쩌면 내 당당한 기질은 어머니와 오빠들이라는 든든한 뒷배도 있었기 때문에 가능한 것이 아니었을까 싶다. 아버지가 돌아가셨지만 나는 오빠들 덕에 여전히 동네 골목대장을 도맡았고, 구슬치기와 고무줄도 잘해서 친구들이 서로 놀고 싶어 하는 인기 좋은 소녀였다. **하지만 슬픔은 가끔 아무런 대처를 못했을 때 찾아오기도 한다.**

하루는 구슬치기를 하다가 구슬을 다 잃은 한 친구가 잔뜩 분이 올라 내게 막 화를 내기 시작했다. 발을 동동거리다가 뭔가 잔뜩 어긋난 심사를 풀기는 해야 했던 친구가 소리쳤다.

"너는 아버지가 없지?" 친구가 약을 올렸다. 그동안 몇 번을 참았는데 또다시 이죽거리는 친구를 보자 나는 너무 기가 막히고 화가 나서 그 친구에게 소리쳤다.

"아버지가 돌아가신 게 내 책임이야? 그러는 너의 아버지는 언젠가는 안 돌아가실 줄 알아?" 고래고래 소리를 지른 후, 그 아이에게 돌진해 땅바닥에 깔아 눕혀 버렸다. 씩씩거리며 아이의 몸에 올라탄 나는 눈에 불을 뿜으며 상대 아이의 눈을 노려보았다. 겁에 질린 그 친구는 그 이후로 나만 보면 슬슬 피해 다녔다.

나는 혜화초등학교 시절 친구들과 성북산에 많이 놀러 다녔다. 산딸기, 산머루도 따먹고 아카시아 꿀도 빨아 먹었다. 지금 생각하면 기겁할 일이지만 인적이 드문 산길을 겁 없이 돌아 다녔다. 늘 항상 친구들 앞에 앞장서서 다녔다. 대장이 되어 큰 막대기로 풀 더미를 헤치며 새로운 길을 개척해 낼 때 즐거움과 만족감을 느꼈다. **나는 사람들이 자주 다녀서 반질반질 윤이 난 길보다는 호기심을 자아내**

는 남이 가지 않은 새로운 길을 개척하는 것이 더 흥미가 있었다.

하지만 어느 날 북한에서 넘어왔다는 김신조 간첩일당이 일망타진된 후에도 성북산에 갈 수가 없었다. 입산금지 조치가 내려졌기 때문이었다. 나는 좋은 놀이터를 빼앗겨 너무 아쉬웠다. 하지만 굳이 그 일이 아니었어도 내가 평온하게 산에서 놀 수 있었던 시간은 길지 않았을 것이다.

혜화초등학교에 입학한 이후 우리 가족은 초등학교를 졸업할 때까지 해마다 이사를 다녀야 했다. 아무래도 가장이 없는 집의 가세는 기울기 마련이다. 지금은 기억이 잘 안 나지만 아버지가 돌아가신 후 첫 번째로 이사했던 기억은 생생하다. 내가 태어난 성북동에서 이사를 떠나올 때, 그때만큼 아버지 없는 서러움을 느꼈던 적은 없었던 것 같다.

아버지와 함께 키운 포도나무와 수국이 집을 떠난 후에도 계속 눈에 어른거렸다. 어머니가 아시면 더 속이 상할까 봐 말씀드리지 않았지만 이사 후에도 몇 번이나 찾아가 담 너머로 몰래 들여다보곤 했다. **왠지 금단의 열매가 있는 낙원을 훔쳐보는 마음이 들었다.**

우리 집은 이미 다른 가족들의 자취로 많이 바뀌어 있었다. 속으로 나중에 내가 돈을 많이 벌어 꼭 어머니에게 이 집을 선물하고 싶다는 생각을 했다. 아버지를 너무도 그리워하면서, 이사를 갔지만 여전히 우리 집이라는 생각이 들지 않았던 당시의 집으로 발걸음을 옮기곤 했다.

매년 옮기는 집의 크기는 점점 줄어들었다. 초등학교 6학년 때 전학을 가서 돈암초등학교를 졸업할 때쯤에는 산동네 단칸방에 홀어머니와 6남매가 함께 살아야 했다. 호기심도 꿈도 컸던 소녀도 자신이 가진 커다란 날개를 어느 만큼은 접어야 하는 건가를 고민하면서 성장할 수밖에 없었다.

I 엘림요양원 하늘정원 수국

꿈꾸는 다락방

중학교 입학을 앞둔 겨울방학이었다. 이즈음 나는 육체적으로도 폭풍 성장을 하고 있었지만 마음 역시 쑥쑥 자라는 계기를 맞이했다. 내가 살던 집에는 다락방이 있었다. 우연찮게 다락방에 올라가서 놀던 나는 우연찮게 아주 오래된 어머니의 일기장을 발견하게 됐다. 한참을 망설이다가 호기심을 이기지 못한 나는 어머니의 일기장을 한장씩 읽어 내려가기 시작했다. 그리고 **나는 그 겨울방학의 일주일 정도는 내내 다락방에서 내려오지 못했다.**

나는 형제들 눈을 피해 틈만 나면 다락방에 올라가 열 권이 넘는 어머니의 일기장을 다 읽었다. 지금도 어머니는 이 사실을 모르고 계신다. 그 일기장에는 아버지와 관련한 추억과 슬픔과 그리움이 그대로 담겨 있었다. 일기장은 그대로 어머니였다. 나는 일주일 동안 '어머니'를 읽고 또 읽었다.

초등학교 교사였던 어머니는 외할아버지의 소개로 아버지와 단 한번 맞선을 본 뒤 석 달도 안돼서 결혼식을 올렸다. 그 시절 교사였으면 어느 정도 '인텔리'로 불릴 만큼 신여성이었던 어머니였지만 결혼은 그와 달리 보수적인 관행을 따른 편이었다. 그렇게 만났지만 다행스럽게도 아버지와 어머니의 금슬은 유달리 좋았다. 운명처럼 우연히 만난 반려는 아니지만 부모님은 서로를 존중하고 깊이 사랑하셨다.

그랬던 만큼 아버지가 아무런 예고도 없이 너무도 일찍 어머니를 두고 천국으로 가실 것을 예상했던 사람들은 아무도 없었다. 아버지의 죽음은 어머니께는 일대 사건이었다. 삶을 뒤흔드는 커다란 충격이었다. 아버지가 돌아가신 후의 일들이 일기장에 기록돼 있었다. 일기를 읽으면서 내가 가장 크게 가슴 아프게 깨달은 사실은 늘 인자하시면서도 때론 강해보였던 어머니가 처음부터 강한 어머니가 아니었다는 사실이었다.

늘 다부진 모성만을 보여주었지만 어머니도 한 여인이었던 것이다. 어머니가 여인으로서 받은 상흔은 꽤 깊고 아픈 것이었다. 그리움에 아파하며 눈물을 흘리고 계셨다는 사실을 비로소 알게 됐다. 일기장에는 어머니는 아버지가 돌아가시고 일 년이 넘도록 남의 시선이 두려워 외부 출입을 할 수 없었던 심정을 적어놓으셨다.

남편이 과로로 인한 간경화증으로 쓰러지고 결국 깨어나지 못한 채 단 한마디의 작별 인사도 나눠보지 못하고 유언도 들어보지 못하고 떠나보낸 것이 마치 당신의 책임이고 잘못이라는 죄책감에서 사로잡혀 있으셨다. 나는 절대로 아니라고, 어머니의 탓이 아니라고 말씀드리고 싶었지만 그럴 수 없었다. 내가 일기장을 읽고 힘들어하고, 가슴 아파하는 것을 아시면 어머니는 두 배 이상 더 아파하실 것을 잘 알기 때문이었다.

서른둘이라는 젊은 나이에 과부가 된 어머니가 가진 외로움과 슬픔에 나도 모르게 울 수밖에 없었다. 남겨진 6남매를 돌보느라 지쳐서 초저녁에 살풋 잠이 들었다가도 바람결에 문소리가 나면 "당신 오셨어요?" 하며 단걸음에 뛰어나갔다는 어머니.

'아, 내 남편은 다시는 돌아올 수 없는 곳으로 갔었지!!'

씁쓸한 현실을 곱씹으며 방으로 되돌아오셨다는 대목을 읽으면서 아버지를 그리워하는 어머니의 아픔이 진하게 그대로 내 가슴에 들어왔다. 나도 모르게 가슴이 아려 와서 눈물을 펑펑 쏟아내고 말았다. **어머니의 일기장을 읽었던 일주일은 철없는 소녀가 철들기에는 충분한 시간이 됐다.**

겨울방학이 지난 후 중학교에 입학했다. 입학 후 처음으로 치른 배치고사시험에 전교 180등이란 성적을 받았다. 별 생각 없이 어머니께 성적표를 보여 드리고 도장을 받았는데 어머니께서 나지막한 목소리로 "다음 시험에는 지금보다 성적이 조금만이라도 올라갔으면 좋겠구나! 더욱 노력하거라!"라고 말씀하셨다.

"네!"하고 대답하면서 그제야 고생하시는 어머니께 죄송한 마음을 가졌다. 앞으로 공부를 열심히 해서 어머니를 기쁘게 해드려야겠다고 결심했다. 어머니의 아픔과 외로움을 조금이라도 덜어드리는 길이라 생각했다.

그 후, 나는 어머니와의 약속을 지키기 위해 매일 방과 후 학교에 남아 예습과 복습을 했다. 스터디 그룹을 만들어 친구들과 함께 공부를 하였다. 그리고 어머니와의 약속을 지킬 수 있고 어머니를 기쁘게 해드릴 수 있어 나는 행복했다. 수학 한 문제를 풀기 위해 밤을 새워보기도 하고 마침내 문제를 풀게 되었을 때의 성취감은 나를 설레게 하였다. 이렇게 3년간 열심히 공부하다보니 마침내 전교 2등이라는 성적으로 중학교를 졸업할 수 있었다. 철든 이후 나는 어머니를 행복하게 해드리는 것이 나의 기쁨으로 다가왔다.

중학교 시절 공부를 열심히 해야겠다고 결심하고 지속적으로 부단히 노력해서 마침내 좋은 성과를 이루어 낸 경험이 나에게는 크나큰 자산이 되었다.

내 자신에 대한 믿음이 생겼으며 "포기하지 않으면 이뤄진다"는 신념을 갖게 되었다. 이러한 일들이 반복 되면서 내안에 열정과 끈기가 자라났고 이 열정이 내 인생의 많은 고비를 극복할 수 있는 원동력이 되었다.

맨발의 청춘

I 성신여자사범대학 부속중학교 시절 친구 박청규(右)와 함께

학창 시절 떠오르는 기억 중 하나는 내가 꽤 달리기를 잘했다는 것
이다. 중학교에서 고등학교에 진학하기 위해서는 '체력장'이라 불리
는 체력 검증 시험을 봐야만 했다.

단거리 달리기, 800m 오래 달리기, 넓이뛰기, 윗몸 일으키기, 철봉

에 매달리기 등의 과목을 좋은 성적으로 통과해야 했다. 나는 전교에서 단거리로는 제일 빨리 달리는 학생이었다. 넓이뛰기도 전교에서 제일 멀리 뛰었다. **매번 신기록을 세우는 학생이었다.**

체육 선생님께서 육상을 해보라고 권유하실 정도였다. 당시에는 가난하지만 운동에 소질이 있는 아이들이 솔깃해할 수 있는 진로였다. 하지만 아무리 집안이 어려웠어도 어머니는 내가 운동선수의 길로 가는 것을 극구 반대하셨다.

그 당시 육상 선수들은 '스파이크화'라 불리는 운동화를 신고 뛰었다. 밑창에 쇠를 박은 신발을 신고 뛰면 기록이 좋을 수밖에 없었다. 하지만 나는 운동화가 없었다. 매번 실내화를 신고 달리다가 신발이 벗겨져 양말만 신고 달리곤 했다. 그럼에도 불구하고 단 한 번도 전교 1등을 놓치지 않았다. **그런 내게 친구들은 '맨발의 청춘'이라는 별명을 붙여 주었다.**

나는 그 별명이 자랑스러웠다. 비록 가난한 집안일지라도 의욕을 가지고 열심히 하면 뭔가를 쟁취할 수 있는 기개와 용기가 담긴 별명이라 여겼다. 그후 오랜시간이 지나 우연히 아버지의 초등학교 후배를 뵐 기회가 있었는데 아버지도 육상을 잘해서 항상 전교 1등을 하였다고 한다.

중학교에 들어가서 읽은 '퀴리부인'에 대한 전기는 가난해진 환경 탓에 다소 움츠러들었던 내가 또 한 번 꿈꾸는 계기가 됐다. 여성이면서 노벨상을 탄 그 과학자를 닮은 삶을 살고 싶었다. 그래서 과학을 열심히 공부했고, 시험을 보면 거의 100점을 받았다. 특히 화학 과목을 아주 좋아하고, 해당 과목 선생님을 존경했던 나는 수업시간에 선생님께서 질문을 하시면 손을 번쩍 들고 대답을 하곤 했다. 그 재미에 빠져 날마다 예습을 해갔다.

며칠 전 치른 시험 성적을 발표한 어느 날, 선생님은 학생들이 문제를 틀린 개수만큼 손바닥을 회초리로 때리셨다. 난 그 시험에서 한 문제만 틀렸다. 하지만 예상치 않은 열 대의 매를 고스란히 손바닥에 맞았다. 손이 얼얼한 것은 둘째치더라도 너무도 창피했다. 자칭 '화학 과목의 수재'로 군림했던 나를, 게다가 그토록 존경하던 선생님께서 망신을 준 것이라 생각했던 나는 얼른 자리로 들어와 고개 숙인 채 앉았다. 자존심도 상했고, 서운한 마음도 들었다. 그런 내 모습을 본 선생님께서 차분한 목소리로 말씀하셨다.

"박덕순, 너는 충분히 100점을 받을 수 있는데 실수로 틀렸으니 다른 아이보다 더 체벌한 것이다."라고.

딱히 나를 어루만지는 내용도 아니었지만 왠지 그것이 선생님의 타박이 아니라 그분만의 격려로 느껴졌다. 섭섭함이 순식간에 눈 녹듯이 사라졌다. 나는 그 뒤로 과학 시험은 매번 100점을 받았다. 퀴리 부인처럼 과학자가 돼서 우리나라 최초의 노벨상 수상자가 되리라는 원대한 꿈도 그때부터 품게 됐다.

중학교 3학년 말에 담임선생님께서 진학지도를 해야 하니 고등학교 입학원서를 가지고 오라 하셨다. 대학을 가려면 인문계 고등학교에 가야 하지만 고생하시는 어머니를 생각한다면 내 욕심만 부릴 수 없었다. 결국 나는 서울여상 입학 원서를 사가지고 어머니께 보여 드렸다. 서울여상 입학원서를 보신 어머니께서는 내 얼굴을 물끄러미 보시다가 입을 떼시었다.

"집안이 어렵지만 여자일수록 공부를 많이 해야 한다."

실업계 고등학교에 가는 것을 반대하신 것이다. 여상을 졸업해서 빨리 취업해 어머니의 짐을 덜어 드리려 했던 내게 담임선생님께서도 "대학에 가면 장학금도 받을 수 있고 발전할 기회가 생기니 미래를 위해 포기하지 말고 최선을 다해 노력해야 한다."고 실업계 진학을 극구 만류하셨다.

나는 망설이다가 용기를 내기로 했다. 과학을 유독 좋아해서 과학자가 되고 싶은 꿈을 위해 그동안 내가 했던 노력의 시간들을 그대로 버리기에는 아깝기도 했다. 나는 환경이 열악했지만 미래를 위해 다시 한 번 도전해보리라 굳게 마음 먹었다.

창문여고 1회 졸업생

    내가 고등학교에 진학할 무렵 전년도부터 서울시는 고교평준화가 시작되었고 나는 추첨을 통해 창문여고에 진학하게 됐다. 성신사대부속중학교에서 우수한 성적으로 졸업한 나는 시험을 통해 원하는 명문여고에 가고 싶었다. 하지만 당시 갓 신설된 창문여고에 배정되고 말았다.

    누구보다도 그 사실을 어머니께서 많이 아쉬워하셨다. 걱정하시는 어머니께 "어떤 학교를 가든 자기가 노력하는 것에 달려있으니까 너무 걱정하지 마세요!"라고 위로를 드렸다. 하지만 사실 나도 내심 대학 입학을 생각하면서 한숨을 내쉴 수밖에 없었다. 아무래도 신설 여고는 대입에 관한 노하우가 부족하고 진학지도에 어려움이 있을 것이라고 생각했기 때문이다.

"너, 육상 선수가 될래?"

창문여고에 입학하여 나는 육상부 주장이 되었고 규율부장도 맡아 빠르게 학교에 적응하기 시작했다. 나는 사실 중학교 때 100m 달리기 기록이 가장 좋아 체육선생님께 육상선수 제안을 받기도 했다. 하지만 가정형편과 어머니의 반대로 포기했고 아쉬움을 달래기 위해 창문여고에 진학하면서 육상부에 들어간 것이다.

돌산을 개간하여 만든 창문여고는 운동장에 돌이 많아 달리기를 하다가 돌부리에 채여 넘어지는 등 운동하기에는 어려움이 많았다. 그래서 나는 아침마다 전교에서 가장 먼저 학교에 등교하여 운동장의 돌을 줍기 시작했다. 나를 비롯한 육상부 학생들이 3년 동안 묵묵히 돌을 줍다 보니 졸업할 때는 달리기를 하기에도 손색이 없는 매끈한 운동장이 됐다. 남들이 들으면 우스운 이야기이겠지만 창문여고 초창기 졸업생들 사이에서는 나름 추억거리가 된 에피소드다.

나는 100m 달리기를 할 때 최선을 다해 달린다. 숨이 턱까지 차오르고 숨이 멈출 것 같은 고통을 인내하며 마지막 결승라인을 통과할 때의 감격의 순간을 즐기며 운동을 했다. 나는 중, 고교시절 육상을 하면서 내 인생과의 달리기를 준비했던 것 같다.

그리고 중·고등학교 시절 육상을 통해 강인한 정신력과 체력을 키워 1인 구역을 하면서도 하고 싶은 일들은 잘 감당할 수 있었던 것 같다.

한국인 최초 노벨과학상 수상자가 되고 싶은 여고생

고등학교 2학년이 되자 나는 진로에 대한 고민에 휩싸였다. 문과와 이과를 선택하여야 했는데 나는 되고 싶은 것들이 많았다. 육상을 좋아했던 나는 사범대학 체육과에 진학하여 체육선생님이 되거나 여군 간호장교가 되고 싶었다. 그러자면 문과를 택해야 했다. 하지만 수학과 과학의 점수도 높았고 초등학교 시절부터 퀴리부인을 좋아했고, 대한민국 최초의 노벨과학상을 타보겠다던 꿈을 갖고 있어서 결국 이과를 선택할까 하는 생각도 들었다.

계속 운동을 하고 싶다는 생각으로 망설이다가 고민 끝에 체육 선생님을 찾아가 상담을 했다. 당시 나를 가르치셨던 체육 선생님은 인격적으로 매우 좋은 분이셨다. 분명 자신의 학과를 좋아하는 학생에게 적성 위주의 진학 지도를 하시면서 체육을 선택하라고 하실 수 있었지만 나만큼이나 나의 미래를 함께 고민해 주셨던 것이다.

"덕순이는 운동을 잘하고 좋아하지만 졸업 후 나이가 들면 여성이 직업으로 육상을 하기에는 어려움이 많단다. 너는 공부도 잘하고 학구적이니 이과를 택하는 것이 좋겠다."

조언을 아끼지 않으셨던 체육 선생님 덕분에 지금의 약사라는 직업을 가질 수 있었다고 생각한다. 그래서 지금도 늘 선생님께 감사드린다.

성적이 떨어지는 위기가 찾아오다

　내가 고등학교에 진학하자 당시 두 살 위인 언니는 고3이고 대학 수험생이었다. 어머니는 가게가 늦게 끝나 밤늦게 오시기 때문에 수험생 뒷바라지와 집안일을 내가 도맡아 해야 했다. 자연히 어머니의 보살핌은 나보다는 언니에게 더 기울어졌다. 학교생활과 집안일을 하다 보니 고등학교 2학년에 올라가면서 학업 성적이 떨어지면서 나 역시 자신감이 많이 사라지고 있었다. 이대로는 대학 근처에 가보지도 못할 것 같아 나는 고민에 빠졌다. 변변한 참고서 한 권 쉽게 살 수 없는 어려운 집안 형편에 재수는 엄두도 못 낼 테니 대학을 갈 수 있는 기회는 한 번 뿐이고 마지막 기회라는 생각이 들었다. 나중에 후회가 없도록 죽을힘을 다해 최선을 다해 보기로 결심했다.

　이때부터 나는 대입시험이 끝날 때까지 하루 4시간의 수면으로 버티며 공부하다 피곤하면 책상에 엎드려 자면서 대학에 합격할 때까지 잠자리에 눕지 않고 열심히 공부하기 시작했다.

　하지만 6개월이 지나도 성적이 오르지 않자 나는 거의 절망감에 빠져 들었다. 모르는 문제가 나오면, 당시에는 참고서나 학원 그리고 과외는 생각도 못할 형편이니 더욱 당황스러웠다. 집안 형편을 생각하면 올 수 없었던 인문계 고등학교로 와 놓고는 이런 성적으로는 대학을 가기에는 어림없어 보였다. 스스로에 대한 실망감이 컸다. 하지만 곧 마음을 강하게 먹고 결심했다.

　'그래, 우리 집안 형편에 재수를 할 수는 없어. 내 인생에서 대학을 갈 수 있는 마지막 기회라고 생각해서 최선을 다해 보자! 내 자신에게 부끄럽지 않게 최선을 다한다면 대학에 떨어져도 다른 무엇을 하더라도 다 잘할 수 있을 거야!'

다시 한 번 죽기 살기로 해보자고 마음을 굳게 먹었다. 그 뒤 1년 6개월 동안 새벽 네 시에 일어나 전교에서 제일 먼저 학교에 등교를 했다. 운동장을 돌며 달리기를 하고 아침자습을 하면서 모르는 문제는 선생님을 집요하게 쫓아다니며 물어보았다.

할 수 없이 새벽 4시에 일어나 첫 버스를 타고 전교에서 제일 먼저 학교에 등교하여 자습하고 있다가 선생님이 출근하시면 교무실로 찾아가 질문을 하여 문제를 해결하곤 했다.

**참고서를 못 사는 대신에 학교에 1등으로 등교해서
질문을 하는 학생이 되다**

'맨발의 청춘'이라는 별명은 어느새 나에게 투지를 불러일으키는 내 닉네임이 됐다. 어머니는 날마다 새벽에 일어나서 도시락을 두 개씩 싸셨고, 우유와 빵을 간식으로 넣어 직장으로 가시는 길에 학교 수위실에 맡겨 놓으셨다. 나는 1교시가 끝나면 도시락을 찾아와 아침 겸 점심으로 먹었다. 점심시간에는 선생님들을 찾아다니며 지도를 받았다. 지금처럼 인터넷이 발달된 것도 아니고, 변변한 참고서도 마음 놓고 살 수 없었던 가난한 시절 모르는 수학문제가 생기면 그때그

때 선생님께 여쭤보며 해결할 수밖에 없었다. 나는 선생님의 점심 식사를 방해하면서 질문공세를 이어 갔다. 나는 선생님들 사이에서 기분 좋은 요주의 학생이 되어 있었다.

　지금의 내가 이 자리에 올 수 있었던 것은 당시 많은 선생님들의 사랑과 가르침 덕분이기도 하다. 선생님들과 어머니의 정성 어린 보살핌과 기도 덕분에 1978년 나는 숙명여대 약학대학 제약학과에 입학할 수 있었다. 고교 시절 대학 진학을 위해 최선을 다해, 진심을 다해 원하는 성과를 내기 위해 노력했던 경험이 내 인생의 큰 자양분이 됐다. "노력하면 이루어 낼 수 있다."는 만고의 진리는 결국 결심하고 실행해야 가능하다는 것을 알게 해 준 기회였다. 이런 과정은 내게 큰 자신감을 심어주었고, 내 인생의 여러 모퉁이에서 만난 여러 시련과 어려움을 풀게 하는 해법이 돼주었다. 다양한 어려움을 극복했던 열정과 경험은 살아가면서 다가올 고난 극복의 또다른 에너지이기도 했다. '초년 고생은 사서라도 한다'는 옛어르신들의 속담이 나에게도 해당되었던 것 같다. 몸으로 부딪쳐 고생하면서 얻은 경험은 천금과도 같은 가치를 지니는 것이다.

영혼의 반쪽을 만나다

1978년 숙명여대 약학대학에 입학한 나는 어머니의 소개로 지인 아들의 가정교사를 하며 학비를 벌었다. 2학년 때 교정에서 C.C.CCampus Crusade for Christ: 대학생 선교회 소속 선배에게 사영리라는 소책자를 소개받고 광화문에 있는 정동 회관에서 체계적인 성경 공부를 시작하게 됐다. 원래 어머니를 따라 유년 시절부터 영락교회 주일학교를 다녔지만 그때까지 단 한 번도 성령 충만을 제대로 체험해보지 못했고 거의 습관적으로 교회를 다니던 현실이었다.

평소 신앙에 대한 갈등을 느끼고 있었고 제대로 하나님을 만나는 기회를 놓치고 싶지 않았다. 나는 C.C.C 중앙지구 모임에 열심히 참석하여 10단계 성서교재를 통해 성경 공부를 했다. 나는 나 자신이 어머니께 늘 순종하고 특별히 죄를 지은 기억이 없어 스스로 모범생이라고 생각했다. 예수님의 십자가 지심은 내가 아닌 죄가 많은 다른 사람의 죄를 대속하기 위한 것이라고만 생각했다. 어느 날 성경 공부를 하는데 가슴에 뜨거운 느낌이 들었다. 나도 모르게 눈물이 펑펑 쏟아졌다.

'아, 예수님은 남이 아닌 바로 내 죄 때문에 돌아가셨구나!'

깊은 깨달음이 찾아들었다. 내 안에 살아계시고 역사하시는 하나님의 말할 수 없는 깊은 사랑에 감사하여 2시간이 넘도록 회개하며 통곡했다. 제대로 성령 체험을 한 첫 번째 순간이었다. 이렇게 만난 하나님과 동행하는 삶을 살기 시작하면서 나는 많은 것을 깨달았다. **삶이 더 이상 '고해'가 아니라 기쁨과 감사가 드려워진 '행복한 시간'임을 깨닫게 됐다.**

1980년은 나에게 두 가지 큰 사건이 일어난 해이다. 하나는 미국이 낳은 세계 최대의 부흥사 빌리 그래함Billy Graham 목사가 인도하는 『80년 세계대부흥회』가 여의도에서 개최됐던 것이다. C.C.C의 김준곤 목사님께서 준비위원장을 맡으셔서 C.C.C 소속 대학생이었던 내가 열심히 봉사활동을 했다.

나는 홍보부를 맡아 교회 대학부를 찾아다니며 홍보했다. 그때 나는 그 일을 하면서 많은 믿음의 형제들을 만났다. **그때 '임병권'이라는 이름을 가진 운명도 만났다. 바로 지금의 내 남편이다.** 고려대학교 학생이었던 남편은 통역 자원봉사를 하고 있었다. 서로 호감을 갖게 된 우리 두 사람은 우리는 C.C.C의 공인 C.CCampus Couple: 캠퍼스커플로 발전하여 6년이라는 긴 시간 동안 열애했다.

대학교 2학년 때 4.19 학생 의거와 부마항쟁과 더불어 한국의 민주화에 공헌한 5.18 광주 민주화 운동이 일어났다. 이로 인해 대부분의 대학생들은 연일 시위에 가담했다. 나 역시 시대 상황과 현실에 고뇌하고 아파하고 분노하며 동참하였다.

집이 도봉동이었던 나는 시청 앞 데모로 인해 교통이 차단되면 집에 갈 수가 없어 학교 실습실에서 친구들과 새우잠을 자기도 했다. 그러던 중에 2학기에는 전국의 대학교에 휴교령이 내려졌다. 어머니는 데모하다가 잡혀가 사라지는 여대생이 많다는 소식을 듣고 걱정이 되셨는지 출근하시면 내가 데모하러 가지 못하게 아파트 문을 잠그고 감금하다시피 데려다 놓으셨다. 그럼에도 불구하고 나는 몰래 빠져나가 데모에 참여해서 어머니의 가슴을 서늘하게 만들곤 했다.

I 남편 환갑기념 유럽여행, 스위스 마테호른 (2017년)

　나는 대학생선교회 소속 학생들과 C.C.C 회관에 모여 밤새워 국가를 위해 기도하기도 했다. 대학교에서 약사라는 전문가가 되기 위한 지식 습득에도 골몰했지만 이렇게 나름의 국가관을 갖추는 거시적인 시대 흐름에 몸을 맡긴 채 활동하기도 했다. 물론 내 신앙의 동역자이자 내 삶의 반려자인 남편 역시 나와 함께 해 주었다.

　이렇게 방황도 하면서, 투쟁도 하면서, 사랑도 하면서 나는 1980년 초반을 보냈다. 1982년에 숙명여대 약학대학을 졸업했고, 바로 서울성모병원에 병원 약사로 입사하여 3년간 근무를 하였으며 이 시기에 약사로서 많은 경험을 할 수 있었다.

믿음의 조력자 쓰임 받는 자

하나님은 눈물을 닦아주시는 분이시고,

치료를 해 주시는 분이시고, 외로움을 달래주시는 분

우리 6남매에게는 어머니는 우주셨고, 세상의 전부였다. 하지만 내가 어느 정도 철이 들기 전까지는 알지 못했다. 어머니는 갑작스럽게 남편을 하늘로 떠나보내야 했던 슬픈 아내였고, 육 남매를 힘겹게 건사해야 하는 고단한 어머니였음을 알게 되었다.

아버지가 돌아가시고 어머니께서는 한동안 바깥출입도 못하시고 남편을 먼저 보낸 심한 자책감에 빠져 계셨다. 이때 종교를 통해 위로를 받기 위해 영락교회를 다니신 것 같다.

어릴 때 어머니와 손잡고 영락교회 주일학교 유치부를 다녔던 기억이 난다. 어린 시절 주일학교에 개근하고 성경 암송을 잘하면 공책, 연필 등 학용품을 목사님께서 상품으로 주셨다. 특히 성탄절에는 많은 상품을 받아서 형제들에게 나눠주셨던 기억도 난다. 그렇게 초,

중, 고등부를 거쳐 대학에 진학하여 나는 영락교회 세례교인이 되었다. 나는 한경직 목사님과 박조준 목사님의 설교를 들으며 신앙생활을 하였다.

한동안 내 믿음에 대한 확신이 없어 방황하다

나는 어머니의 손에 이끌리어 6살 때부터 영락교회에 다니기 시작했지만 대학에 진학하자 내가 믿고 있는 하나님에 대해 의구심이 생겨 시간이 날 때 마다 철학 서적과 무신론에 대한 서적도 읽어보기도 했다. 하지만 신앙에 대한 갈증은 책에서는 찾을 수 없었고 문제는 해결되지 않았다. 믿음에 대한 확신이 없이 방황하던 나는 갈급한 마음으로 최종 결단을 내렸다. 내 삶에서 막상 하나님이 안 계신다고 생각해보니 이 세상을 살아갈 자신이 없었다. 그래서 하나님이 계시다는 믿음을 갖게 해달라는 간절한 기도를 하기 시작하였다.

대학 2학년 어느 금요일 나는 C.C.C한국기독교선교회에서 10단계 성서 교재를 통하여 성경 공부를 마치고 기도모임에 참석 중이었다. 기도하던 중 갑자기 가슴이 뜨거워지더니 하염없이 눈물이 쏟아지는 체험을 했다. 예수님이 인류의 죄를 대속하기 위해 십자가에 달려 돌아가신 사건이 바로 남이 아닌 나 때문이라는 것이 마음으로 뜨겁게 느껴졌기 때문이다. 나는 너무 놀라고 생생하여 그동안의 내가 알지 못했던 죄를 회개하고 또 나를 하나님의 딸로 삼아주신 것이 너무 감사해서 몇 시간 동안 통곡을 했다.

나는 성경에서 말씀하는 성령 충만의 체험을 한 것이며 믿음에 대한 확신을 하게 해달라고 했던 기도로써 응답을 받았다. 너무도 기쁘고 소중한 경험이었다.

이후 나는 교인에서 성도로 거듭나며 성령님과 평생 동행하는 삶을 살고 있다. 하나님께서 나를 믿음의 조력자로 삼은 이유를 잘 안다. 하나님은 한 인간이 가야 할 길을 가장 잘 알고 계시는 존재이기 때문이다.

나의 가는 길을 오직 그가 아시나니

그가 나를 단련하신 후에는 내가 정금 같이 나오리라

욥기서 23:10

그런데 가끔은 걸어가야 할 그 한 길이 나약한 인간이 감내하기에는 너무도 힘든 고통의 시간이 될 때도 있다. 하지만 그 시간 동안 끊임없이 단련된 사람들은 용광로에서 나온 정금_{순금}처럼 순수하고 흠 없이 하나님 앞에 설 수 있게 된다. 단단하면서 빛나는 인재는 쉽게 상처받지 않을 수 있다. 한 사람이 '가야 할 길'을 우리는 흔히 '사명'으로 치환하곤 한다. 그 '사명'을 제대로 완수하려면 거기에 걸맞은 '달란트_{재능}'를 갖고 있어야 한다.

달란트(재능)는 하나님에게 받은 선물

공부를 잘하고, 사업을 잘해 돈을 잘 벌고, 글을 잘 쓰고, 심지어 잘생기고, 예쁜 것도 하나의 선물이다. 우리에게 주어진 결정적 문제는 자신이 서 있어야 하는 자리에서 자신의 달란트를 최고로 발휘하도록 노력해야 함에도 불구하고 그러지 않는다는 것이다.

나는 내 달란트를 사람들을 위해 치료하는 것이라고 생각한다. '하나님의 쓰임을 받는 자'는 '성령의 감동을 입은 자'라 했다. 아픈 사람들을 돌보면서 나는 늘 감동을 하는 행복한 삶을 살고 있다. 감동을 하면 다이돌핀도 많이 나온다. 그러니 나는 오래오래 건강하게 살 수도 있다고 확신한다.

사람들을 치료하는 것은 내게 부여된 소명

홀로 고난의 길을 가셨던 주님, 모든 물과 피를 흘리면서 그 길을 가진 하나님. 우리를 너무도 사랑하셨기에 외롭고 힘든 길이라는 것을 알고도 묵묵히 걸어가신 그분의 발자취를 따라 걷는 것이 내가 할 수 있고, 내가 주님을 기억하는 유일한 사랑법이라고 생각한다.

단단해야 단란하다 - 열애&결혼

I 신혼여행과 결혼사진(1984년)

"이런 까닭에 남자가 자기 아버지와 어머니를 떠나

자기 아내와 결합하여 그들 둘이 한 육체가 될지니라."

엡 5:31

결혼은 부모를 '떠나' 배우자와 한 몸이 되는 과정

솔직히 몇 십 년을 아주 판이한 환경에서 자라왔던 성인 남녀가 어느 날 갑자기 만나서 같이 살아가는 것은 쉬운 일이 아니다.

부부가 되기 위해서는 가슴 설레는 로맨스와 알콩달콩한 추억만 많이 쌓이면 가능한 것일까?

나는 아니라고 생각한다. 물론 좋은 기억도 풍성하면 좋겠지만 둘 사이를 다이아몬드처럼 견고하게 만들어준 아프고, 힘든 시간을 같이 견디는 이해와 배려의 순간이 더 필요하다고 단언한다.

내가 결혼할 시절에는 여약사가 신붓감 1순위라고 종종 매스컴에도 회자되곤 했었다. 나는 나름 인기가 많은 신붓감이었다. 재력 있는 집안에서 중매도 들어오고 데이트 신청도 많이 들어왔다. 하지만 나는 결혼에 도통 관심이 없어서 어머니의 걱정 어린 핀잔을 듣고 했다. 그렇다고 독신주의자도 아니었다. 다만 만일 배우자를 선택한다면 성경 말씀대로 '돕는 배필' 즉 나를 가장 많이 필요로 하고 내가 많이 도와주어야 하는 상대를 만나야겠다는 생각을 은연중에 하고 있기는 했다.

성경에 나오는 부부의 역할에 대한 말씀들은 많다. 창세기 2장에도 자세히 나온다.

사랑으로 한 몸이 된 부부,
즉 아내와 남편을 서로 '돕는 배필'(2:18)

'돕는 배필'로 번역된 히브리어는 '에제르 케네그도'인데, '도움'이라는 뜻의 '에제르'와 '그와 마주보고 서 있는 것 같다'는 뜻의 '케네그도'가 합친 합성어이다. 전자는 '돕는'으로, 후자는 '배필'로 번역된다.

남편과 아내는 인격적 동등성 위에 서 있지만 가정의 효율적인 유지와 조화를 위하여 서로 다른 기능의 상호보완적 관계에 있다는 의미일 거라 생각한다. 인격적 동등성이 둘을 하나로 묶어주는 사랑에 대한 강조라면 상호보완성은 서로 다른 역할에 대한 인정과 존경을 의미한다고 생각했다.

대학교 2학년 때 C.C.C대학생선교회 중앙지구에서 기타를 치며 찬송을 인도하는 남편을 보는 순간 나는 끌림을 느꼈다. 그 후 6년을 그와 사귀었다. 그리고 결혼을 했다. 당시 내가 남편을 배우자로 선택한 이유는 신앙심이 깊고 외아들로 홀아버지를 모시고 사는 그와 살면 배우자인 그를 도울 일이 많을 것이라는 생각 때문이었다.

결혼은 꽃노래를 부르며 떠나는 소풍길이 아니다

이렇게 좋은 마음으로 시작한 결혼 생활이었지만 사실 나는 결혼 초 홀시아버님의 시집살이와 남편의 갑작스런 퇴직과 사업 시작으로 무척 힘들고 괴로운 시간을 보낼 수밖에 없었다. 하지만 나를 고생해서 키워주신 어머니와 두 딸을 생각해서 어떻게든 주어진 상황을 극복하고 잘 살아야지 하는 마음으로 새벽기도를 다니기 시작했다. 눈물을 흘리면서 간절히 기도하던 중 마음의 평안이 찾아 왔다. 힘을 내자며 스스로 마인드 컨트롤을 하면서 내게 당면한 것들을 풀기로 했다. 나 스스로 마음을 바꾸자 희한하게도 그렇게 어렵고 힘들었던 상황들이 하나씩 정리돼 가기 시작했다.

삼십 대 중반이 되었을 때 한방 강의를 들으러 간 적이 있었다. 그때 강사가 강연 중에 했던 이야기가 아직도 기억에 남는다.

부부가 만나서 살다 보면 두 사람이 모두 다 잘되는 경우는 드물다고 한다. 부부 중 상대적으로 기氣가 더욱 왕성하고 적극적인 사람이 잘되면 나머지 한 사람은 그 사람을 도와주는 역할을 한다고 한다. 즉 내조나 외조를 하는 경우를 말한다.

그런데 이때 잘되는 사람이 상대방인 배우자를 잘 섬기고 감사하면서 살면 더 크게 성장하지만 배우자를 자기만 못하다고 무시하고 잘난 척하면 오던 복도 달아난다는 것이다. 부부 사이에도 더불어 공조하며 살아야 한다는 것이다. 나는 강사 선생님의 말씀을 듣고 무릎을 탁치며 생각했다.

'만일 나의 기가 남편의 기보다 왕성해서 내가 잘되었다면 배우자인 남편이 그만큼 희생한 덕분이구나!'

엄청난 깨달음이었다. 동시에 미안함도 느꼈다. 남편의 외조 덕분에 내가 사회생활이나 공부를 잘할 수 있었다고 확신한다. 만일 남편이 나보다 기氣가 약한 배우자를 만났으면 더 잘 되었을지도 모른다는 생각도 들었다.

I 결혼 30주년 기념 이태리 일주여행(2014년)

그 이후 나는 남편의 모습 그대로를 인정하고 감사하며 섬기며 살고 있다.

부부 사이에도 배려가 없으면 절대 친밀감이 생기지 않는다. 그리고 그 배려에 근저에는 그 사람이 한 사람의 독립적인 인격체임을 존중하는 것을 깔고 있어야 한다. 결혼 서약 시 나누는 약속 가운데 하나가 "서로 존경하며_{로마 1:10}" 살겠다는 다짐도 있다. 요즘 사람들이 결혼 후에도 많이 헤어지는 이유 중에는 상대방에 대한 존경심이 없기 때문이다.

　행복은 서로 다른 역할에 대한 인정과 존경으로 서로를 인정하고 어려움을 함께 이겨내며 감사하며 살아온 덕분에 맺은 열매다. 그것을 잊는 순간 남편은 '남'편이 되는 것이고, 아내는 '안 해'가 되기 십상이다.

I 내 인생의 동역자 남편 임병권

고추보다 매운 홀시아버지 시집살이

처음에 친정어머니는 내 결혼을 완강히 반대하셨다. 홀시아버지를 모시는 외아들에게 딸을 내주고 싶어 하지 않아 하셨다. 고생문이 훤히 보인다는 이유였다. 정작 당신은 그토록 고생하셨기에 딸은 편한 결혼 생활을 하기를 바란 탓이었다. 하지만 나는 난생 처음 어머니의 뜻을 거스르는 일을 선택하였다. 결국 딸의 고집을 꺾지 못한 어머께서는 그리 탐탁지 않아 하는 결혼을 허락하셨다. 졸업 후 6년간의 열애 끝에 1984년에 결혼식을 올렸다.

강남구 역삼동에 있는 개나리아파트에서 신혼살림을 시작했다. 다들 그렇겠지만 연애 시절에는 사랑하는 사람과 함께 살면 이슬만 먹고 살아도 행복할 것이라는 생각을 했다. 하지만 곧 결혼 후 현실은 그렇지 않다는 것을 몸소 느낄 수밖에 없었다.

첫 아이를 가진 후 나는 내 집이라는 것을 가져서 그곳에서 아이를 낳고, 키우고 싶다는 소망이 생겼다. 결혼 후 난생처음 청약통장을 장만하여 안양시 관양동 현대아파트에 분양 신청을 했다. 그 당시 아파트를 분양 받을 정도의 현금은 없었지만 전세금이 있고 맞벌이를 하고 있으니 어느 정도 저축이 가능할 것이라고 생각했다. 부족한 금액은 일부 대출을 받을까 생각도 했다.

자고 나면 아파트 값이 오르던 시기였다. 지금도 마찬가지지만 결혼한 부부에게 집 장만하는 것은 일생일대 매우 중요한 일이다. 그런데 막상 분양을 받고 입주 날짜가 다가오자 큰 문제가 생겼다. 현대건설에서 아파트 분양대금을 모두 내야 등기 이전이 가능하다고 한 것이다. 등기가 돼야 대출을 받을 수 있었던 상황이라 걱정을 크게 했다. 남편 역시 뾰족한 해결책을 찾을 수 없었다. 한참을 고민하던 나는 특유의 뚝심을 발휘했다. 일단 부딪쳐 보자! '진인사 대천명이다!'

임신 8개월의 만삭이었던 나는 강남성모병원에서 6시에 퇴근한 후, 압구정동에 있는 현대산업개발 본사로 무턱대고 찾아갔다. 내가 사장님을 만나겠다고 하니 비서가 난처한 표정으로 망설이다가 사장님은 현장에서 바로 퇴근하실 거라고 둘러댔다. 매번 그런 변명이 반복됐다. 결국 나를 만나고 싶어 하지 않는 사장님의 의사를 눈치 채고 말았다. 하지만 내 고집도 만만찮았다.

한 달 넘게 날마다 사무실에 찾아가 몇 시간씩 사장님을 기다렸다. 어느 날, 퇴근 후 사무실에 또 찾아갔더니 비서가 반가운 얼굴로 사장님이 나를 기다리신다고 말했다. 사장님에게 자초지종을 설명하고 나의 잔금지불 계획을 말씀드렸더니 내일 남편과 함께 분양 서류를 가지고 오라고 하셨다. 그렇게 우리는 현대건설 사장님의 배려로 전세금만 내고 생애 첫 아파트에 입주할 수 있었다.

소망했던 대로 내 집에서 첫아이가 태어났다. 그리고 나는 다니던 강남 성모병원에서 퇴직했다. 그 후 계획대로 일 년 뒤 나머지 잔금도 완납하고 등기이전도 했고, 이 아파트를 담보로 대출받아 1986년에 의왕시에 약국도 개설할 수 있었다.

지금도 생각하면 생애 처음으로 내 집을 마련하기 위해 만삭의 몸으로 아파트 분양사의 사장님을 찾아간 내 자신이 참 용기 있는 여자라는 생각이 든다. 물론 내 사정을 듣고 생애 첫 아파트를 장만할 수 있도록 도와준 대기업 사장님도 만만찮은 분이기는 마찬가지지만.

개업 약사라는 번듯한 직업을 갖고 있지만 나는 엄연히 집 안에서는 누군가의 아내고, 아이들의 엄마고, 시아버지의 며느리였다.

나를 짓누른, 1인 3역을 잘 해내야 한다는 중압감

고추 당초보다 더 맵다고 하는 시집살이 중에 더 힘든 것은 홀시아버지 시집살이라고 하는데 내 경우는 더 힘들었다.

결혼 초 늦둥이 외아들을 며느리에게 뺏겼다고 생각하신 시아버지는 나를 무척 힘들게 하셨다. 심지어는 며느리가 살림을 잘하고 있는지 결혼 후 5년 동안 매월 가계부와 통장을 검열하셨다. 시장에 다녀오면 물건을 잘못 사왔다고 꾸중을 하시기 일쑤였고, 시장에 데리고 다니면서 물건 고르는 법을 직접 가르치시기도 했다. 그 덕분에 일하는 전문직 여성치고, 나는 시장보기의 달인이라 자부할 만큼 노련해졌다.

보수적이었던 시아버지는 일하는 여성에 대한 배려가 부족하신 분이었다. 식사 때는 며느리 밥상을 받아야 한다고 하셔서 약국을 하면서도 식사 시간에는 약국 문을 닫고 압력밥솥에 직접 밥을 지어 시아버님 식사를 차려 드려야 했다. 하지만 아무리 힘들어도 약사로서의 내 커리어를 포기하기는 싫었다. 그 와중에도 욕심이 많았던 나는 결혼생활 중간 중간에도 부족한 전문성을 보완하기 위해 각종 세미나와 학회 활동도 열심히 했다.

고된 시집살이에 극심한 스트레스를 받아 살기 힘들었다. 하루는 너무 속상해서 작은 딸을 업고 큰딸의 손을 잡고 친정집으로 가출했다. 하지만 고생해서 키워주신 어머니를 실망시켜 드릴 수 없고 사랑하는 두 딸을 생각하니 해서 친정집 문 안에도 들어가지 못하고 발걸음을 돌려 집으로 돌아왔다. 너무 힘들었다. 하지만 외면하거나 방관하거나 악다구니를 칠 수는 없었다. 두 딸들을 위해 용기를 내었다.

이 모든 해결방안을 찾기 위해 그 이후로 날마다 새벽기도를 나가기 시작했다. 어느 날 너무 힘들어 통곡하며 기도하던 중에 마음에 깊은 깨달음이 찾아 왔다. 내가 아무리 시집살이로 힘들어도 나의 어머니보다는 나을 것이다. 나의 어머니는 남편도 없이 육남매를 홀로 키우시느라고 얼마나 힘드셨을까? 이런 생각을 하다 보면 저절로 용기가 났다. 평소 헌신적인 사랑의 실천으로 모범이 되신 나의 멘토이신 어머니를 본받아 부끄럽지 않은 자랑스런 딸이 되고 싶었다.

내가 하나님과 어머니로부터 받은 사랑의 십일조를 돌려드리자!

이런 결심을 한 후 많은 것이 변했다. 겉으로만이 아니라 진심으로 시아버지를 지극정성 섬기기 시작했다. 약국을 끝마치면 아버님의 발을 맛사지하며 씻겨드리고 좋아하시는 음식을 대접해드리고 딸처럼 살갑게 굴었더니 어느덧 시아버님도 나를 마음으로 받아 주셨다.

결혼 후 8년째 되던 해 시아버님께서 뇌졸중으로 쓰러지시고 그 후 칠 년간 누워 계신 홀시아버님을 돌보며 약국을 해야 하는 어려운 환경이 계속됐다. 자칫 뒤돌아보면 넘어질까 두려워 앞만 보고 달려가는 형국이었다. 그래도 시아버지의 병수발을 하면서 약국을 운영하고 두 딸을 키워낼 수 있었던 것은 어머니의 사랑과 희생에 보답하는 딸이 되기 위해 열심히 살았기 때문이다.

새벽기도를 통해 깨달은 사랑의 십일조 정신으로 섬기며 살다보니 어려움이 서서히 사라졌다.

결혼 후 32년간 1인 4역을 하는 슈퍼우먼 여 약사로 지냈다. 지칠 때마다 어머니를 떠올리며 기도와 신앙심으로 극복했다.

**"인생을 마치고 천국으로 돌아갈 때 되돌아보면서
후회하지 않는 삶을 살겠다"**

평소 내 자신과 한 약속이었다. 나는 이것을 지키기 위해 부단히 노력했다. 그런 힘든 시간과 아픔을 통해 내가 조금이나마 성장했던 것 같다. 이후 내 자신을 철저히 내어주며 약사로서 두 딸의 어머니로서 아내와 며느리로서 열중하며 살다 보니 시아버님이 돌아가시고 어느덧 15년간 시집살이가 끝났다. 그때 나는 더 이상 미혹되지 않는다는 '불혹'의 나이가 되어 있었다. 나는 다시 꿈을 꾸기 시작하였다.

나는 나이가 주는 편견과 한계를 거부하고 싶었다. 마흔 살의 난 그 이전보다도 더욱 더 공부와 봉사, 세계와 정치에 열정적으로 미혹되기를 마다하지 않았다. 그리고 이런 나의 열정은 쉰 살이 넘어도 식지 않았다.

내가 이렇게 계속 뜨겁게 살 수 있는 동력은 시아버님을 모시면서 겪었던 여러 가지 어려움들을 지혜롭게, 자연스럽게 잘 해결했기 때문에 얻은 선물이라고 생각한다. 당시에 나는 정말 하고 싶은 일이 많았지만 내게 있어서 일 순위는 병환 중인 시아버님과 가정이었기에 언젠가는 내가 기쁘게 누릴 하나의 '마시멜로'처럼 남겨두었던 까닭이다.

오히려 이리저리 원한다는 핑계로 겉핥기식으로 접하기만 했다면 쉽사리 포기했을지도 모른다. 하지만 후회 없이 내 소중한 사람들에게 최선을 다했기에 나중에 내가 원하는 것을 할 때의 기쁨이 그렇게 배가됐다고 생각한다.

어머니의 기도

내가 대학에 입학하던 해 어머니는 쌍둥이 두 오빠와 언니 그리고 나까지 4명의 자녀를 동시에 대학에 보내셨다. 홀어머니의 적은 수입으로 어떻게 모두 대학 공부를 시키셨는지 잘 모른다. 하지만 정말 어머니는 우리가 등록금이 필요할 때 화수분을 숨긴 것처럼 뚝딱- 만들어서 내놓으셨다. 그것이 여자 혼자 몸으로 얼마나 힘들고 어려운 일이라는 것을 지금에나 잘 알지, 그때는 그렇게 골똘히 생각해 보지도 않고 등록금을 받았던 것 같다.

자식을 위해 힘들게 고생하면서도 미래를 꿈꿀 수 있도록 어머니는 늘 격려해주셨다. 그 당시 기성세대들은 모두들 그렇게 자식을 위해 사셨다. 진짜 애국자임에 틀림없다. 이렇게 어머니의 품에서 자란 자식들은 결코 엇나갈 수 없는 법이다. 어머니가 자식들을 위해 포기하셨던 것들과 헌신했던 모습을 기억하는 한, 늘 사랑에 감사하며 열심히 살아가게 돼 있다.

어머니의 사랑이 정말이지 자랑스러웠던 때가 있었다. 대학 3학년 때 축제 기간 중 어머니가 학교에 오셨다. 전교생이 모인 강당에서 '사랑하는 딸에게 주는 글'이라는 제목의 편지를 낭독하셨다.

"한 알의 밀알이 떨어져 썩어야 많은 열매를 맺을 수 있다"

편지 글귀 중 가장 기억에 남는 대목이었다. 가슴이 뭉클했다. 저기 강단에 서서 나를 올곧게 바라보며 바른 말씀을 건네주는 당당한 분이 내 어머니라고 목 놓아 외치고 싶었다.

어머니는 늘 "어려움이 네게 유익이라!"는 성경 말씀을 따라 긍정적인 사고와 감사로 기쁘게 살며 믿음으로 두려움을 극복하라고 부탁하셨다. 그리고 "작은 일에도 최선을 다해라!"라고 부탁하셨다. 사실 내 인생에 어려움이 닥칠 때마다 나는 늘 어머니의 그 말씀들을 떠올렸고, 기도로 이겨내는 삶을 살아왔다고 자부한다.

항상 바쁜 딸이라 어머니께 제대로 된 음식 대접을 하지 못하는 게 늘 죄송스러울 뿐인데도 어머니는 나이 드신 다른 어르신들을 위한 봉사를 열심히 하고 있는 딸을 꽤 자랑스러워하신다. 약국 근처 사택에 건물을 지어 엘림요양원을 운영한 이래 매해마다 나는 설날이나 추석 명절이면 요양원에 입소하신 어르신께 음식을 대접한다. 명절이면 요양원에 평소보다 많은 보호자들이 방문하곤 했다. 명절 연휴 기간은 원장인 내가 평소보다 매우 분주하게 바지런을 떨어야 하는 날들이다. 하루 종일 주방에서 근무하며 어르신과 직원들의 식사를

담당할 때도 있다. 다른 어르신들의 밥을 정성껏 만들면서도 나는 정
작 명절 당일에 내 어머니께는 인사조차 드리지 못한다. 전화를 걸어
안부를 여쭈면 **"네게 나는 육신의 어머니이지만 네가 돌봐드려야 하
는 요양원의 어르신들도 네 부모님들이다. 귀하고 감사하게 여겨야
한다."** 라고 말씀하시며 연휴가 끝나야만 찾아뵙고 절을 올리는 못난
딸을 그래도 어머니는 항상 이해해 주며 기도해 주신다.

| 엘림요양원의 즐거운 시간

　　어머니의 기도는 지금도 계속 되고 있다. 어머니는 요즘도 새벽 6시
에 일어나시면 2시간씩 자녀들을 위해 기도하고 계신다. 육남매에서
시작해서 25명의 손자, 손녀 그리고 두 명의 증손녀까지 총 27명의 자
손들의 이름을 적어 놓고 한 명도 빠지지 않고 기도하신다고 한다.

'줄탁동시啐啄同時' - 병아리가 부화 시기가 되면 알 안에서 병아리가 껍질을 깨려고 아직 여린 부리로 사력을 다해 쪼아댄다. 세 시간 안에 나오지 못하면 질식해서 죽기 때문이다. 그래서 온몸으로 사력을 다해 병아리가 알 안에서 쪼아댄다는 뜻의 '줄啐'이다. 이때 어미 닭이 그 신호를 알아차려 바깥에서 부리로 알 껍질을 쪼아줌으로써 병아리의 부화를 돕는다. 이렇게 어미 닭이 밖에서 쪼아주는 것을 '탁啄'이라 한다. 줄과 탁이 동시에 일어나야 한 생명은 온전히 탄생한다.

나는 어머니의 기도와 사랑으로 그리고 주변의 도움으로 어려움을 이겨내고 행복한 삶을 살고 있다고 생각한다. 사람과의 관계, 부부 관계, 가족 관계, 인간관계, 비즈니스 관계, 모든 관계에서 우린 누군가의 탁啄과 나의 줄啐에 의해서 성장하였으니 나도 누군가의 탁啄이 되어 어려운 세상에서 힘들어하는 이들에게 손을 내밀어야 한다고 생각한다. 나는 작은 관심과 나눔으로 힘을 얻는 이가 있다면 감사함이 넘쳐난다.

지금 내 곁의 행복아! 고맙다

내가 살아오면서 힘들 때마다 가장 많이 묵상하고 의지하는 성경 말씀을 소개한다.

"항상 기뻐하라! 쉬지 말고 기도하라! 범사에 감사하라!
이는 그리스도 예수 안에서 너희를 향하신 하나님의 뜻이니라."
데살전 5장 16~18

나는 살아오면서 수많은 어려움을 겪으면서 힘들 때마다 마음속으로 하나님께 부르짖으며 살았다. "하나님, 어떻게 이 상황에서 감사할 수가 있습니까? 어떻게 기쁘게 살 수가 있나요? 전능하신 하나님은 가능하지만 사람인 저는 불가능합니다. 왜 이렇게 사람이 할 수 없는 일을 성경에 써 놓으시고 순종하라고 하시는 겁니까?"

나는 시집살이를 하면서 힘들 때마다 때론 통곡하며 때론 기도 중에 안타깝게 부르짖으며 하나님께 따지듯이 묻곤 했다. 그러던 어느 날 기도하고 묵상하면서 하나님께서 "항상 기뻐하라!"고 하신 이유를 스스로 깨닫게 됐다. 항상 기뻐하며 살기위해서는 범사에 감사해야 하고 감사하기 위해서는 기도를 쉬지않고 하나님과 동행하여야 가능하다는 것을.

일상의 작은 즐거움도 아주 소중하다

대부분의 인간은 커다란 누릴 일이 많지 않을뿐더러 큰 즐거움 뒤 끝에는 또 다른 걱정과 불안에 휩싸이기 쉬운 법이다. 하지만 작은 즐거움은 소소하지만, 부담 없는 행복감을 준다.

그렇다면 일상의 즐거움은 어디에서 얻을 수 있을까?

남편의 다정한 전화 목소리, 새근새근 자는 아기의 모습, 오랜만에 만난 대학 동창생들과의 맥주 한잔, 나른하고 따뜻한 봄 햇살에서도 충분히 얻을 수 있다.

처음 시도한 요리가 꽤 맛나서 가족의 찬사를 들었을 때, 저렴하게 산 원피스를 입고 외출했는데 이웃으로부터 예쁘다는 칭찬을 들었을 때, 보고 싶은 친구에게서 안부 문자를 받았을 때, 라디오에서 정말 좋아하는 가요가 나왔을 때, 몸무게가 나도 모르게 2킬로그램이 빠졌을 때도 가능할 것이다. 상상만 해도 행복한 미소가 떠오르지 않는가!

결혼기념일을 맞은 한 아내의 사례를 들어보자!

남편이 퇴근하면서 꽃다발을 선물로 사가지고 들어왔다, 한 아내는 불만이 가득한 얼굴로 "여보! 남들은 다이아목걸이를 사다 준다, 해외여행을 시켜 준다 하는데 결혼기념일 선물이 이게 뭐예요." 하며 투덜거린다. 이 아내에게는 기쁨도 행복도 찾아볼 수 없다. 날마다 남편을 무능하다고 남과 비교하며 불행해할 것이다.

그러나 같은 상황에서 다른 아내는 감격 어린 표정으로 "여보, 고마워요! 바쁠 텐데 잊지 않고 아름다운 꽃을 선물로 사오다니 정말 감사해요. 내가 당신과 결혼한 것은 진짜 행운이에요."라고 말하며 남편에게 안긴다면 이 부인의 마음은 기쁠 것이고, 이 가정은 행복이 넘치는 가정이 될 것이다.

감사의 마음이 있어야 기쁠 수 있고 행복할 수 있다

어떠한 상황에서도 감사하고 기뻐해야 한다. 하루를 소중하게 여기고 내가 갖고 있는 것에 감사할 수 있다면 먼 훗날 찾아올 거라 믿고 있는 행복이 바로 지금 내 옆에 있다는 걸 깨닫게 된다.

I 사)한국유씨티학회 봉사활동

크고 은밀한 기적을 만드는
긍정과 감사

" 당신이 무언가를 간절히 원할 때

온 우주가 그 소망이 실현되도록 도와줍니다."

파울로 코엘료의 『연금술사』에 나오는 글이에요.

살면서 정말 이 글귀처럼 내 소망들이 극적으로 이루어진 경우가 많습니다.

그러나 솔직히 아무리 간절히 원해도 인간의 한계라는 것이 있어 이루지 못하는 소망들이 있을 수 있어요. 아무리 노력해도 그 끝에 닿지 않을 때의 무력감과 절망감… 저도 잘 알고 있어요.

그런데 한 번 다시 생각해볼까요?

그 소망이라는 것이 정말 내가 간절히 원하는 것이 맞는지, 누구보다 나에게 행복과 희망을 주는 옳은 것인지, 그 소망을 위해 기울였던 노력들이 진짜였는지 한번 다시 들여다보기를 바라요.

너는 내게 부르짖으라 내가 네게 응답하겠고
네가 알지 못하는 크고 은밀한 일을 네게 보이리라!

(렘 33:3)

그 소망이 실현되도록 도와준다는 '우주'는 나 이외의 세상 사람들입니다.

정말 나보다는 타인의 마음을 움직이고, 나의 이익보다는 우리의 이익을 위하는 것인지, 인간의 탐욕이 아니라 신성에 가까운 순수하고 깨끗한 마음을 가지고 노력했다면 그 소망은 반드시 이루어질 수밖에 없을 거예요.

소망을 이루기 위해 늘 긍정하고, 감사해하세요!

걱정을 하면 할수록 우주에서 오만가지의 걱정거리가 떼로 몰려듭니다.

감사는 하면 할수록 화수분처럼 샘솟는 에너지가 됩니다.

지금 발 디딘 곳을 천국으로, 또는 지옥으로 만드는 것은 바로 자기 자신이랍니다!

PART
02

손약국 사람들

시련은 인간을 성장시킨다!

손약국의 애인들

1982년에 대학을 졸업하고 강남성모병원에 4년 동안 근무하다 1986년에 의왕시에서 처음 약국을 개업한 지 엊그제 같은데, 올해 약국 개업 32주년이 됐다. 세월의 흐름이란 유수와 같다는 말은 내게 있어서 괜한 수사가 아니었다.

지난 30여 년 동안 전문직업인 약사로서, 자기개발을 게을리 하지 않는 여성으로서, 한 가정의 며느리로서, 아내로서, 두 딸의 어머니로서 부족함이 없도록 최선을 다해 온 시간이었지만 때론 힘들었던 적도 많았다.

가정이라는 안식처, 가족이라는 우군,
그리고 내 평생지기 친구이자 또 다른 가족인 고객

내가 지치고 힘들 때마다 가정은 내게 있어서 가장 따뜻하고 포근

I 경기도 약사회 학술제 출품 포스터

한 안식처가 되어 주었고, 가족들은 누구보다도 든든한 우군이 돼 주었다. 그리고 잊을 수 없는 분들이 또 있으시다. 바로 손약국을 찾아 주신 나의 고객들이다. 한결같은 사랑을 느끼며 내 삶의 원동력이라 생각하고 늘 감사한다. 모두가 소중하지만 특히 나의 여러 약국 고객 중에서도 가장 기억이 남는 몇 분들이 있다.

후두암 수술을 받은 클래식 마니아 김 선생님

첫 번째 고객은 날마다 만나는 분이며 오늘도 오후에 다녀가실 것이다. 김○○ 선생님은 클래식 마니아이시다. 자세한 신상은 모르지만 18년 전부터 나의 약국에 들르시는 단골고객이셨다. 처음에는 김 선생님과 대화를 나누기가 쉽지 않았다. 후두암 수술한 지 얼마 안돼서 목소리를 잘 알아듣기 어려웠고, 무척 예민하신 분이라 오실 때마다 약국 식구들도 어려워하는 분이었다.

비가 내리는 어느 날이었는데 이분이 소화가 잘 안 된다며 약국에 오셨다. 병원에도 다녀왔고, 소화제도 먹어 보았는데 아무 소용도 없다며 계속 가슴이 답답하다고 짜증을 내시곤 했다. 잔뜩 긴장해서 살펴보니 가슴앓이 증세인 것 같았다. 나는 한참을 망설이다가 용기를 내어 질문했다.

"혹시… 요즘 첫사랑 생각이나 가슴 아픈 생각을 하고 계신 건 아니세요?"

내 말이 끝나기도 전에 김 선생님의 얼굴이 금세 환해지셨다. 나이 먹어서 창피하지만 요즘 첫사랑의 상처가 생각나서 며칠 잠을 이루지 못했다고 고백하셨다.

그날 이후 나는 틈나는 대로 그분의 말벗이 되어 드리고 그분은 약국에 오실 때마다 즐겨 들으시는 클래식 음악을 직접 녹음해 주셨다. 내가 음악을 잘 듣고 있는지 곡명을 적지 않고 테이프를 주신 뒤에 곡명을 적어 제출하라는 시험도 내시고 학점이 잘 나오면 상으로 DVD도 만들어 주셨다.

건강염려증으로 박덕순 약사 바라기가 되신 박 여사님

두 번째 고객은 혼자 지내시는 70대의 박 여사님이다. 이분도 직장이 끝나고 퇴근길에 거의 날마다 약국에 오신다. 어떤 때는 집에 갔다가도 2-3번 더 오실 때도 있다. 매사에 나의 확인이 있어야 안심하시고 주무신다. 약국에 오셔서 내가 바쁠 때는 한쪽 구석에서 조용히 앉아서 기다린다.

환자분과 상담하는 경우는 1~2시간도 마다하지 않으시고 기다린다. 너무 오래 기다리게 해서 잔뜩 죄송한 마음에 허겁지겁 달려가면 "박 약사님 박카스 한 병만 주세요!"라는 너무도 간단한 용건이다.

가끔은 마음 졸인 것이 허탈할 지경이다. 하지만 나는 이분이 약국에 안 오시면 어디가 많이 아프신가 하고 궁금해진다. 이렇게 나는 환자와 한 가족이 되어간다.

나를 미스코리아로 만들어주시는 노인대학 어르신

세 번째 고객은 머리가 희끗희끗하신 하신 70대 노인 학생이다. 의왕시 노인대학에서 강의할 때 맨 앞에 앉아서 열심히 들으시던 나의 제자이시다. 이분은 약국에 오시면 사람이 많을 때도 늘 미스코리아 약사님을 찾으신다. 그래서 고객분 중엔 고개를 갸우뚱하면서 몇 년도 미스코리아 출신?이냐는 질문도 가끔 하신다.

그러면 나는 능청스럽게 웃으며 '제가 1978년도 미스코리아 출신입니다.'라고 대답하곤 했다. 1978년은 내가 대학 입학하던 해이기 때문이다. 그때 사진을 보여드리면 아하~ 하고 믿으신다.

하늘나라로 가신 자동차 마니아

네 번째 생각나는 고객은 얼마 전 작고하신 분이다. 이분은 자동차 마니아셨다. 캠핑용 자동차를 개조하여 아름답게 꾸미시고 틈나는 대로 전국 여러 곳을 여행하시는데 다녀오시면 그곳 이야기도 들려주시고 특산물도 사다 주시는 자존심과 개성이 강한 분이셨다.

우연히 그분과 대화를 나누다가 가족 이야기를 듣게 되었는데 아들과 몇 년째 말도 하지 않고 지내신다고 하셨다. 나는 펄쩍 뛰며 진심으로 말씀드렸다.

"빨리 화해하세요. 연세도 드셨는데 이러다 갑자기 돌아가시기라도 하시면 남겨진 가족과 아들은 살아 있는 동안 항상 죄책감을 갖고 살게 될 텐데요."

어쩌면 기분이 나쁘실 수도 있겠다 생각했지만 진심으로 말씀드렸다. 그분은 나의 말에 역정을 내시며 뒤돌아 나가셨는데 그 이후에는 다시는 뵐 수가 없었다.

몇 달이 지나고 어떤 아주머니가 나를 찾아 오셨다. 그분의 임종 이야기를 들려주셨다.

"박 약사님 덕분에 아들과 화해하고, 주님께 회개하고 기뻐하며 천국 갈 수 있게 되었다고 하시며 돌아가실 때 꼭 박 약사님을 찾아뵙고 내 대신 감사 말씀드리라고 유언하셨습니다."

전언을 듣자마자 울컥 뭔가가 목구멍 밖으로 나오려고 했다.

내게는 이처럼 마음을 나누고 서로에게 작은 힘이 되려고 애쓰고 싶은 애인과도 같은 고객들이 계시다. 그 사랑 속에서 30여 년의 시간이 흘러 나도 장년의 나이가 됐다. 지금도 나는 나의 고객들을 돌보느라 여전히 너무도 바쁘게 살고 있다.

나는 다시 태어나도 이 약사라는 직업을 주저 없이 택할 것이다. 왜냐하면 나를 사랑해주시고, 내가 사랑하는 내 애인들을 늘 돌볼 수 있어 행복하기 때문이다.

여성 약사라는 벽을 넘자!

누구나 한 번씩 살면서 크게 앓는다. 몸이든 마음이든 한 번 많이 아팠던 사람들은 그 질병에 몸을 통째로 내주거나 그 병을 극복한 후 더 큰 면역력으로 자기 무장을 하곤 한다.

나 역시 많이 아팠던 때가 있었다. 약사인 내가 말하기에 쑥스럽지만 내게도 삶에 대한 회의가 쑥 찾아든 때가 있었다.

'왜 이렇게 아등바등 살아야 할까?'

힘들게 공부를 한 약사로서의 삶에도 그리 자긍심을 느낄 수가 없었다. 게다가 부모로서, 아내로서, 며느리로서 사는 것이 녹록지 않아 힘겨워진 마음이 자꾸만 나를 스스로 궁지에 몰아가고 있었다.

내가 대학교를 다니던 1970년대 후반에서 1980년대 초반까지만 해도 여자 약사는 대한민국 1등 신붓감이었다. 주변에서 선망을 한 눈에 받았던 대상이었다. 약대를 지망하는 여학생은 대부분 학교 우등생이자 모범생이었다. 지금 내 연배의 약사들을 봐도 대부분 반듯한 성격의 소유자들이 많다. 나처럼 적극적이고 도전적인 성격들이라기보다는 단정하고 조용하고 섬세한 성향의 사람들이 많다.

대한민국의 엘리트 집단으로 쉽게 말하면 가정에서나 학교에서나 누구에게 싫은 소리 한 번 안 듣고 자란 여성들이다. 그러나 대학을 졸업하고 사회에 진출해서 생활을 하다 보면 크든 작든 타인에 의해 상처를 받게 된다. 특히 상처의 면역성이 적은 젊은 여성 약사는 현실적으로 많은 어려움을 당하게 되고 스스로를 보호하는 벽을 하나씩 만들어간다.

결혼을 하게 되면 여성 약사는 1인 3역의 슈퍼우먼의 역할을 요구받는다. 약국을 경영해서 전문가로써 국민건강에 이바지하고 가정에도 경제적인 보탬이 있음에도 불구하고 집에 돌아오면 편히 쉬지도 못하고 가사와 자녀교육을 책임지며 자신을 희생해야 했다. 체력의 한계를 느껴 어느 하나라도 소홀히 하게 되면 자책감에 힘들어하기도 한다. 가족으로부터도 제대로 도움도 받지 못하면 직업에 대한 위협도 받는다. 어렵게 힘들게 공부해서 약사가 되었음에도 "약국은 나중에도 경영할 수 있으니 우선 자녀 양육에 힘쓰라!"며 폐업에 대한 압박을 은근히 받기도 한다.

여성 약사 스스로 벽을 넘지 않으면 언젠가 지치기 마련이다

우리가 넘어야 할 벽은 여러 가지다. 먼저 "여성의 연약함"이라는 벽을 넘어야 한다. 여성을 수식하는 단어에 '상냥함', '부드러움', '온화함', '친절함'도 있지만 '연약함'이 포함되어 있다.

현대사회에서 여성의 성품은 경쟁력이 있다. 대부분의 사람들은 어머니를 연상시키는 여성의 성품에 친밀감을 갖고 있으며, 이제 더 이상 여성은 연약하지 않다. 다만 상대방을 배려하는 자상함과 지혜가 있을 뿐이다. 양보와 여성스러움을 미덕으로 교육받고 자란 우리 세대는 내면의 강함을 감추고 살아 왔다. 하지만 '철의 여인 영국의 대처수상'과 같은 강인함이 내재되어 있다. 다만 가려져 있을 뿐이다.

약사회 조직을 보면 여성 약사회원이 절반을 훨씬 넘는데 임원 중 여성 약사는 소수만 분포되어 있고 대한약사회장 선거에도 여성 약사 후보가 없는 현실이 이를 대변해 주고 있다. 이제 여성 약사는 여성스러움을 미덕으로 양보만 하지 말고 내면의 강인함과 지혜를 표출하여 약사 사회를 이끌어가는 오피니언 리더로 거듭나야 한다.

'전문가로서 프로정신의 부재'라는 벽을 넘어야 한다

1997년 다국적 제약회사 한국얀센의 "아킬레스프로젝트"에서 스포라녹스 'Pulse 요법'이 약국가에 소개되면서 나는 피부 질환 중 "무좀"에 관심을 갖게 됐다. 나는 전국의 피부 질환 치료로 유명한 약사님 30여 명을 초청해 함께 피부 질환을 연구하는 진균임상약사회를 만들었다.

또한 http://www.footcare.co.kr라는 인터넷 상담 사이트를 만

들어 운영했다. 어느 날 우리가 운영하는 피부 질환 상담 사이트 footcare.co.kr가 포털 사이트 검색 순위 1위를 했다는 소식을 들었다. 얼마 뒤에 'MBC 화제집중'에서 인터뷰하자는 연락이 와서 인터뷰를 했다.

I MBC 화제집중

이 사이트는 의약분업이 시작된 2000년 8월까지 운영됐다. 한국얀센에서 약사님들에게 약국마케팅 강의를 해달라는 의뢰가 들어왔다. 의왕시의 작은 약국에서 스포라녹스 전국 매출 1위를 한 경영전략을 강의해 달라는 것이다. 사실 나는 약사님들 앞에서 강의를 해본 적이 없었다. 하지만 우리 약국에서 무좀치료 했던 방식을 그대로 강의를 했고 이후에 유명한 약사강사가 됐다. 스포라녹스 펄스 요법 마케팅 강의도 전국을 순회하며 2000년 의약분업 때까지 지속됐다.

그 당시 시아버님께서 병환으로 누워 계셔서 강연요청이 들어오면 새벽에 비행기 타고 내려가서 강연하고 마지막 비행기로 올라와 시

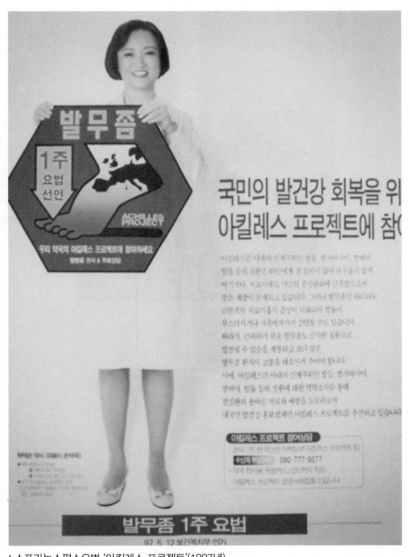

l 스포라녹스펄스요법 '아킬레스 프로젝트'(1997년)

아버님 목욕을 시켜드리는 강행군을 해야 했다. 주부와 며느리 역할에 약국경영, 그리고 강사 활동까지 하면서 몸은 고달팠지만 많은 약사님들에게 도움이 되는 신지식인의 대열에 합류한다고 생각하니 보람 있고 행복했다.

이때 젊은 여성 약사 한 분이 상담을 신청했다. 이 분은 약국 업무를 부업쯤으로 생각하고 있었고 자신은 육아와 약국 업무의 이중고로 무척 힘들다고 하소연했다. 병환 중이신 홀시아버님을 15년간 모시고 약국을 경영했던 여성 약사 선배로서 사정은 이해가 갔다. 하지만 나는 단호하고 엄하게 충고했다.

"전문가로서 직업인 약사 직능을 무엇보다 우선순위에 둘 수 없다면 빨리 약국을 정리하시는 게 더 낫습니다!"

인터넷 등에 의학전문 정보가 넘쳐나는 이 시대에 전문가로서 어떻게 대처할 것인가 철저히 고민하고 준비해하지 않으면 발전할 수 없고 퇴보하고 만다.

'약사 직능의 다각화'라는 벽을 넘어야 한다

나는 요즘 내 자신을 돌아보면서 스스로 놀랄 때가 많다. 내가 해보고 싶다고 생각했던 모든 일들이 현실로 모두 다 이루어졌기 때문이다. 나는 항상 질문했다. 개국 약사는 약국에만 있어야 할까? 그 대답은 "아니다."다.

이 세상에는 약사 직능을 활용해서 해야 할 일이 너무도 많다. 내가 하고 있는 일을 살펴보면 지역사회의 건강지킴이로써 무료 건강 강의, 학교 약사 활동, 약물 오남용 방지 교육, 청소년 성교육 등 강사 활동이다.

또한 사회복지사 자격을 취득하고 임상약학 전문지식을 활용해서 노인전문요양원을 설립하여 10년간 운영하고 있다. 바쁜 시간을 쪼개서 새로운 약학 정보를 얻기 위해 성균관대 약학대학원에서 약학 박사 과정을 마치고 백석대학교 보건학부에서 응급약물학 강의도 했고, 숙명여대와 전주 우석대 약대생들의 실무실습을 지도하기도 한다.

2006~2010년 4년간 경기도 의원으로 경기도 정책과 예산집행의 파수꾼으로 일하기도 했다. 내가 만일 약국의 벽 속에 내 자신을 가두었더라면 이 많은 일들을 시도조차 해보지 못했을 것이다.

"두려워 말라! 놀라지 말라! 담대하라! 내가 너와 함께하리라"

하나님의 이 말씀에 의지하여 살아온 내 인생 성적표를 바라볼 때마다 아쉬움은 남을지언정 결코 후회하지는 않는다.

100세를 바라보는 초고령화 시대를 살아가야 하는데 나는 앞으로 얼마나 더 많은 벽을 허물고 새로운 도전을 할 것인가를 생각하니 가슴이 떨려온다. 여성 약사의 한계를 극복하고 진정한 국민건강지킴이로서 직능인으로서 보람 있고 후회 없는 삶을 살아가고 싶다. 열정이 넘치고 최선을 다하는 여성들이라면 스스로 쌓은 벽을 능히 허물 수 있다.

여성들이여! 다 함께 무한한 가능성이 있는 미래로 달려가자! 도전하자! 용기를 내자! 도전하는 자만이 이룰 수 있다!

I 불혹의 나이에 도전한 약학석사 졸업식(2004년)

셀프메디케이션, 리모델링으로 자신감 UP

| 약국 30주년 기념으로 리모델링한 손온누리 약국을 탐방온 이준약사님 일행

　　1986년 내가 의왕시에 약국을 개설하고 삼십 년이 되는 해를 맞았다. 30주년을 맞아 뭔가 나를, 우리 약국을 기념하는 일을 하고 싶었다. 회사나 공직에 삼십 년 근무하면 해외연수라는 포상이라도 있

겠지만 개국 약국을 하는 약사는 스스로 기념을 해야 한다.

삼십 년 동안 약국을 경영할 수 있는 건강을 주심에 감사하고 나를 신뢰하고 찾아 주는 고객들에게도 감사하는 마음과 삼십 년 동안 열정적으로 약사의 직무를 감당한 내 자신에게도 상을 주고 싶다는 생각이 들었다.

그런 고민을 하고 있는 나에게 남편은 20년 된 그랜저를 타고 다니는 내게 새 자동차로 장만하라고 말했다. 하지만 나는 장고 끝에 약국 리모델링을 하기로 하고 실천에 옮겼다. **차를 바꾸면 혼자만 기분이 좋아지지만 약국을 바꾸면 더 많은 고객이 기분 좋아질 거라 생각했다.**

며칠 밤을 새워 약국의 변신을 시도했다. 대략 중형차 한 대 값의 돈이 들었다. 리모델링 후 우리 약국은 30년 된 약국이 아니라 새로 오픈한 드러그스토어형 약국의 모습으로 재탄생했다. 나는 그동안 미뤘던 POS시스템, 바코드 리더기, 복약 지도용 컬러봉투도 도입하고 약사 가운도 새로 주문해서 입었다. 30년 전 설레던 초심으로 돌아가 새로운 열정을 가지고 환자의 눈높이에 맞추고자 마음먹었다.

약국 리모델링이 끝난 뒤 결과는 기대 이상이었다. 약국에 오시는 단골 고객은 물론 좋아하셨고 이후 젊은 층 고객도 늘어나고 매출의 신장도 일어났다. 새로운 쾌적한 환경에서 즐겁게 일하면서 고객들로부터 칭찬도 보너스도 받았다.

천여 가지가 넘는 약을 효율적으로 관리하는 방법도 고안했다. 실제 고안해 사용하는 방법은 도서관 분류법을 참조했다. 도서관에 책장과 책이 번호가 매겨져 있고 DB화 돼 쉽게 찾을 수 있는 점을 응용한 것이다. 약장을 좌측 위서부터 아래로 '1-1', '1-2' 형태로 번호를 매겨 누구든 쉽게 약을 찾을 수 있게 했다. 약은 'ㄱ, ㄴ, ㄷ' 순으로 정리해 각 칸마다 집어넣은 후 약품 뚜껑에 약장 번호를 적어 쉽게 눈에 띄게 했다. 모든 약품들을 이같이 전산화하고 목록을 프린트 해 쉽게 검색이 가능하도록 만들기도 했다.

이렇게 하면 좋은 점은 굉장히 많다. 관리 약사님들이 자주 바뀌거나 약국에 실무 실습 오는 학생들이 처음 와서 약을 찾을 때 굉장히 시간이 많이 걸리는 편인데 이제는 찾는 속도가 빨라져서 시간을 절약하게 됐다. 이런 분류법은 전문약에 국한되지 않고, 일반약과 건기식에도 매대에 번호를 붙여 재고 파악과 검색에 활용했다. 조제 약장에서부터 전체 한 바퀴 도는데 160칸의 공간이 생겼다.

'160번째 칸에 약이 없네!'

그렇게 기억하고 기록하면 재고관리에 굉장히 도움이 되고 빠른 속도로 약을 찾아서 고객에게 전달하여 복약 지도를 잘할 수 있는 시간이 많이 절약이 됐다.

젊은 잠재 고객들이 현실 고객으로 변했다는 것이 무엇보다 큰 의미가 있었다. 원래 '노인특화약국'으로 유명했던 손약국의 분위기가 젊어지자 못 보던 젊은 사람들까지 약국으로 찾아왔다. 처방조제와 일반의약품 판매라는 한계를 넘어 생활용품, 위생용품, 화장품, 건강기능식품 등 매출 신장이 다양한 제품에서 발생했다. 이렇게 약국을 리모델링한 이후 생기는 변화를 지켜보면서 나는 또 하나를 깨달았다. 바로 나 자신의 발전을 위한 리모델링도 게을리하지 말아야겠다고 생각한 것이다.

우리는 자기 가치를 드높이는 일을 멈추지 말아야 한다. 새로운 것에 대한 갈구, 그 목표에 도달하기 위해 한 나의 노력들을 멈추지 않았다. 후회하지 않는 삶을 위해 내가 좋아하는 일을 절박한 마음으로 찾았다. 의원으로 활동한 것도 그 여정의 연장선상이었다고 자부한다. 나는 내 가슴을 뛰게 하고 나를 행복하게 만드는 일생의 업을 만났다고 자부한다. 이건 엄청난 행운임에 틀림없다.

현재 나의 직은 약사, 교수, 강사 등이다. 하지만 나의 업은 사람들을 치유하고, 사람들에게 행복을 안겨주는 것이다. '직'과 '업'은 많이 다르다. '직'은 남이 부여한 자리이고, '업'은 스스로 부여한 프로젝트다. 영어의 job은 직職에 해당될 것이고, profession은 업業에 더 가까울 것 같다. 어떤 사람은 평생을 하나의 업을 가지고 외길 인생을 사는 사람도 있다. 그런가 하면 문화 분야에서 평생 하나의 업에 종사하지만, 직은 무수히 많이 바뀌었던 이어령 선생 같은 분도 있다.

일로써 자신의 가치를 입증하려면 '직職'이 아닌 '업業'을 추구해야 한다. 사람들은 대개 '직'에만 관심을 갖고 '업'은 뒷전이다. 그렇게 '직'을 추구하다가 어느 순간 '업'을 잃는다. 그러나 '업'을 추구한 사람은 '직'이 저절로 따라온다.

'직'은 사람을 안주시킨다. 절박하지 않고 편하다 보니 일을 대충하기 쉽다. 자리를 잃지 않을 만큼만 일하니 경쟁력이 떨어질 수밖에 없다. 그러나 '업'은 사람을 성장시킨다. 늘 새로운 도전과 모험을 하게 되니 일에 대한 절박함이 있다. 수많은 시행착오를 거쳐서 자신만의 경쟁력이 쌓이게 된다. '무엇이 되느냐What to be'보다는 '무엇을 하느냐What to do'를 더 중요하게 여겨야 한다.

스티븐 C.런딘이 쓴 『펄떡이는 물고기처럼』이라는 책을 몇 년 전 지인이 선물했었다. 내 책꽂이에서 늘 나를 반겨주는 책이다.

결혼 초 시집살이에 힘들 때면 나는 가끔 가락동 새벽시장에 가곤 했다. 그곳에 가면 새벽에 지방에서 올라오는 채소를 가득 실은 트럭들이 가득하다. 모두들 얼마나 열심히 살고 있는지 감탄을 하며 다시금 힘을 냈던 생각이 난다.

조직과 인생에 생명을 불어넣는 기법, 이른바 'fish 철학'을 알려주는 이 책은 '오늘 당신은 어떤 하루를 살아갈 것인가?'라는 질문을 화두로 삼고 있다. 누구나 할 수 있지만 실천하기는 쉽지 않은, 일상을 변화시키고 가정과 일터에 활력을 불어넣을 수 있는 방법들이 책에서 제시되고 있다.

어떤 일이든지 그 일을 해야만 하는 사람들에게는 지루하게 여겨질 수 있다. '직업'이라는 특정한 조건하에서는 그 어떤 일도 새로움에 대한 흥미를 곧 잃어버린다는 생각이 들 수 있다. 하지만 역으로 생각한다면 어떤 직업이라도 지겹게 느껴질 수 있다는 데 동의한다면 어떤 직업에도 에너지와 열정을 일으킬 수 있다는 데에도 동의할 수밖에 없다. 비록 우리가 어떤 일을 하는가에 있어서 선택의 여지가 없다 하더라도 당신이 어떤 방법으로 그 일을 할 것인가에 대해서 항상 선택의 여지가 있다.

직업을 대하는 태도를 선택하는 우리의 마음에 따라 지금의 일이 굉장히 달라질 수 있다. 나는 지금 직장의 삶에 지쳐있는 이들에게 『펄떡이는 물고기처럼』을 읽어보라고 권한다. 기회가 된다면 나도 직접 어시장에 찾아가 생선들이 미네소타에서 뉴욕으로 펜실베이니아에서 캘리포니아로 날아다니는 그런 활기를 직접 몸으로 한번 느껴보고 싶다.

경력 리모델링도 나의 '직'과 '업'을 풍성하게 만들어줄 수 있다. 나는 약국 일만 하지 않았다. 약국 이외의 방외 활동에서도 열심히 했고, 나름 두각을 나타내고자 노력했다. 대표적으로 스포라녹스 Pulse 요법 마케팅 강사로 '아킬레스 프로젝트'를 성공적으로 펼친 적이 있다.

1997년 봄, 당시 국내 무좀치료제 매출 1위 제품인 '스포라녹스'는 의사, 약사 등 전문가가 가장 많이 처방하는 제품 중 하나였다.

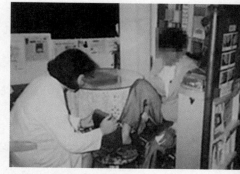

스포라녹스 'Pulse 요법'이 약국가에 소개되면서 나는 피부 질환 중 "무좀"에 관심을 갖게 됐다. 약국에는 하루에도 여러 명의 무좀환자가 찾아온다. 보통은 무좀이라고 하지만 좀 더 자세히 살펴보면 곰팡이균으로 생기

Ⅰ 아킬레스 프로젝트 환자 상담(1997년)

는 피부 질환은 발무좀, 발톱무좀, 손톱무좀, 완선, 어루러기, 체부백선, 칸디다증 등 여러 형태로 나타난다.

내가 특히 관심을 가진 분야는 발톱무좀이었다. 발톱무좀은 최소한 6개월의 치료기간이 필요하다. 발톱무좀을 치료하려면 환자의 발을 보아야 하는데, 특히 여성들은 발톱무좀에 걸려 발톱이 두꺼워진 발을 약사에게 쉽게 보여 주지 않았다.

나는 이 문제를 해결하기 위해 내가 먼저 낮아지기로 마음먹었다. 여성 고객들이 편안한 마음으로 발을 보여 줄 수 있도록 약국 한쪽에 상담실을 만들었다. 여성 고객을 의자에 앉게 한 후 동화 신데렐라에서 구두를 신겨보는 모습으로 무릎을 꿇고 앉아 환자의 발을 관찰했다. 관찰 후 폴라로이드 즉석카메라로 사진을 찍어 차트에 붙이고 스크랩을 만들어 고객이 방문할 때마다 눈으로 치료가 되어가는 발톱을 볼 수 있도록 했다.

'스포라녹스 펄스요법'은 일주일간 약을 복용 후 3주간 쉬는 방법으로 6개월을 지속 복용해야 한다. 그런데 대부분의 환자는 2~3개월 약을 복용 후 여러 이유로 약국을 내방하지 않았다. 물론 이런 경우는 무좀의 완치는 불가능하다.

나는 내 환자의 치료율을 높이기 위해 여러 가지 방법을 동원했다. 첫 번째는 전화를 걸어 다음 투약시기를 알려 드렸다.

두 번째는 바빠서 약국에 못 오는 고객을 위해 방문약사가 되어 조제한 약을 갖다 드리고 지속적으로 발톱의 상태를 파악했다.

세 번째는 형편이 어려운 환자에게는 외상이나 카드할부를 권해

드렸다. 나의 이러한 정성으로 환자의 발톱은 점차 아름다운 모습으로 바뀌었다.

완치가 된 고객들이 점차 소문을 내주어 가족은 물론이고 먼 친척도 모시고 찾아 와 치료를 해주었다. 이렇게 해서 의왕시에 있는 동네 약국이 전국에서 "스포라녹스"를 가장 많이 조제한 약국이 되어 나는 마케팅 강사를 하게 됐다. 나는 전국에서 피부 질환 치료에 유명한 약사님들과 진균임상약사회를 조직하여 회장을 맡아 봉사하면서 주기적인 학술교류와 세미나를 개최했다.

또한 동료약사님들과 인터넷상의 무좀 상담 사이트 http://www.footcare.co.kr을 만들어 함께 상담을 하며 운영했다. 그런데 어느 날 MBC "화제집중"이란 프로그램에서 상담 포털 사이트에서 1등을 하였다고 인터뷰를 하자는 연락이 왔다. 이렇듯 고객을 배려한 단순한 무좀치료가 나를 유명한 약사 마케팅 강사로 만들어 주었다. 나는 (주)한국얀센의 마케팅 강사로 1997년~2000년 8월 의약분업 전까지 전국을 순회하며 약사님을 상대로 마케팅 강의를 했다.

이른 아침 새벽 첫 비행기를 타고 제주도에 가서 강의를 하고 다시 약국으로 돌아와 약국을 마치면 집으로 돌아와 병환으로 누워계신 시아버님을 목욕시키는 일인 삼역을 해야 했다. 하지만 그 시절 슈퍼우먼이란 소리를 들으며 그 많은 일을 감당할 수 있었던 것은 강사로서의 만족감, 나의 열정과 가족의 배려가 있었기에 가능했던 일이다. 지난 30년간 약국을 하면서 이때가 가장 열정적이고 즐겁게 약국을 할 때였던 것 같다.

내 인생의 변화 또하나의 계기가 다가왔다. 2000년 봄에 의약분업을 앞두고 무좀상담사이트를 함께 운영했던 진균임상약사회 회원 30여 명과 일본연수를 다녀왔다. 당시 일본은 고령화 시대를 맞아 '개호보험'이 시작되고 있었다. 2008년 시작된 (사)한국장기요양보험과 같은 노인돌봄정책이다. 나는 3박 4일간의 연수를 마치고 돌아와 한국도 고령사회의 진입을 위해 준비가 필요하다는 생각을 했고 바로 3년간의 사회복지사 공부를 시작하였다. 이러한 준비과정을 거쳐 2007년에 엘림요양원을 시작할 수 있었다.

2015년 5월에는 소위 '진단시약강사모임'을 발족하여 약국가의 새 블루오션으로 떠오른 체외진단시약을 낯설어하는 일선 약사들에게 강의를 하는 일을 했다. 후배 약사들을 강사로 양성해 새롭고 참신한 강의를 약사들에게 제공하고자 하는 목표로 결성한 이 모임에서 나는 해당 강사 약사들과 강의 콘텐츠를 공유하고 강의 일정을 서로 분배하면서 꾸준히 순회강연을 펼쳤다.

이런 지식 나눔 행사를 하면서 점점 더 체계적이고 전문적인 공부를 하고 싶다는 강한 열망이 피어났다. 주변 사람들은 나의 끊임없는 학구열을 부러워한다. 동시에 이해하지 못하겠다는 말을 하기도 한다. 그들은 나를 더 이상 공부하지 않아도 사회적으로, 직업적으로 곤고한 상태라고 보는 것 같다. 하지만 나는 늘 내가 얼마나 부족한 사람인지를 절실히 느끼고 있었다. 그러던 와중에 우연찮게 만학도로서 향학열을 불태울 기회가 내게 다가왔다.

孝머니스트 약사의 약손

요즘 한국의 노인 자살률은 심각하다. 2010년 기준 인구 10만 명당 80.3명으로 OECD국가에서 가장 높은 수준을 보인다. 일본 27.9명, 스웨덴 16.8명, 프랑스 28명에 비해 약 3배 정도 높다.

숭고해야 하는 부모 자식 간의 '아가페 사랑' 역시 점점 메말라가고 있다. 자식만을 위해 모든 것을 다 바친 부모를 나 몰라라 하는 매정한 자녀들이 많아지고 있는 세상이다. 요즘 너무도 패륜적인 행태가 공공연히 자행되고 있어 안타까움을 넘어서 경악스럽기까지 하다. 부모를 학대하거나 재산을 갈취하는 것부터 시작해서 살해하는 반인륜적인 범죄까지도 신문지상에 나오곤 한다. 이제는 효도까지 법으로 규정해야 하는 답답한 현실이 된 것이다.

성경 속에도 효는 아주 오랜 옛날 하나님께서 주신 십계명 중에서도 가장 으뜸가는 계명이다. 하나님은 사람들에게 열 가지 계명을 주셨는데 그중에 처음 네 가지의 계명은 사람이 하나님께 지켜야 할 계명이요, 다음 여섯 가지는 사람끼리 지켜야 할 계명이다. 이 후자 가운데 첫 번째가 "네 부모를 공경하라."는 것이다.

열 가지 계명 중에 다른 계명에 대해서는 어떠한 복을 주시겠다는 내용이 없으나, 제5계명에는 "그리하면 하나님 나 여호와가 네게 준 땅에서 네 생명이 길리라."는 약속이 담겨 있다. 사람끼리 지켜야 할 계명 가운데 이토록 "땅에서 오래 살리라." 한 것은 부모 공경, 곧 효도가 가장 소중하다는 뜻을 두드러지게 나타낸 것이라고 하겠다.

"이거 먹을 수 있는 건가? 우리 미스코리아 약사님 이거 집에 가져가서 맛있게 먹어"

"아이고 우리 엄마, 귀한 거 가져왔네. 이거 가져가서 내가 꼭 달여 먹어야겠다!"

허리도 못 펴는 80대 치매어르신이 약국에 불쑥 들어와 내 손에 풀 한 포기를 쥐어준다. 누가 봐도 출처를 알 수 없는 잡초지만 나는 귀한 선물이라도 받아 든 듯 환한 미소로 화답하며 반갑게 받아 고이 모셔둔다.

한참 대기 의자에 앉아 약사에게 알 수 없는 이야기를 던지던 어르신. 그분은 오랫동안 치매를 앓고 계신 동네 어르신이었다. 이렇게 나랑 이야기하려고 찾아오시는 어머니, 아버지들이 많다. 그들 때문에 나는 쉽사리 약국을 쉴 수도 없다. 다른 사람들은 부모가 둘인데 난 부모가 수십, 수백 명이고 사랑을 받는 행복한 사람이다.

우리 손약국은 어르신들을 잘 모셔서 유명한 지역 명소다. 30년 전 약국 초창기부터 찾기 시작한 환자들이 고령이 되고 다른 지역으로 이사를 해도 다시 찾는 약국은 많지 않을 것이다. 오후 7시면 처방전 손님이 뚝 끊기는 약국을, 난 밤 9시 30분까지는 열어둔다.

한자리에 20년째 있다 보니 단골이 많다. 그리고 약국 일대에는 노인 인구가 많다. 약국 단골의 70%는 노인이다. 처음 보던 때 중년에서 어느덧 노인이 됐고, 노인이던 이들의 이마에는 주름이 더욱 깊게 패였다. 가족 유형이 급변하다 보니 독거노인도 많아졌다. 처음보다 30%가량 독거노인이 늘었다. 깊게 패인 주름에는 외로움도 더 깊게 드리워졌다.

그래서 이들 단골노인 손님들에게 손약국은 '사랑방'이다. 왔다 갔다 하는 길에 들어와 언제나 밝고 경쾌한 음성으로 자신들을 맞아주는 나를 찾는다. 한 시간이 넘게 의자에 앉아 자기네들끼리 수다를 떨기도 하고, 약속 장소로 '손약국'을 택하기도 한다. 물건이 무거우면 잠깐 맡겨놓고 가는 캐비닛 역할도 하고 있다. 귀찮을 법도 하건만 나는 결코 그렇게 생각하지 않는다.

외로운 할머니, 할아버지에게 친절은 기본이다. 중요한 것은 마음에서 우러나오는 친절이다. 껍데기 같은 말은 그들도 느낀다고 생각하기 때문이다.

약사라는 직업으로 인해 평생 효도할 수 있는 부모가 많아진 것이 나의 행복이라고 생각한다. 부모와 같은 지역 어르신들에 말벗이 돼주고 건강을 책임질 수 있는 하루하루가 행복하다.

나는 나 스스로를 孝머니스트라고 생각한다

孝머니스트는 孝+휴머니스트의 줄임말이다. 孝머니스트는 물론 처음엔 사회를 위해 기여해보겠다는 장대한 포부로 노인특화약국을 시작한 것은 아니다. 그저 어린 시절 자신을 홀로 키워온 어머니에 대한 각별한 애정이 주변의 노인들에게 전이된 것에서 시작했다.

한번은 자주 찾던 단골 할머니가 며칠 보이지 않았다. 왜 안 보이시나 안 그래도 신경이 쓰이던 차, 늦은 밤에 전화 한 통을 받았다. 수화기 너머 지인의 다급한 목소리가 들려왔다. 독거노인이었는데 넘어지는 바람에 팔과 다리가 부러져 며칠째 먹지도 마시지도 못한 채로 죽음과 사투를 벌이고 있었던 것. 그 순간 할머니의 머릿속에 떠오른 사람은 사회복지사도, 가족들도 아닌 늘 가족처럼 자신을 대해줬던 나였다고 한다. 그 뒤 나는 할머니를 내가 운영하는 요양원에 모셨다.

2050년 65세 노인인구가 전체 인구의 절반에 육박할 것으로 예상된다. 건강보험재정의 지속가능성 문제에 있어서도 노인 의료비 문제는 선해결 과제다. 나는 전사회적 문제인 노인 의료비 문제에 있어

일선 약사로서의 역할을 20여 년째 일궈오고 있다. 현재는 일선 약사로서 노력의 한계를 협회 차원에서 정책적인 문제로 풀어갈 수 있도록 대한약사회 노인 장기 요양보험위원장으로서도 힘쓰고 있다.

2008년 7월, 국내에 노인요양보험이 실시되면서 내 노력은 빛을 발하기 시작했다. 제도 시행 전부터 제도에 대해 연구하고 공부했던 만큼 고령 환자들에게 제도를 십분 활용해 혜택을 받을 수 있도록 하고 전반적인 건강관리까지 해 줄 수 있게 된 것이다.

나는 약국을 운영하며 항상 상담과 약력관리로만은 고령 환자의 전반적 건강을 관리하기에 부족하다는 생각을 했다. 그래서 시작한 것이 노인요양원이다. 2007년 살던 집터에 건물을 지어 작은 요양원과 함께 노인특화약국과 함께 운영하기 시작했다.

더불어 나는 약사로서 요양원 환자들에게 좋은 영양을 공급해야

I 인천숭의여고 스쿨임팩트 멘토링 강연후(2017년)

한다는 책임감에 농원을 직접 운영하며 전체 식단에 이용되는 재료들은 직접 키운 유기농 채소들로 공급하고 있다. 내 이런 노력이 그대로 전달되다 보니 환자와 환자 가족들의 신뢰도 높아질 수밖에 없고 박 약사를 일부러 찾는 고령의 환자와 환자 가족들이 넘쳐날 수밖에 없는 것이다.

나는 한국에서 가장 자랑할 수 있는 전통인 '호의 정신'을 멘토링강연을 통해 청소년들에게 전달하고 있다. 또한 어르신들에게 가족과의 소통법을 알려드리고 사라져가는 효도를 가르쳐야 한다고 말씀드린다.

l (사)한국멘토교육협회 멘토링강연

치맛바람보다 무서운 봉사바람

I '100세 건강의 비결' 머니투데이 방송 강연 모습
(2015년)

'나의 삶은 죽은 사람이든 산 사람이든 다른 사람들의 노고에 의존하고 있다. 나는 그 사실을 매일 백 번씩 스스로에게 일깨운다.'

아인슈타인의 말이다. 세기의 천재 역시 '우리'의 가치를 가장 소중하게 여겼던 것이다. '우리'가 모여 있는 곳에서 싹트는 것이 바로 '사랑'과 '미움'이다. 헛되고 헛된 유한하고 유일한 삶 속에서 인간의 가슴을 가장 뛰게 만드는 일이 사랑이라고 한 것이다. 사랑이 지나간 가슴 속 황무지에 남는 것이 바로 미움이다.

사람 사는 세상에서 사랑이 없는 사람의 삶은 늘 어둡고 외롭다. 어느 목사님이 '참사랑을 아는 사람은 큰 칼로 마구 찔러도 사랑만 흘러나올 뿐이고, 사랑을 모르는 사람은 조금만 건드려도 상처들이 마구 쏟아져 나온다.'라고 하셨다.

사랑이 충만한 사람은 사람을 무시하지 않고, 미워하지 않고, 이해하고 좋게 봐준다. 사랑을 실천하는 것은 상대를 위하는 것이 아니고, 바로 자신을 위하는 일임을 잘 아는 까닭이다. 사랑하는 것이 바로 자신의 영혼을 살찌게 만들고, 영혼의 역량을 키우는 일이다.

사랑을 실천하느냐, 하지 않느냐는 자기 자신에게 달려있다. 상대를 위하는 마음만 갖고서는 사랑을 실천할 수 없다. 올바른 영향력과 기분 좋은 파급력을 실천하려면 자신이 얼마만큼 남을 도울 수 있는지 능력과 범위를 잘 알고 있어야 한다.

우리는 사랑받기 위해 태어난 사람이지만 동시에 사랑 주기 위해 태어난 사람이라는 것을 알아야 한다. 타인에게 제대로인 진짜 사랑을 주기 위해선 타인의 입장에서 생각해야 한다. 영어로 언더스탠드 Understand는 다른 사람의 자리에 서본다는 뜻이다. 직접 경험하지 않고는 서로 소통할 수 없고, 이해할 수 없다. 나는 약국과 요양원을 운영하면서 21세기 도래할 고령화 사회에 어두운 단면에 대해 미리 느끼는 일이 많았다.

"고객을 요람에서 무덤까지 돌보는 약국"

약국을 처음 개설할 무렵부터 내가 정한 손약국약국훈이다.

2007년 노인요양원을 개설하고 이듬해 장기 요양보험이 도입되고 9년이 흘렀다. 노인요양원 개설 후 많은 어려움이 있었지만 모시던 어르신들의 천국여행을 배웅할 수 있어서 보람 있었다. 요양원이 안정기에 들어가자 나는 오래전부터 내 마음에 자리 잡고 있던 소망을 실천하기로 했다. **내가 힘들 때마다 함께 해주신 하나님의 사랑을 이웃에게 나누고 싶다는 생각이었다.** 나는 나의 어려운 환경을 극복하며 "내가 원하는 삶"을 주도적으로 살 수 있어서 늘 행복하고 감사했다.

15년간의 시집살이 중 8년간 누워계셨던 아버님의 병 수발과 약국 경영, 육아, 약사회무, 봉사활동 등을 감당하기에 때론 힘에 부치기도 했지만 "더불어 함께 사는 사회"를 위해 묵묵히 내가 할 수 있는 작은 일이라도 찾아서 하기 시작했다.

신혼 생활을 강남에서 시작해 강남 개나리 아파트에서 살았다. 그런데 그 아파트를 팔고 의왕시로 내려왔다. 공기도 좋고 환경도 좋아서 애 둘을 낳고 여태까지 의왕시에서 살았다.

딸이 중학교에 입학하면서 서울에 사는 친정언니는 걱정을 하셨다. 의왕시에서 좋은 대학을 보내기 어려우니 서울로 이사하라고 권유도 했다. 사실 결혼할 당시 우리는 서울시 강남구 역삼동에 살고 있었지만 의왕시에 내려온 이후 이곳이 고향이라 생각하고 살았다. 나는 내가 살고 있는 의왕시가 너무 좋고 나의 고향이라고 생각한다.

의왕시는 산수가 수려한 청계산, 모락산, 오봉산이 병풍처럼 둘러싸고 있고 철새가 날아드는 왕송호수, 백운호수가 있는 누구나 살고 싶어 하는 전원도시, 건강도시다. 아이들도 호수와 산이 많은 의왕시를 좋아해서 학군이 좋은 강남으로 이사 가지 않았다. 내가 좋은 곳을 좇아 움직이지 않으면서도 좋은 곳에 살고자 한다면 어떻게 해야 할까? 바로 내가 사는 곳을 좋은 곳으로 만드는 방법밖에 없었다. 나는 경기도를 강남보다 더 좋은 환경, 땅값이 올라가는 더 좋은 도시로 만들기로 했다.

2000년 안양권 고교평준화 참여 등 교육환경 개선에도 앞장섰다

대한민국 아줌마 셋이 모이면 어떻게 될까? 무쇠도 녹이게 된다. 여성의 내면에는 특히 어머니에게는 자식을 위해서라면 상상하지 못할 잠재적 에너지가 있다.

2000년 당시 학부모회장을 비롯해서 학교운영위원장을 할 때였다. 당시에는 급식소가 없어서 아이들이 도시락을 가지고 다녔다. 초등학교에서는 급식을 하는데 중학교에 와서는 도시락을 싸가지고 다니는 그런 상황이 벌어지자 학부모들이 상당히 반대를 하고 학교를 질책했다.

의왕부곡중학교 학부모회장, 운영위원장을 8년간 역임하면서 낙후된 학교의 시설 및 교육수준을 끌어 올려 군포교육청산하 중학교 평가 시 최하위에서 최우수 단계로 격상시켰다.

2000년도 12월 큰딸이 특목고 입시학원도 다니지 않았는데 안양권에서 제일 좋은 특수목적고등학교에 합격해서 우리 가족은 감사하고 있었다. 그런데 교육부 방침에서 안양권 고교 평준화를 진행하면서 의왕시만 평준화 지역에서 제외시켰다는 소식이 들려왔다. 의왕 시민의 자존심 회복과 고교 진학을 앞둔 학생들을 위하여 의왕시민은 경기도교육청으로 몰려갔다.

의왕 지역만 비평준화 되면 의왕 지역의 교육은 완전히 침체될 것이며 학교가 없어질지도 모를 일이다. 학교를 살려내야 한다. 그래야 의왕 지역이 살 수 있다. 그 후 의왕시민이 모두 합심하여 시위하였고 문제가 됐던 정원고등학교는 폐교됐다. 그리고 경기외국어고등학교로 탈바꿈하였고 현재 의왕시를 포함한 안양권 고교평준화가 시행되고 있다.

2003년부터 의왕시 "왕송호수지킴이"를 만들어 환경개선을 하다!

의왕은 95% 이상이 그린벨트지역이고 백운호수, 왕송호수 같은 천연자연이 많이 있다. 수원과 의왕, 군포가 연접해 있는 35만 평 정도 되는 아름다운 호수인데 국철 1호선에서 바로 5분 거리이기 때문에 서울 주민들도 상당히 많이 오는 호수였다.

경기도 명예환경감시원 부회장을 맡고 있고 또 왕송호수를 지키는 단장을 맡아서 지역에서 환경운동을 열심히 했다. 요양원 때문에 농협조합원에 가입해 밭농사를 직접 지으면서 환경에 대해 더 관심을 갖게 됐다.

솔직히 왕송호수 지킴이 단장을 하면서 불법 낚시꾼들 협박도 많이 받았다. 왕송 호수수질개선을 위해 낚시를 금지하였기 때문이다.

예전에 왕송호수는 사람들이 들어가서 수영도 하고 고기도 잡아먹

I 의왕역 인근 황송호수에 연꽃을 심고 물을 주는 필자의 모습(2004년)

ǀ 왕송호수 연꽃 모습

을 수 있는 2등급의 아주 깨끗한 하천이었다. 그러나 2003년도에 5등급 이하까지 수질이 급격히 나빠졌다. 인근에 있는 경인ICD에서 떠내려 오는 폐타이어 가루, 컨테이너를 청소할 때 나오는 오염물질들이 거의 제거되지 않고 그대로 호숫가로 흘러들어 왔기 때문이다. 인근에 가축축사가 있었던 것도 영향을 주었다. 또 거기에는 아주 오래된 철도관사도 있어서 하수도관들이 노후 되어 다 깨진 상태였다. 당연히 토사가 하수관으로 밀려서 호숫가로 그대로 들어올 수밖에 없었다. 게다가 작년에 건물을 지었는데, 건물 밑을 파보니까 8개 집의 하수관이 깨진 채로 흘러가고 있는 것도 발견할 수 있었다.

그런 여러 가지 원인들이 그대로 방치된 채 호수만 아름답게 만든다는 것은 문제가 있다는 생각이 들었다. 녹조와 냄새 때문에 여름철에는 상당히 곤란을 겪는 왕송호수를 위해 시에 준설요청을 계속했다.

이러한 왕송호수 지킴이 활동과 비인가 복지시설 의약품 지원 봉사 활동으로 의왕시장상을 수상하기도 했다. 작은 봉사로 큰 상을 받아 기뻤지만 왕송호수를 알리는 계기가 되어 큰 보람도 느꼈다.

이렇게 복원된 왕송호수는 이제 관광도시를 표방한 의왕시의 새로운 명소가 되고 있다. 지난 2013년 9월 국내 유일의 철도 특구로 지정받은 의왕시 부곡동 일대가 철도 중심 특화 지역으로 재탄생하고 있다.

특히 왕송호수~철도박물관~자연학습공원이 '관광도시 실크로드'가
됐다.

의왕시는 세계적 수준의 집적화된 철도시설을 보유하고 있다. 의
왕시 부곡지역은 여객정차역인 의왕역과 화물정차역인 오봉역을 중
심으로 100년 역사를 지닌 한국교통대학교, 고속철도 기술개발을 이
끈 한국철도기술연구원 및 철도공사 인재개발원, 한국 철도역사를
한눈에 볼 수 있는 철도박물관, 의왕 내륙컨테이너기지, 철도차량을
제작하는 현대로템과 같은 다양한 철도기관이 모여 있다.

이런 철도산업·문화와 함께 빛을 발하고 있는 것이 '왕송호수 테마
파크'이다. 의왕시는 왕송호수공원과 조류생태과학관, 철도박물관,
자연학습공원 등을 1일 관광 상품으로 개발했다. 왕송호수 주변을 순
환하는 레일바이크를 설치해 본격적으로 운영하고 있다. 왕송호수

I 왕송호수 레일바이크(2017년)

레일바이크 사업은 호수의 전경 및 조류 생태, 습지 등 자연경관을 잘 관찰할 수 있도록 호수를 순환하는 방식으로 계획됐으며 레일바이크를 이용하지 못하는 어린이와 노약자들이 체험할 수 있는 꼬마 순환열차도 병행해 운행하고 한다. 작은 실천으로 왕송호수가 되살아나지 않았다면 전혀 불가능한 계획이었을 것이다.

의왕시 경찰서를 개서하기도 했다

경기 서·남부지역에서 부녀자들이 납치 살해 암매장되는 강력 범죄사건이 잇따라 발생하고 있으나 의왕시에는 아직 경찰서조차 없어 15만 의왕시민들이 불안에 떨고 있는 문제점을 해결하기 위해 의왕시에 경찰서를 신설할 수 있도록 건의해 줄 것과 경기도에 각종 신종 강력범죄가 더 이상 발생하지 않도록 계속 요청을 해서 2009년 4월 20일 의왕경찰서가 만들어질 수 있었다.

2004년부터 2006년까지 의왕시약사회 여 약사담당부회장을 재임하면서 여성봉사 활동을 했다

처음에는 동일방직의 여공들에게 성교육을 하였고 노인대학, 초·중·고등학교에 약물 오남용 방지교육, 그리고 부곡중학교운영위원

| 의왕시 약사회 자선다과회

장, 선거관리위원, 의왕문화원이사 등 지역봉사활동에 참여 했다. 의왕시 비인가복지시설소망의 집, 아름다운사람들, 겨자씨마을, 우리들의 집 등을 방문하여 자원봉사 및 의약품, 생필품 등을 전달하였으며, 여 약사의 권익신장과 위상을 드높이는 데 앞장서 왔다.

청소년을 보호하는 정책을 제안하거나 활동을 주도했다

경기도마약퇴치운동본부 학술강사로서 중·고등학교 학생들의 문제라 할 수 있는 담배와 각종 오남용 가능한 약물로부터 지역의 청소년을 보호하는 등 효율적인 마약퇴치 활동을 주도하여 왔다.

또한 대한약사회 약물안전사용강사로 전국의 초·중·고교 및 노인대학까지 방문하여 전문성을 갖춘 강의로 참여하고 있다.

여성의 지방자치 참여를 독려하기도 했다

2004년~2006년에는 경기도의 지원하에 아주대에 개설된 '지방자치 여성의원 양성과정'에 의왕시 대표로 참여하여 교육을 받았으며 총동창회장직을 수행했다.

2006년 7월 7일부터 2010년 7월까지
제7대 경기도 의회 의원으로 활동했다

도시·환경 분야와 장애인, 노인, 아동, 청소년 등 소외계층 보건복지와 여성분야 문제점 개선 등 왕성한 의정활동으로 2년 연속 언론사와 시민단체가 뽑은 경기도 의회 행정감사 우수의원으로 선정, 2007년 민주당 여성위원회 부위원장으로 임명되어 활동해 왔다.

봉사활동은 할 수 있는 작은 일부터 끊임없이 더불어했다.

한국U-City학회 부설 U-City사회봉사단의 단장을 맡아 봉사활동을 펼쳤다. 매월 복지시설과 보호시설 등을 찾아 따뜻하고 아름다운 U-세상을 만들기 위해 노력했다.

의왕가족봉사단에 참여하여 남편과 딸들과 함께 가평꽃동네, 평화의집노인요양원, 사랑의집부랑인요양원, 희망의집심신장애인요양원에 봉사활동을 하기도 했다. 딸들이 노인성 질환을 앓고 계시는 할아버지와 할머

I (사)한국 U-city 학회 부설 U-city봉사단

니분들에게는 손자, 손녀가 되어드려 고사리 같은 손으로 안마도 해
드리고 말벗도 되어드리는 모습은 그렇게 흐뭇할 수가 없었다.

　가족봉사를 하면서 만난 분 중 특별히 기억나는 할아버지가 한 분
있다. 자녀와 부인은 계시지만 어떤 사정인지 혼자 사시는 독거노인
이셨다. 한 달에 한 번 우리 가족이 방문하여 말벗도 되어 드리고 딸
처럼 영양제와 용돈을 드리면 무척 기뻐하시며 젊었을 때 이야기도
해주셨고, 자존심도 강한 분이셨다.
　무더위에 어떻게 지내시나 궁금해서 가끔 들렀지만 오늘은 집이
조용하고 인기척이 없다. 어디 다니러 가셨나 하고 옆집에 여쭈어보
니 며칠 전에 천국에 가셨다고 한다. 돌아가신 뒤에야 자손들이 찾아

❚ 제18회 유재라봉사상 수상(2015년)

와서 모셔 가셨다고 하는데 우리 가족은 모두 허망해했다. 가족이 있지만 버림받은 삶이 애달팠다. 주변에 흔히 볼 수 있는 우리 노인들의 현모습이다.

아무도 없는 쪽방에서 혼자 운명하셨다니 마치 내가 큰 잘못을 한 것 같은 마음이 든다. 좀 더 자주 찾아뵐 것을 하는 마음에 안타까워했다. 큰딸도 눈물을 글썽였다.

내가 이 사회와 지역을 위해 하는 활동들은 아주 작은 불꽃밖에 되지 않는 것을 안다. **하지만 이런 불꽃들도 많이 모이면 횃불처럼 밝고 결국 태양처럼 눈부실 수 있다는 것도 믿는다.** 그렇게 불씨가 되라는 의미에서 내게 영광스러운 상을 주어진 것이라 생각한다.

2015년 11월 12일 정말 감격스럽게도 유재라 봉사상을 수상했다.

유재라 봉사상은 유한양행 창업자 고 유일한1895~1971 박사의 장녀로 평생 사회 봉사활동을 펴온 유재라1929~1991 여사를 기리기 위해 지난 ' 92년에 제정된 시상제도다.

매년 봉사의 삶을 살아가는 간호, 교육, 복지, 약사분야에서 헌신적인 봉사의 본을 보여 온 여성 인사를 선정하여 시상하고 있다. 이런 자랑스런 분의 숭고한 상을 받게 되어 더욱 감격스럽다.

유재라 봉사상 수상소식을 듣고 많은 분들이 축하해 주셨다. 나보다 더 많이 봉사하시는 여 약사 선배님이 많이 계신데 상을 받아 누가 되지 않을까 걱정도 됐지만 앞으로 더욱 선한 영향력을 이웃에게 나누라는 뜻으로 알고 감사드렸다.

그동안 약사로서 함께 동행해주신 선후배 약사회원님들과 지도교수님 그리고 어려운 환경에서도 잘 키워주신 나의 멘토 어머니와 30여 년간 외조해준 남편, 그리고 사랑하는 두 딸에게 이 책을 빌려 다시 한 번 고맙고 사랑한다는 말을 전하고 싶다.

┃ 백범김구정신 실천상(2010년)

특화가 살 길-고령화 시대 약국 생존법

무조건 덩치만 크다고 강하고 잘 생존할까?

몸집만 불리다 보면 변화에 대처하는 속도나 방향감각이 떨어질 수 있다. 약국의 특성에 맞는 경영전략을 수립하고 전력투구해야 한다. 경쟁에 살아남기 위해서는 전문화와 특화를 고민해야 한다. 하지만 과거 전문성을 내세우며 동네 건강지킴이 역할을 자처했던 약사들의 위상도 예전과 많이 달라진 모습이다. 그 돌파구는 바로 특화다.

요즘 개국하는 약국을 중심으로 고급화와 퓨전화를 추구하는 곳이 많이 늘어나고 있다. 하지만 비싼 자재와 시설을 갖추고도, 미용 제품이나 화장품과 같이 종합적으로 판매하는 등의 퓨전이 이뤄지는 약국도 눈에 띄는 특성이 없다면 환자들에게 아무런 울림을 줄 수 없다.

아픈 환자의 심신을 본래의 건강한 상태로 되돌리는 위한 새로운 치료 패러다임을 갖추는 것은 약국의 기본적인 의무다. 특히 손온누리 약국이 특화한 분야는 '고령화 시대'를 맞이해 심신이 혼란스러운 고령의 환자들에 관련된 것이었다.

사회를 위해 기여해보겠다는 장대한 포부로
노인 특화 약국을 시작하지는 않았다

그저 어린 시절 자신을 홀로 키워온 어머니에 대한 각별한 애정과 20여 년의 세월 동안 뇌졸중으로 몸져누운 시아버지의 병수발을 들면서 자연스레 들었던 느낌들이 약사이기 이전에 약국에 찾는 노인들의 딸이자 며느리로서 자리를 지키게 해줬다. 그리고 약사로서 그들에게 해줄 수 있는 것들에 대해 고민하게 됐고 실천으로 이어졌다.

고령 노인들의 생활을 위협하는 의료비를
같이 고민하는 약사가 돼야

내가 손님을 부르는 호칭은 여느 약국과 같이 '환자분', '손님'이 아니다. 약국을 찾은 그들에게 애정과 즐거움이 담뿍 담긴 목소리로 "어머니는 오늘 뭐가 필요해서 오셨을까." 한다. 의왕역 근처 손약국 자

리를 30여 년 가까이 지키면서 생긴 단골손님들이 남이 아닌 아픈 손가락이며, 가족같이 느껴진다.

'가족같은'이 아니라 '가족으로'

약국 앞에서 물건을 파는 할머니가 매일 같이 소화제를 사간 일이 있었다. 걱정이 돼 물어보니 틀니를 해야 하는데 목돈이 없어 그냥 참고 있다고 했다. 내가 자신의 카드를 선뜻 빌려주겠다고 하자 할머니는 눈물을 글썽이며 말이라도 고맙다고 말씀하셨다. 하지만 나는 오히려 그 말씀에 깊은 고마움을 느꼈다. 그들에게 가족이 돼 드릴 수 있다는 것이 내게 더 기쁨이었기 때문이다.

약과 상관없이 자신의 소소한 일상을 늘어놓는 단골 할머니는 딸한테도 며느리한테도 못하는 얘기도 내게는 다 늘어놓으신다. 며느리 욕도 하고 가고, 또 어떤 날은 딸 흉도 보고 가신다.

늘 노인을 위한 복약 지도 매뉴얼을 머리에 숙지하고 있다

노인들은 흔히 인지장애와 잘 안 들리고 안 보이는 어려움이 있어 복약 이행률이 55% 밑으로 떨어진다. 구체적으로 약병과 정제를 열거나 벗기는 데에도, 큰 정제를 삼킬 때에도, 물약을 흔들어 섞거나 양을 잴 때, 안약을 점안 시, 흡입제를 사용할 때에도, 인슐린을 처방량 만큼 맞춰 주사하는 데에도 큰 애로를 겪는다.

노인에게는 얼굴 표정, 손짓 등 몸짓을 동원해 크고 까랑까랑한 목소리로 세 번 이상 반복해서 설명해준다. 밤이고 주말이고 상관없이 전화가 와도 다 설명해 드린다. 안전하게 약을 잘 드셔야 하니까.

복약 이행률을 높이기 위해서는 복약 지도 외에도 다른 수단이 필요하다는 데 생각이 미쳤다.

그래서 직접 손수 만든 한 달치 약통이다. 시중에는 일주일치 약통만 판매되고 있는데 이 역시 수입제품들이어서 5만원에 이르는 등 살림이 넉넉지 않은 노인들에게는 엄두조차 낼 수 없는 제품.

나는 고민하다가 양념통 목적으로 나온 플라스틱 통에 달력을 프린트해 붙여 제공했다. 이를 고안한 뒤 복약 이행률이 70프로 이상까지 높아졌다.

약 봉투 글씨도 크게 늘렸다. 기존 단가보다 좀 더 비싸졌지만 이를 통해 노인들이 복약정보를 쉽게 인지할 수 있다면 충분히 투자할 가치가 있다는 것이 박 약사의 지론이다. 기재된 복약 정보도 디테일하다. 약의 성상부터 제품명과 성분명 그리고 약의 효능과 주의할 점, 가격정보까지 다 들어가 있다. 행여 이것이 부족할까 싶어 중요한 정보는 복약 지도 과정에서 내용에 따라 다른 색깔의 매직을 이용해 큰 글씨로 한 번 더 적어준다.

방문약사제도가 꼭 필요한 이유

앞으로는 노인 환자가 계속 늘어날 것이고 독거노인도 계속 늘어날 것이기에 그들을 제대로 관리하고 케어할 수 있는 약국이 돼야 한다는 것이다. 그런 차원에서 방문약사제도는 내가 간절히 소망하는 정책이다.

뇌졸중이나 치매 초기 증상을 보이는 환자들을 우리 약사들도 분별해내 가족에게 말해주거나 의사에게 소견서를 제출할 수 있다. 특히 단골 노인들에게서는 눈에 띄게 보인다. 말투가 어눌해진다든지, 전에 없던 트집을 잡는다든지, 그럴 경우 간단히 치매 체크 페이퍼를 작성하도록 권유한다. 이런 정도의 건강 상담은 단골 약국이 할 수 있는 일이다.

사회복지사 인력으로 불충분해 잘 관리되고 있지 않은 복약관리 문제를 '방문약사' 제도를 도입하면 충분히 해결할 수 있다고 생각한다.

이건 곧 약사 직능의 확대로 이어질 수도 있다. 방문약사제도로 말미암아 고령화 시대에 적합한 체계적인 약사 직능이 개발될 것이다. 방문약사로는 지금 약국 일선에서 물러난 노령 약사들을 활용하는 방안도 고려해 볼 수 있다.

노인을 가장 잘 이해하는 것은 같은 노인이다

　노령 약사들 자신도 노인이니까 노인을 더 이해하고, 무엇이 불편한지 더 잘 알 수 있기 때문이다. 약사회에 속하든 다른 단체를 만들든 사회복지사가 다 할 수 없는 케어나 치매노인의 발굴, 독거노인의 자살방지 역할 등을 하는 독거노인 방문약사로 활용되면 그분들도 삶의 보람이 될 것이다.

　현재 시행되고 있는 서울시 약사회, 경기도 약사회, 일본의 케어매니저 약사와 같은 한국의 방문약사제의 정책도입을 기대해 본다.

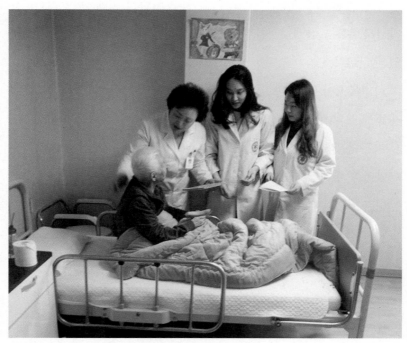

I 엘림요양원 방문 약사제도

다이돌핀 힐링 효과
-웃음보다 강력한 감동&눈물

'겨울연가'로 기적적으로 나은 일본 암환자,

그 치유의 비밀은 바로 눈물

　말기암으로 1개월 시한부 생명을 선고 받고 호스피스병동에서 생의 이별을 준비 중인 한 일본 중년여성에게 기적이 일어났다. 당초 1개월을 넘기기 힘들 것이라는 예상과 달리 3개월, 6개월, 1년이 지나도 생명의 연장은 계속됐다. 2년이 지난 후 의료진의 정밀검사 결과 놀랍게도 암세포가 말끔히 사라진 것이다. 의학적으로 불가사의한 현상을 드라마를 보면서 수도 없이 흘린 '눈물'의 효과로 병원에서는 결론 지었다고 한다. 그녀를 눈물 짓게 한 드라마는 배용준, 최지우 주연의 '겨울연가'였다.

　이 사실은 큰 이슈를 일으켰다. 병을 앓는 일들이 한데 모여 눈물을 흘리며 같이 투병 활동을 하는 모임까지 생겨났다. 평소 감정을 드러내기를 지극히 꺼리고 남들에게 폐를 끼칠까 봐 맘대로 울지 못하는 일본인들이 건강을 위해서 우는 모임을 만든 것이다.

정말 눈물이 암을 완치시킨 것이 가능할까?

의학적으로 충분히 가능하다는 것이 밝혀졌다. 우리 몸속에 하루 만 개 이상의 암세포가 발생하지만 암에 쉽게 걸리지 않는 것은 면역체계 덕분이다. 바이러스나 암세포가 생기면 NK세포로 알려진 선천성 면역세포가 초기에 진압한다.

이 NK세포를 활성화시키는 신경전달물질 중에는 엔도르핀이 대표적이다. 엔도르핀이란 몸 안에서 말들어지는 모르핀이라는 뜻이다. 웃을 때 잘 분비되는 것으로 밝혀진 엔도르핀은 뇌에서 만든 마약물질 모르핀보다 진정효과가 200배 높아 격심한 마음의 감정이 일어날 땐 작은 고통을 못 느끼게 신경 차단을 하는 효과가 있다.

마음이 기쁘고 즐거우면 엔도르핀이 많이 생성된다. 한 번 분비된 엔도르핀의 절반은 대개 그 효과가 5분 정도이다. 계속하여 체내에서 엔도르핀의 효과를 얻기 위해서는 즐거운 마음, 유쾌한 생각을 가져야 한다. 웃음은 엔도르핀을 생성시키는 가장 효과적인 촉진제이다.

우울하고 속상하면 엔도르핀과 정반대의 효과를 내는 아드레날린이 생성된다. 아드레날린의 과다 분비는 심장병, 고혈압, 노화촉진, 노이로제, 관절염, 편두통 등의 원인이 된다.

사람들은 자신 내부에 강력하고 부작용도 없는 진통제가 있다는 사실도 모르고, 부작용이 많다는 것을 알면서도 외부에서 주입하는 방법을 택하고 있다.

엔도르핀보다 강력한 마약, 다이돌핀

그런데 이 엔도르핀보다 더 강력한 호르몬이 최근 발견됐다. 무려 엔도르핀의 4,000배인 다이돌핀Didorphin이라는 호르몬이다. 더 강력한 다이돌핀은 언제 우리 몸에서 어떻게 생성될까? 바로 '감동받을 때'라고 한다.

좋은 노래를 들었거나 아름다운 풍경에 압도되었을 때, 전혀 알지 못했던 새로운 진리를 깨달았을 때, 엄청난 사랑에 빠졌을 때… 이때 우리 몸에서는 놀라운 변화가 일어난다. 전혀 반응이 없던 호르몬 유전자가 활성화가 되어 안 나오던 엔도르핀, 도파민, 세로토닌이라는 아주 유익한 호르몬들을 생산하기 시작한다. 특히 굉장한 감동이 왔을 때 드디어 다이돌핀이 생성된다고 한다. 이 호르몬들이 우리 몸의 면역체계에 강력한 긍정적 작용을 일으켜 암을 공격한다고 한다.

대체로 아름다운 음악이나 노래를 듣고 감동했을 때, 아름다운 풍경에 압도당해 감동받았을 때, 새로운 진리를 깨닫고 감동했을 때, 진정한 사랑에 빠졌을 때에 다이돌핀이 생성된다.

스트레스 받으면 웃으면서 사랑에 빠지는 것도, 감동스런 음악을 들으며 바다를 보러 해변을 향해 가는 것도 좋은 방법이다. 감동받아

눈물을 흘렸을 때 다이돌핀이 활발하게 나온다는 점에서 눈물 효과
는 진짜 존재하는 것이다.

단순히 자극에 의한 눈물이 아니라 감정적으로 흘리는 눈물이어야
한다. 그러면 어떻게 울어야 눈물치료의 효과를 볼 수 있을까. 울음
전문가들에 의하면 자신을 이해해 줄 수 있는 사람 앞에서 마음껏 우
는 것이 효과가 크다고 한다. 가족, 친구, 연인 등 나를 100% 공감적
이해를 하고 받아 들여 줄 사람 앞에서 목 놓아 울면 마음의 응어리
를 풀고 힐링 효과를 톡톡히 챙길 수 있다고 한다.

실컷 운 다음에는 마무리 감정은 긍정적으로

시작은 좌절, 분노, 괴로움, 우울 등 부정적인 생각으로 하여도 마
무리는 용서, 이해, 사랑, 감사, 희망 등 긍정적이어야 한다. 여성들
보다 남성들이 우는 것이 쉽지 않다. 동양 사회에서는 남자의 눈물에
인색한 편이기 때문이다. 하지만 오래 살고 싶다면 남성들도 감동받
았을 때는 누구의 눈치도 보지 않고 울어야 한다. 배의 근육이 떨릴
정도로 울어야 한다. 자신을 이해하는 사람의 손을 잡고 감정을 쏟아
내는 것이 나쁜 일이 아니다.

가뜩이나 화병이 많은 민족이 우리나라 사람들이라고 한다. 잘 웃
고, 잘 울어서 건강해질 수만 있다면 나쁘지 않다고 생각한다.

손약국만의 상담스킬
-항아리 이론 & 백일의 법칙

만성질환자를 대하는 손온누리만의 상담기술이 있다. 바로 항아리 이론과 백일의 법칙이다. 이 두 상담기술의 밑바닥에는 인내심과 정성이 깔려있다.

'항아리 이론'이란?

항아리에 물을 길어다 부으면 다 차서 넘칠 때까지는 아무리 부어도 물이 차가는 것이 보이지 않는다. 그래서 물을 몇 번을 길어다 붓다가 아직도 멀었다고 포기한다.

그러나 성과가 당장 보이지 않는다고 포기하지 말고 넘칠 때까지 자신을 믿고 최선을 다해보면 어느 순간에 물이 차서 넘쳐 눈에도 보이게 된다. 차서 넘칠 때까지 포기하지 말고 최선을 다해 경주하자는 생각이 들어서 내가 만든 이론이다.

만일 항아리에 금이 가서 물이 샌다고 가정해보라! 어떻게 할 것인가? 이 경우도 방법은 있다. 새는 물의 속도보다 조금 더 빠르게 물을 길어다 붓는다면 역시 어느새 물이 차고 넘친다.

이 "항아리 이론"은 내가 약사로서 30년간 환자와 상담할 때 즐겨 쓰고 있다. 사람을 항아리에 비유하여 만성 질환을 상담할 때 특히 성격이 급한 환자의 상담에 주로 사용한다.

오래된 만성질환인 경우 체질 개선을 위해 6개월 이상 장기간 투약이 필요하며 이러한 경우에는 인내를 갖고 최선을 다해 식이요법과 약물 치료를 하면 어느덧 항아리의 물이 넘치듯 만성질환도 개선되는 경우를 종종 체험하기 때문이다.

"항아리 이론"

또 하나의 상담 기법은 '백일의 법칙'이다

예부터 불임 부부가 자녀를 갖기 원하면 백일기도를 드린다고 전해져 왔다. 자녀를 얻기 위해 간절한 소망을 갖고 부부가 정성을 다해 기도를 한다. 백일 동안은 과로, 음주 등 음식도 조심하고 심지어는 각방을 쓰며 정성을 다한다.

　오래된 질병을 고치는 일도 이와 같은 이치이다. 석 달 열흘 즉, 백일을 정신적으로 평안을 유지하고 음식조절까지 하며 약물 치료를 한다면 체질개선이 가능해지기 때문이다. 그런데 만일 원하는 결과가 나타나지 않으면 어찌 할까? 위에서 예를 든 불임부부에게 자녀가 안 생겼다면 말이다. 이 경우에는 정성이 부족하니 다시 한 번 백일 기도를 드리라고 해야 할 것이다.

　두 번의 백일기도를 날짜로 계산하면 이백일이고 육 개월이 넘으니 만성질환도 체질개선이 될 수 있는 기간이다.

　'백일의 법칙'은 약물 치료 도중 포기하려는 환자를 끝까지 치료하기 위해 만든 나의 설명 방법이다. 그리고 오래된 질환의 경우 치료 기간을 더 오래 잡고 치료해야 한다고 설명한다. 그리고 아토피성 피부염 같은 만성피부 질환의 경우 아래 그림에서와 같이 5대 영양소를 균형 있게 섭취하고 식품 구성 자전거의 앞바퀴에 있는 것처럼 충분한 수분공급도 필수적이다. 그리고 자전거를 타는 것 같은 유산소 운동도 필요하다.

　100세 시대, 아니 최근 120세 시대까지 거론되고 있는 초고령화 시대를 맞아 약사는 단순히 병후 회복을 위한 상담뿐만 아니라 이후의 건강 상담, 건강 설계 등 평생 건강 관리까지 영역을 확대해야 한다고 생각한다.

　만성질환자 환자도 중요하지만 만성질환자 보호자에게 환자관리를 지도하는 것도 필요하다. 만성질환자는 생활이나 운동, 식습관 등 참으로 많은 부분에서 전방위적인 관심을 요하는 경우가 많은데 그들의 보호자가 오랜 기간 간호를 했음에도 불구하고 어디가 정확히 어떻게 아픈지 잘 모르시는 경우도 의외로 참 많기 때문이다.

| 사랑의 쌀 나눔운동본부 노인행복자원센터 특강

공부는 머리에서 가슴으로 발까지의 긴 여행

I 신영복교수님 담론출판 강연회 참석 후 선물로 받은 친필액자(2015년)

"공부는 머리에서 가슴으로, 발까지의 긴 여행." 존경하는 신영복 교수님의 말씀이다. 공부는 익히고, 느끼고, 실천하면서 더욱 나를 충만하게 만드는 작업과정이다. 공부를 하다 보면 어느 순간 자기 스스로가 누군가의 멘티에서 멘토로 변할 수 있다. 아킬레스 프로젝트로 단순히 지식 나눔을 행하는 것과 누군가의 정신적이고 정서적인 멘토가 된다는 것은 완전히 다른 경험이다.

누구에게나 존재하겠지만 내게도 소중한 멘토들이 있다. 배려, 도전정신, 여성성을 가르쳐주신 멘토는 어머니시고, 절약과 근면의 멘토는 시아버님이시다. 희생하고 솔선수범하는 행동을 가르쳐주신 멘토는 단연코 예수님이시다. 하지만 내가 계속 공부하는 결정적인 이유는 정신적인 허기를 공부가 달래준 소중한 경험이 있기 때문이다.

의약품 슈퍼판매의 부당함을 지적하는 3분발언강연

6년 전 많은 약사들이 자존심을 다쳤다. 나 역시 약사로서의 내 자존감을 지키기 위한 전국약사연합창립2011.6.25에 참여하여 다양한 활

ꡁ 의약품 슈퍼판매 반대 약사 궐기대회

동을 했다. 의약품 약국의 판매 저지를 위해 의약품 약국 외 판매 반대 시위, 약사 생존권 사수궐기대회, 약사법 개정저지를 위한 대국민 100만 서명운동에 적극 참여하여 대국민 홍보에 앞장서 왔다.

특히 서울광장 집회에 서울과 경기 지역의 1,500여 명의 약사들 중 한 사람으로서 대중들 앞에서 3분 발언을 하기도 했다.

안녕하십니까? 저는 경기도 의왕시에서 25년간 동네 약국을 경영해 온 박덕순 약사입니다.

존경하는 국민 여러분, 이 자리에 함께하신 약사 선생님들, 언론인 여러분께 한 말씀 올리겠습니다. 저는 1986년부터 지금까지 25년간 의왕시에서 약사라는 직업을 천직으로 알고 살아왔습니다. 할머니의 말벗도 되어드리고 자녀의 진학문제도 함께 고민해주고 동네 주민들과 한 가족처럼 지냈습니다. 주민들은 몸이 아프거나 슬픈 일이 있을 때면 제일 먼저 동네사랑방인 약국에 찾아와 약사님과 상의하곤 했습니다. 저희 약사들은 국민과 함께한다는 사명감과 자부심을 가지고 아침부터 늦은 밤까지 국민들을 위해 열심히 근무했습니다.

그런데 이게 웬 날벼락이란 말씀입니까? 저희 약사들이 무엇을 그리도 잘못했습니까?

혹여 잘못된 점이 있으면 머리를 맞대고 고민하여 대안을 찾아내야지~ 국민의 건강을 책임지는 복지부장관이란 분이 대통령의 말 한마디에 하루아침에 의약품을 의약외품으로 고시하고 슈퍼에서 판매는 정책을 지시할 수 있단 말입니까? 저는 이 상황을 머리로도 가슴으로도 이해할 수도 용납할 수도 없습니다. 아니 죽어서도 뼈에 사무쳐 눈을 못 감을 겁니다. 제가 사랑하는 대한민국은 이런 나라가 아닙니다. 전문가인 약사들 손에 있던 의약품이 제대로 된 절차도 생략된 채 기어이 슈퍼 한구석에 처참히 내동댕이쳐졌습니다. 국민이 불편하다는 미명하에 60여 년 지켜온 약사 직능을 말살시키다니요~ 저는 자식을 강탈당한 어미의 마음으로 가슴이 찢어지고 목이 메어 더 이상 할 말을 못하겠습니다. 오늘 이곳에서 부르짖는 국민의 한 사람인 우리 약사들의 절규를 역사는 기억 할 것입니다. 저는 이명박 정권이 종편을 먹여 살리기 위해 저지른 동네 약국 말살 정책을, 그리고 그동안 동네 약국이 담당했던 보건 인프라 붕괴로 오는 사회적 파장과 부작용을 두 눈 부릅뜨고 똑똑히 지켜볼 것입니다.

솔직히 여성의 직업으로서 약사는 꽤 괜찮은 축에 속했다. 누구나 인정할 것이다. 육아로 인해서 퇴직을 하더라도 경력단절 없이 다시 일할 수 있는 회사가 그리 흔치는 않는 시대에 약사는 약국장과 잘 협의한다면 원하는 시간에만 근무할 수 있는 이점을 갖고 있다. 사회적인 인식도 좋다.

하지만 솔직히 의약분업 당시 약사로서의 내 자존감은 바닥을 쳤다. 전문 의약품에 대해 약사의 임의조제가 위법이 되고 상당수의 의약품이 전문약으로 분류되면서 약사들이 처방 없이 자발적으로 약을 다룰 수 있는 여지가 사라졌다. 의사들의 처방전에 좌지우지하면서 약국을 경영해야 하나 하는 의구심 같은 분노도 막연히 품고 있었다.

자기주도적인 능동적인 '약사'가 아닌 수동적으로 모습으로 변해가는 **후배들이나 약사 동료들을 볼 때마다 가슴 아팠다.** 처방전에 의존할수록 약사 자존감은 낮아지고, 자신의 소명에 대해 공허해할 수 있었다.

약사로서의 상담직능을 살리면서 약국을 운영하는 일들이 점점 사라지고 있어 안타까웠다. 처방전에 의존하다 보니 '약은 약사에게 진료는 의사에게'라는 분업의 본질도 희미해져 갔다.

나는 의사와 병원에만 의존하는 그저 그런 존재가 되기 싫었다. 어떡하면 약사의 자존심을 챙기면서 그토록 노력하면서 키웠던 약사로서의 내 역량을 펼칠 수 있을까를 끊임없이 고민하기 시작했다.

그리고 정답을 알게 됐다. 나는 이 약국을 경영하는 CEO로서 내고객과 진실한 인간관계를 제대로 맺는 것이야말로 지금의 어려움을 타개하는 방법이라는 것을 깨달았다.

정서적으로 심리적으로 먼저 교류를 하면서 예전의 동네 약국이 가져다주는 느낌을 버리지 않아야 한다. 비록 병원의 처방전 때문에 약국을 방문한 고객이라도 그들의 아픔에 공감하고 병증을 이해하면서 최고의 마음을 쏟아주는 약국의 약사에게는 활짝 마음을 열 것이라고.

스스로 벽을 없애고 고객에게 친근하게 다가가기로 마음먹었다. 나는 그들의 좋은 경청자인 동시에 필요한 곳을 제대로 긁어줄 수 있는 해결자가 되기로 했다. 이런 나의 변화에 가장 빠르고 즉각적으로 반응한 것이 내 고객들이었다. 약값만 계산하면 문 열고 나가기 바빴던 고객들의 발걸음을 하나 둘 사로잡을 수 있게 됐다.

약국 문을 열고 나가기 바빴던 그들이 자신들의 가슴을 내게 열어주기 시작했다. 약국은 약을 사고 파는 공간에서 마음을 주고받는 공간이 됐다. 동네 쉼터가 되었고, 주민들의 입담과 정보가 머무는 사랑방이 됐다. 약사인 나를 믿어주고 의지하는 단골 고객들의 건강을 미리 예방관리를 해주는 기쁨은 컸다.

약국을 경영하는 나 홀로 CEO로서의 고충은 보기보다도 크다. 고독하면서도 불안할 때도 있었다. 하지만 지역 사회와 주민들에게 마음을 연 것처럼 나 자신도 외부에 활짝 열었다. 변화무쌍한 요즘 바깥에서 생생하게 움직이는 정보를 찾기 위해 노력했다. 모든 경영들이 그렇겠지만 약사라고 세상의 변화에 발맞추지 않는다면 실패할 수밖에 없다고 생각했다.

몇 년간 새로운 시스템에 적응되었을 무렵 시아버님께서 돌아가셨다. 그동안 접어두었던 학문에 대한 갈증이 되살아나 2002년 성균관대에서 약학 석사과정에 도전했다. 이미 나이는 40대였지만 학구열은 불탔다. 3년간 큰딸의 고등학교 수험생 뒷바라지에 내 공부까지 하느라 몸은 지쳐갔지만 2004년 봄 큰딸이 대학교에 입학하고 여름에 나는 무사히 약학 석사 학위를 취득했다. 가을의 문턱에서 기도하면서 건축한 엘림 빌딩까지 완공하여 엘림요양원을 운영할 수 있었다.

2003년에는 경기도에서 지원하여 아주대에 위탁 교육시킨 "2006 지방자치여성의원 양성과정"에 의왕시 대표로 참석하여 총동창회장을 맡게 되었고 아주대의 추천을 받아 2006~2010년 4년간 민주당 비례대표 경기도 의원으로 선출되어 열정적으로 의정활동을 하는 귀중한 체험도 하게 됐다.

2012년에는 한세대학교 유비쿼터스 IT 도시정책과 박사과정에 진학하여 "유비쿼터스 헬스케어시대의 약사의 역할"에 관한 박사논문의로 약사출신 최초의 IT공학박사 학위를 취득했다.

2012년에는 약대 6년제를 대비하여 숙명약대 GPP프리셉터 과정을 수료하였고 2014부터2017년 현재도 숙명약대, 전주 우석대 약대 학생들에게 실무 실습 지도를 하고 있다. 후배 약사들의 좋은 멘토가 되기 위해 노력하고 있다. 약대 6학년생 약국 실무 실습 교육 교재인 지역 약국 우수 약무론Community Pharmacy GPP을 집필하기도 했다.

2013년 3월에는 대한약사회 노인 장기 요양보험위원회 위원장으로 선임되어 노인 장기 요양보험의 약국에서의 활용하는 방안을 강구하는 등 홍보에 주력해 왔다. 2013년 7월에는 한국직업능력평가원에서 직무스트레스관리사 자격증을 취득했다.

한국 U-City학회 춘계 학술대회에서 「U-Health Care와 약사의 역할」로 우수논문상을 수상하기도 했고, 2014년 경기도약사회 학술제에서 '고령화 시대의 약사케어매니저'에 대한 논문으로 장려상을 그리고 2016년에는 '우수상'을 수상했다.

약사회무는 의왕시 여약사회장을 마치고 경기도약사회 약학위원장과 학술교육정책단장을 역임 하였으며 대한약사회 노인장기요양

보험 위원장을 맡아 봉사했다. 또한 2014년에는 보건복지부 정책과
제_{과제명: 의약품 안전 취약계층 대상 약료서비스 개선방안}에 연구원으로 참여했다.

**내 배움은 아직도 끝나지 않았다. 그리고 배움으로 얻은 강연자
의 기회도 계속 이어졌다.**

고령화 100세 시대를 맞아 이대평생교육원 최고명강사과정을 수
료했다. 아름채 노인복지회관, 사랑의 쌀 나눔운동본부, 은퇴연금협
회 등에서 강연을 했고, 2014년 12월에는 머니투데이 TV 방송 '행복
한 100세' 강연프로그램에 출연하여 '100세 건강을 위한 체크리스트'
라는 제목으로 치매, 자살방지 예방교육 등 재능기부 강연활동을 통
해 노인돌봄 활동도 했다.

한국멘토교육협회 위원장으로 한국멘토지도자과정을 수료한 후,
'지푸라기 멘토쉽'이라는 제목으로 강연 하는 등 대한민국의 미래인

I 경기도 학술제 논문수상사진(2016년)

청소년 멘토 활동을 하고 있다.

2017년에는 한세대학교 재난안전대학원에서 '질병의학' 강의를 맡아 나의 지식을 함께 나누고 있다.

Ⅰ 한세대학교 재난안전대학원 1학기 수업을 마치고(2017년)

힘이 빠져 지쳐서 헤맬 때 인도해주신 하느님과 평생 삶으로서 나를 가르치시는 어머니, 그리고 사랑하는 가족들이 있기에 머리에서 가슴으로 발까지의 긴 여행을 아직도 이어나가고 있다.

많은 사람의 사랑을 받는 행복한 사람으로서 이제 나는 내가 받은 사랑을 나누어 주는 일에 앞장 설 것이다. 그 긴 여정을 함께 손잡고 나갈 사람들이 많아지면 좋겠다.

'환자는 곧 가족' 평생 건강을 책임지다

　대부분 단골 약국이 되는 길을 어렵게만 생각한다. 하지만 그것은 그리 어려운 것은 아니다. 고객을 말 그대로 가족으로 생각하면 문제는 간단해진다. 약국을 경영하면서 고객만족 이념을 펼치는 것은 당연한 것이다. 약사는 지역의 터줏대감이자 지역민을 이끄는 오피니언 리더가 돼야 한다고 생각한다.

대형약국이 아닌 일반약국이 살아남을 수 있는 길은 결국 단골 약국이 되는 것이다. 그리고 환자의 평생을 책임진다는 철학을 밑에 깔고 있어야 한다. 엘림요양원을 개설한 것은 단순히 사업규모를 확대한 것이 아니다. 바로 이런 생각이 밑바탕에 깔려 있으니까 가능한 일이었다. 약사는 약을 조제하는 약사에서 이제는 토탈 헬스케어 매니저가 돼야 한다.

약국을 떠나도 환자는 내가 챙긴다

1997년부터 2000년 한국얀센 제약사에서 전국의 약국을 대상으로 무좀약 프로젝트를 실시한 적이 있었다. 하루 1번 1알씩 28일 동안 복용하는 약을 아침, 저녁으로 나눠 2알씩 일주일 만에 복용함으로써 치료효과를 높이고 치료기간을 단축시키는 내용의 프로젝트였다. 이 아키레스 프로젝트에서 시행 첫 해 전국에서 매출 1위를 차지한 사람이 바로 나였다.

당시 나는 환자의 인적사항, 연락처, 약 복용 진행 경과 등을 기록하고, 매일 일일이 환자들에게 연락해 그날그날의 약 복용여부를 체크했다. 약을 빼먹은 환자는 지속적으로 복용하도록 챙기고, 약이 떨어진 환자에게는 약국 문을 닫은 시간에도 직접 약을 배달하는 성의를 보였다. 그 결과 환자들의 치료 효과가 점점 좋아지고 입소문을 타면서 수백 명에 불과했던 환자는 5,000여 명으로 늘었고 전국에서 고객이 줄을 이었다.

고객을 가족같이 생각하는 것이 아니라 가족으로 생각한 것이다. '가족같이'라는 말속에는 이미 가족이 아니라는 뜻이 내재된 것이다. 하지만 그냥 가족이라면 약을 빼먹고 안 먹을 때는 챙겨주고, 약이 없을 때는 사다주게 된다. 고객도 그렇게 생각했다.

텔레마케팅이 성행하지 않던 시절에 나는 벌써 이를 도입해서 실행했던 것이다. 의약분업 이후 환경이 달라진 지금에도 이 같은 원칙은 변하지 않는다. 고혈압이나 당뇨 등 장기적인 치료를 받는 환자에게는 약 복용일 수를 체크해 처방날이 지나도 환자가 방문하지 않으면, 이를 환자에게 상기시키고 퀵서비스로 약을 배달하기도 한다.

공부 · 도전하는 약사가 성공한다

공부하는 약사만이 국민의 신뢰를 얻을 수 있다고 생각한다. 대부분 약사들은 학력이 높은 편이다. 석·박사를 취득한 사람들도 많다.

나 역시 배움에 대한 노력을 게을리 하지 않았다. 82년도 약학대학 졸업, 강남성모병원 약제과 근무 후 개국 후에도 연구를 하고 새로운 것에 도전하려고 했다. 날마다 새로운 지식을 습득하지 않으면 뒤떨어진다는 평소 지론 때문이다.

2000년도 이전에 숙명여대 약학대학 원격약료전문가 과정, 2002년 교육부 주관 '노인교육전문가 과정'을 수료하고 2004년 임상약학대학원 석사학위를 취득했다. 또한 사회복지학을 공부해 복지사 자격증을 취득하는 한편 성균관 약대에서 박사과정을 밟았다. 노력의 성과를 인정받아 임상약학대학원 학위 수여식에서 총장상을 받기도 했다. 끝없는 연구와 고민을 통해 변신을 준비하는 자세가 필요하다. 그래야 경쟁에서 살아남을 수 있다.

좋은 정보, 정확한 정보를 환자에게 주지 못하는 것은 약사로서 죄다. 약국이 처방 조제에만 매몰된다면 약사 스스로 한계를 느낄 수밖에 없다. 이를 타개해 가기 위해 새로운 분야를 공부하고 그를 통해 자신만의 강점을 살려갈 필요가 약사들에게 있다.

고객의 평생까지 책임진다는 신념

환자를 가족처럼 생각하는 경영마인드는 '고객의 평생까지 책임진다'는 목표로 확장된다. 평생을 약국경영을 통해 쌓은 치료 상담 노하우를 바탕으로 엘림요양원을 개설했다. 단골고객을 케어하는 차원에서 마련한 것이다. 이를 위해 난 체계적인 공부의 필요성을 느껴 노인교육전문가 과정을 수료하고 사회복지사 자격증을 취득했다.

엘림요양원 개설 당시 의왕시 인구가 15만 명에 육박함에도 불구하고 유료요양시설이 없다는 점에 착안해 지역 환경에 맞도록 요건을 갖췄다. 지역주민의 접근성이 용이하도록 대부분의 요양시설이

I 엘림요양원 내부

주택가에 위치한 독일의 콘셉트를 가져왔다.

요양시설뿐 아니라 같은 건물에 명상·요가·다도 등이 가능한 수련원과 옥상에는 녹색공원, 1층에는 특화된 노인용품전문매장을 마련해 토탈 헬스케어 빌딩으로서의 면모를 갖췄다. 이 요양시설은 '실험정신과 고객에 대한 보답'의 의미가 농후하다.

앞으로도 약사들이 도전해 볼 만한 영역이라고 생각한다. 약사라고 해서 약국에만 국한된 사고에서 벗어나 새로운 분야에 도전하고 개척하는 시각의 전환도 필요하다.

약사 자신에 대해서는 끊임없는 연구와 공부, 고객에 대해서는 친절한 가족경영, 약국에 있어서는 미래를 준비하는 앞서가는 마케팅. 이 세 가지가 바로 내가 제안하는 약국 경영의 핵심요소다.

ㅣ 엘림요양원 옥상 하늘정원 전경

시련은 인간을 성장시킨다!

위기에 직면하는 시기에 인간은 신체적으로 정신적으로 큰 변화를 겪기도 합니다. 우울증도 많고 자살률도 높습니다. 하지만 시련에 대한 두려움과 육친과 친구들과 외따로 떨어졌다는 외로움은 사람을 움직이게 만드는 힘이 되기도 합니다. 두려워서 일에 매달리고 외로워서 사람을 찾습니다. 두려움과 외로움이 가장 강한 감성이며 이런 감수성에서 예술작품이 나오고 위대한 업적도 나오는 법입니다. 고통과 대항하여 인내의 폭은 커질 수밖에 없고, 이해하는 넓이는 확장될 수밖에 없습니다. 외부의 시련과 맞서고 해결하려는 과정 속에서 생의 본능과도 같은 열정과 도전의식이 샘솟습니다.

누구나 살다 보면 위기를 만납니다. 인생은 숱한 위기의 연속입니다. 삶은 위기를 이겨내며 굳은살을 만듭니다. 위기를 대나무로 비유하면 더 큰 성장을 위한 마디인 셈입니다.

가끔 진정한 성장을 원한다면 자신을 고통이나 시련 속으로 유배를 보낼 필요성도 있습니다. 이런 고통으로의 유배 속에서 행복해질 수 있는 인간은 얼마나 강인한 존재일까요? 시련을 직면했을 때 행복해지고 싶다면 세 가지 원칙을 꼭 기억하기를 바랍니다.

'카르페 디엠(Carpe diem)'

행복해지고 싶다면 현재에 충실하라. 고통도 원망도 비집고 들어올 틈이 없을 것이다.

'메멘토 모리(memento mori)'

모든 인간은 언젠가는 죽음으로 돌아간다는 사실을 잊지 마라.

그러니 죽기 전에 제대로 한 번 살아볼 필요가 있지 않을까? 투지가 절로 솟아날 것이다.

'This, Too, Shall Pass Away'

불행이 찾아왔을 때는 '이것 또한 지나가리라!'고 생각하라!

생각하는 사이에 이미 불행 하나는 과거가 되었을 것이다.

선한 영향력을
가진 리더

모든 것은 내 자신에 달려 있다

들러리가 아니라 파트너다
(경기도의원)

│ 경기도 의원(2006~2010년)

2004년 봄에 의왕시 사회복지과에서 당시 여 약사 회장을 맡고 있는 나에게 전화가 왔다.

"회장님, 경기도에서 여성 정치인의 참여를 높이기 위해 예산을 세워 아주대 여성리더십 센터에 2006 지방자치여성후보양성과정 위탁 교육을 하니 의왕시 대표로 참여해 주세요."

나는 정치에 대해 잘 모르고 약국이 바빠서 갈 수가 없다고 거절했다. 그러나 얼마 후 담당 공무원에게 다시 부탁 전화가 왔다. 망설이다가 아주대에 원서를 내게 됐다.

원서를 내고 며칠이 지나자 면접시험을 보러 오라는 통지가 왔다. 나는 약국 근무 중이라 면접시험을 보러 갈 수가 없다고 전화를 걸어 말씀드렸다.

면접시험을 보는 날 저녁에 아주대 이선희 교수님께서 전화를 주셨다. 면접에 참석하지 못한다고 전화를 해서 전화로 면접 볼 기회를 줄 테니 응하겠냐고 하셨다. 그래서 나는 한 시간 동안 전화로 면접 시험을 보았다. 나중에 알고 보니 50명 정원에 경기도 31개 시·군에서 150명이 응시했다.

나는 3:1의 경쟁을 뚫고 합격했다. 일주일에 한 번 매주 수요일 강의가 시작됐다. 내가 처음 강의를 들을 때는 기존 강사들_{정치인 포함}은 2006년 민선 제4기 지방선거에서 여성의 정치참여가 이전에 비해 비교적 쉽게 이루어지리라고 전망하고 있었다.

나 역시 시대적 흐름으로 봐서 성숙한 민주주의가 뿌리를 내리고 2006년에는 여성의 정치 참여율이 30%에 근접하지 않을까 하는 낙관적인 생각에 사로잡혀 있었다.

여성의 정치 참여는 국가 경쟁력 강화와 여성, 장애인, 노약자와 같이 소외받는 계층의 삶의 질 개선을 위해서 꼭 필요하다

이미 나는 2005년 후반기에 주변의 지인으로부터 지방자치 선거 참여를 제안받기도 했었다. 아주대 지방자치여성후보양성과정 동창회장직을 맡으면서 선거에 대한 생각이 많이 굳어졌다. 결국 2006년 선거에 동참하기 위해 주민자치위원, 2월 28일 의왕시 선거관리위원, 3월에는 부곡중학교 운영위원장을 사임했다.

나름대로 마음과 주변을 정리하고 가족의 동의를 구한 후, 서류준비를 시작할 무렵 생각지도 않았던 여러 가지 문제에 부딪치게 됐다.

선거 참여에 회의를 느껴 2006년 선거에 불참하기로 마음을 정하고 그리스·터키 성지순례 여행을 떠났다. 그 와중에 아주대 이선희 교수님께서는 2006 지방자치여성후보양성과정 수료생들의 지방자치 진출을 위해 수료생들의 이력과 프로필을 각 정당에 보내셨다.

얼마 후, 민주당 경기도당위원장께서 중앙당 여성국장을 나에게 보내 경기도 의회 비례대표 참여를 제안해 왔다. 나는 망설임 끝에 용기를 내어 도전했다. 그리고 당선됐다.

선거기간 중 활동은 직접 선거를 치르신 분에 비해서는 쉬웠다고 생각들을 하지만 경기도의원비례대표의 활동범위가 31개 시·군에 광범위하여 걸쳐져 있어서 결코 만만하지 않았다. 하루에 3-4개의 시·군을 방문해야 하므로 시간을 쪼개 쓰는 지혜가 필요했다. 경기도 전역 선거인 명부 445만 부의 홍보물 제작비용 등 경제적인 부담과 상황에 따른 적절한 전화상담 응대 등 나름대로 치열한 선거 기간을 보냈다.

하지만 이번 5.31 지방선거를 치르면서 아쉬운 점은 많았다. 정책 공약도, 후보의 능력도, 성인지적인 관점에서의 균형적인 배분도 아무런 기준이 되지 못하고 지방자치를 실천할 지역 일꾼을 뽑는 선거가 아닌 중앙정치를 평가하는 심판대로 변질되어 생활정치와 풀뿌리 주민자치는 온데간데없이 사라져버린 것이었다.

여러 여성단체에서 여성에게 불리하게 작용한 각 당의 공천과정을 비판하기도 했다. 돈과 조직에서 소외된 여성을 위한 적극적 조치를 요구해 왔으나 주요 정당의 여성 공천 6.04%라는 수치에서 이미 예견되었듯이 최종 선거결과 또한 기대에 미치지 못했다.

2006년 5.31 지방선거에서 당선된 여성은 광역단체장 0%0/16명, 기초단체장 1.3%3/230명, 광역의원 11.6%85/733명(비례 53명), 기초의원 15.1%437/2,888명(비례 327명)로 13.6%525/3,867명에 그쳤다.

새롭게 도입된 기초의회 비례대표를 제외하면 여성당선자의 비율이 5.7% 수준으로 지난 2002년 지방선거 당시의 3.4%에 비해 크게 진전되지 못한 상황이었다. 특히 지역 살림을 책임지는 단체장의 경우 2002년에 비해 여성단체장 후보가 3배 이상 증가했음에도 불구하고 세 지역에서만 당선된 것은 매우 실망스러운 결과가 아닐 수 없었다. 여성에게 단체장이란 장벽이 아직도 넘어서기 어려운 것임을 여실히 보여 주었다.

여성이 더 잘할 수 있는 생활정치의 장인 지방선거에서 '여성' 후보의 장점과 여성 정책적 이슈는 투표결정 요인에 전혀 영향을 미치지 못했다. 당선된 여성들의 경우 대개 지역적으로 우세한 정당의 공천을 받은 경우가 거의 대부분이었다. 그 때문에 그동안 지역에서 모범적인 풀뿌리 의정활동을 펼쳐왔던 여성의원들이 재선이나 3선의 벽을 넘지 못하고 대거 탈락했다.

이런 결과는 지방선거가 '중앙정치'의 심판대라는 잘못된 구도로 치러졌다는 것과 거대 양당의 담합으로 인해 중선거구제 본래의 취지를 훼손한 채 대부분 2인 중심 선거구로 재편되었기 때문이었다. 그럼에도 불구하고 광역 비례대표 67.9%, 기초 비례대표 87.2%가 여성으로 당선됨으로써 지방자치 여성 참여 두 자리 수를 실현한 것이 성과라면 성과라고 할 수 있었다.

지역 이슈가 살아있는 진정한 생활정치가 실현되기 위해서는
여성 의원들이 많아져야 한다

여성 정치인들이 대거 약진했음에도 불구하고 아직까지도 여성들의 활동에 제약이 많은 것은 사실이다. 여성 스스로 가진 한계와 단점으로 인해 일어나는 고충이라면 분명히 여성 정치인들도 노력해야한다. 남성 정치인들은 지연과 학연, 군, 사회적 커리어에서 다양한인맥을 끌어들여 지원세력으로 만드는 재능이 많고, 또한 한국 정치사에서 필요한 부분이었다. 이런 인맥이 막강한 영향력을 끼치는 것이 현실임에도 대다수 여성은 그렇지 못하다.

어떤 인연을 맺었다는 이유만으로 맹목적이고도 무조건적인 충성을 하지도 않는 것이 여성이다. 여고나 여대의 동창회가 남녀공학과달리 활성화되지 않은 것을 떠올려 보면 쉽게 이해할 수 있을 것이다.

정치계의 여성 네트워크를 체계적이고 실질적으로 만들어야 한다. 여성이라고 무조건 여성을 미는 편파주의를 시도하는 것이 아니다. 검증도 안 되고 뚜렷한 소신과 정책도 없는데 여성이라는 이유만으로 밀어주는 것은 말이 안 된다고 생각한다.

끼리끼리 작당하는 패거리 문화를 답습하자는 말이 아니다. 일반여성들이 활발하게 정치에 참여할 수 있는 통로를 열어주기도 해야한다. 여성 정치인들만 정치를 한다고 변화되는 것은 아니다. 일반여성들의 정치참여 역시 지금보다 더 활발해져야 한다. 하지만 여성들을 키우는 정책이 전무하거나 허술하기 그지없다는 것을 매번 확

인해야 했다. 도정 활동을 하면서 우리나라가 얼마나 여성들한테 무심하고 무지하고 무대책인지를 확실히 알 수 있었다.

경기도 여성 일인당 예산을 쭉 보면 미취업 대졸 여대생 현황 및 대책, 청소년 대상 성 인지교육 실적, 남북한 여성 교류 실적, 선진 여성 정책 벤치마킹 사업 실적, 여성 예산 신규 사업 성과 및 대책에 대해서 자료를 요구한 적이 있었다. 하지만 그 실적은 전무했다. 경기도 5급 이상 고위공직자 중 여성 비율도 현저히 낮았다.

아직도 우리나라에서는 여성이 소수고 약자다. 의회에서도 이제 막 여성들이 '예외적 존재'에서 '소수집단'이 됐을 뿐이다. 여성 정치인의 등장만으로도 여성들에게 희망이 된다는 것을 깨달았다. 유소년기의 여성들에게 역할 모델도 될 수 있다. 여성정치인의 등장은 단지 여성으로서 정치에 다양한 색깔을 더한다는 의미에다가 정치를 바꾸기를 기대하는 여성들의 열망을 부지런히 전달하는 소명을 의미한다.

여성정치란 거창한 것이 아니다.
여성의 삶의 조건들을 하나하나 바꾸어 나가는 것이 여성정치다

정치적 욕망으로, 혹은 무엇이 되겠다는 야심이 있어서가 아니라 내가 어떻게 살아야 하나, 우리 사회에서 뭘 할까를 치열하게 고민하며 일하다 결국 도의원이 된 나는 정치에 뛰어 들어 처음으로 맞닥뜨린 커다란 장벽 중에 하나가 여성 의원을 일종의 '들러리'라는 구색

맞추기용 구성원으로 보는 시선들이었다. 여성의원을 향한 왜곡된 언론 보도도 많이 보았다.

여성 의원에 대한 정형화되고 과장된 이미지는 전문인의 모습이라기보다는 '트러블 메이커'나 '신출내기'로서의 모습으로 고정된 경우가 많다. 하지만 그런 편견을 깨는 훌륭한 여성들이 정치판에서도 점점 늘어나고 있다.

이제 정치권도 여성을 남성들의 정치판에 들러리가 아니라 진정한 정치적 파트너로 받아들여야 한다. 다행히 여성 정치인의 장점을 인정하는 남성 정치인들도 서서히 늘어나고 있다.

"부패 직업군 1위, 소통이 안 되는 집단 1위"의 불명예를 기록한 정치라는 경기에서 정정당당하게 이기기 위해 구원투수로 여성 정치인을 등판시키는 이유는 여성의 따뜻하고 세심한 약손으로 아프고 지친 국민들의 상처 어린 마음을 잘 어루만질 거라는 확신 때문이다. 그 치유의 정치에 나 역시 적극 동참했다는 것이 자랑스럽다.

살림과 돌봄의 달인인 여성이 생활정치에 능숙한 것은 당연하다. 많은 여성 정치인들이 어머니의 포용력과 아주머니의 친화력으로 활발한 정치활동을 하고 있다. 여성 인권과 관련한 법안을 만들고, 지역에서도 생활밀착형 정책들을 쏟아내고 있다.

여성 의원은 올라운드플레이어로서 움직일 수 있는 장점이 있다. 남녀노소 누구나 만날 수 있다. 여성뿐만 아니라 청년, 장애인, 다문화가정 등 소외계층을 더 편하게 대표할 수 있다.

요즘처럼 위기에 빠진 대한민국을 구하기 위해서는 새로운 리더십이 필요하다. 모두가 힘들다고 할 때 몸을 사리지 않고 가족의 일이라면 몸을 던지는 어머니의 리더십이 남성 대통령이 해결하지 못한 숙제를 바로잡을 수 있을 거라 확신한다. 경영학자 피터 드러커가 말했듯 21세기는 여성의 세기다. 과거가 남성의 힘을 필요로 했다면 지금은 여성의 지혜를 필요로 한다. 미리 공감하여 상대방을 무장 해제시키는 신비의 묘술은 여성이 더 잘 부린다.

그렇다면 여성 리더십에 기대할 수 있는 것은 무엇인가? 여성은 협동의식과 포용력 그리고 통합력이 남성보다 훨씬 뛰어나다. 성실하고 온화하고 부드럽다. 감성지수와 호감지수가 높다. 마음을 움직이는 화법에 능하다. 감각이 예민해 직감적인 동시에 합리적이기도 하다. 쉽게 자성할 줄 안다.

활발한 활동에도 지칠 줄 모르는 끈기로 남성들까지도 쉽게 뚫을 수 없는 '유리 천장 위의 유리 천장'을 만드는 여성은 전 세계적으로도 공동체 주역이 되고 있다. 기존의 남성 문화에서 비일비재했던 제로섬 게임과 대결에 혐오를 보내는 사람들은 타협과 공존을 모색하는 여성 정치인에게 새로운 지지를 보내고 있다.

임신, 출산이라는 과정을 통해 타자를 품으면서 공존을 모색해왔던 여성들이 펼치는 위대한 리더십은 여성뿐만 아니라 남성들에게도 새로운 표상이 되고 있다.

경기도 의회 115:1의 민주당 대표

| 제 7대 경기도의회 비교섭단체의원 4인방(2006년)

　　2006년 민주당 경기도의원 비례대표로 진출한 이유는 평소 대한
민국 여성의 능력과 넘치는 에너지를 정치가 받쳐주지 못하는 현실
이 매우 아쉬웠고 이를 개선하기 위해 나를 추천한 민주당을 택했다.

비록 당시 민주당은 부족한 점이 많았지만 민주당의 가능성과 잠재력을 고려했다. 나는 우리나라 민주주의 50년의 뿌리를 가지고 있는 민주당이 중도세력을 하나로 묶는 구심점 역할을 할 수 있을 것이라 생각했다. 민주당은 다른 정당과 달리 '경쟁력 있는 여성후보'를 영입하여 '우먼파워'를 자랑하겠다고 공언했다.

훌륭한 기초자치단체장의 여성 후보자를 배출하기 위해 여성 후보에게는 25%의 가산점을 주는 등 여성에 대한 배려가 높고, 풀뿌리 민주주의 기초가 될 수 있는 기초자치단체장 선거에서 우먼파워를 앞세운 민주당이 선전할 것이라 나는 판단했다.

정치 초년생인 나는 2006년 4월 22일(토) 한화갑 대표, 장상 위원장, 신낙균 경기도당위원장님을 모시고 의왕시에서 입당 환영식을 치렀다. 2006년 민주당 비례대표로 제7대 경기도의원으로 당선될 때까지도 나는 내가 정치에 입문할 줄은 몰랐다.

막스 베버는 말했다. **수많은 장애물과 역경이 있을지라도 '그럼에도 불구하고'를 감내하면서까지 세계를 사랑하려는 자가 진정한 정치인이라고.** 또한 그는 정치를 '열정과 균형으로 단단한 널빤지에 구멍을 뚫는 작업'이라고 했다. 널빤지에 구멍을 내는 작업은 결코 쉽지 않다. 오랜 공력을 들여야 하고 마침내 구멍을 뚫겠다는 마음도 계속 갖고 있어야 한다. 단단한 널빤지는 고개 돌린 민심일 수도 있고 젊은 세대의 무관심일 수도 있고 사회적 약자들의 분노일 수도 있다.

하지만 계속 붙들고 구멍을 뚫고 설득과 공감을 이뤄나가는 것이 정치라고 생각했다. 그 와중에 아무리 좋은 생각을 가진 정치라도 반드시 그 결과가 좋게, 선하게 나오지 않는다는 것도 알게 됐다. **단순히 생각이 좋다는 이유만으로 정책을 몰아붙인다면 그게 바로 국민들을 현혹하는 '포퓰리즘'이라는 것도 알게 됐다.**

정치적 신념이 아무리 고결해도 결과에 대한 책임윤리도 고민해야 하는 정치인으로서 나는 늘 균형을 가지려고 노력했다. 국민을 대표해 여론을 청취하고 그 여론을 토대로 법을 만든다지만 실상 제 귀에 듣기 좋은 소리를 여론으로 여기기 십상인 게 정치인이었다.

하지만 나는 아프고 쓴 소리에도 늘 귀를 열었다. 내 균형 감각이 사라지는 것을 막기 위해 최선을 다했다. 새로운 정치 인생의 도전은 장점과 자산을 십분 발휘할 수 있는 소중한 기회가 됐다.

"왜 정치를 하느냐?"

"이미지 버리니까 하지 마시라!"

이런 이야기를 수도 없이 많이 들었다. 우리나라는 주변 사람이 정치하겠다고 나서면 쌍수를 들고 막는다. 나만 해도 그랬다.

솔직히 정치권에 들어오기 전 나도 정치에 대한 부정적인 생각이 전혀 없었던 것은 아니다. 무조건적으로 정치에 대해 안 좋게 생각하는 것은 정치가 좋아졌으면 하는 바람에서 나오는 건설적 비판과는 완전히 다르다. 정치가 자신의 삶을 더 낫게 할 수 없을 거라고 여겨 정치를 경멸하는 것이다.

주변의 많은 우려에도 불구하고 도의원이 되고 나서 나는 늘 사회적으로 소외를 받는 분들과 여성들을 도와야 한다는 정치인으로서의 책임을 피하지 않으려고 노력했다. **정치만으로는 이상사회를 구현하고 모두의 삶을 구원할 수도 없다. 그러나 정치가 만능은 아니지만 정치가 제대로 기능만 한다면 많은 사회문제를 해결할 수 있다.**

정치 신인, 특히 나처럼 정치적으로 거의 알려지지 않은 사람이 정치에 입문하기에는 어려운 정치환경이었다. 솔직히 내가 정치권에 들어간 것은 스스로 이것을 추구했기 때문은 아니었다. 꾸준히 밟아온 전문가적 능력과 개인적 이력을 보고 발탁된 것이라고 생각할 뿐이다.

처음 정치권에 들어왔을 때 어려움이 많았다. 온갖 익숙하지 않은 것투성이였다. 준비된 정치인은 아니었기에 발을 들여 놓고 난 다음에도 고민도 다양했고, 깊었다.

"남자가 국회의원에 당선되면 당선 하나만으로도 인정되지만 여자는 당선되고도 인정받기 위해 끊임없이 노력해야 한다."

이 말도 사실이었다. 그러다가 굳게 마음을 먹기 시작했다. 빚을 갚는다는 마음으로 하자고 다짐한 것이다. 그동안 사회로부터 받은 많은 혜택을 보은해야 한다는 사명감과 복무의식이 나를 움직였다.

7대 경기도 의회는 경기도의원 119명 중 115명이 한나라당 소속이었다. 여대야소가 아니라 민주당 의원 1명, 열린우리당 의원 2명, 민노당 의원 1명 등 나를 포함한 4명의 비례대표 의원이 비교섭단체를 이루고 있었다.

나는 정신을 바짝 차리고 일당백의 정신으로 열심히 의정활동을

하기로 결심했다. 솔직하게 도의회가 개원할 때는 민주당 의원이 한 명밖에 없어서 왕따를 당하는 게 아닌가 해서 겁이 나기도 했다. 민주당 의원이 1명이니까 질의를 하거나 요구를 해도 빨리빨리 전달이 안 되고 답변이 늦기도 했다.

자료를 많이 주면 그만큼 질의가 많아져서 그런지 견제를 하는 것 같은 느낌을 받기도 했다. 정보 면에서도 많이 소외를 당했다. 꼭 가야 하는 행사인데도 연락조차 주지 않아 참석하지 못하는 경우도 여러 번 있었다. 그래서 처음에는 어디서 무엇을 하는지 직접 두리번거리면서 찾아다녔다. 민주당 의원이 나밖에 없기 때문에 내가 가면 민주당을 대표하는 게 된다. 그래서 더 긴장하고 노력하니 오히려 덕을 보는 경우도 종종 있다.

경기도 의회에 첨예한 안건이 있을 때마다 비교섭단체 대표를 맡은 나는 115명의 한나라당 대표와 대립을 했다. 의회활동에서 안건심의의 마지막은 결국 표결이기 때문에 숫자의 열쇠로 인해 번번이 소수인 우리의 의견은 좌절됐다.

성경에 나오는 골리앗과 싸우는 다윗의 정신으로 의정활동을 했다. 다행히 집행부에게 견제의 의견을 개진할 수 있는 5분 자유 발언 시간이 있었다. 의회의 회기가 시작되는 날이면 나는 경기도민과 경기도지사를 비롯한 공무원, 경기도의원 그리고 언론기자와 방청객들에게 나의 의견을 전달하기 위해 단상에 오르곤 했다. 나중엔 5분 자유발언을 너무 자주한다고 견제도 당하고 야유도 받았다.

하지만 나는 묵묵히 나의 길을 가곤 했다. 경기도의원은 보좌관이 없고 민주당 차원에서도 의정활동에 도움을 받을 수 없었기에 홀로 밤을 새워 자료를 찾고 문서를 작성하느라 힘겨웠다. **동료의원들이 우스갯소리로 민주당 의원이 한 명인데 한나라당 의원 열 명 몫을 한다고 말했다.**

종종 동료 의원들 중에는 발언을 많이 한다고 눈치를 주는 사람들도 있었다. 그러면 질의를 할 때는 나름대로 요령을 부렸다. 처음에 아무도 질의를 하지 않을 때 먼저 시작하고, 동료의원들이 좀 지친 기색이 보인다 싶으면 그 사이에 질의를 하기도 했다. 여성의원들은 당을 초월해서 많이 도와줘 힘이 되고 있다. 그래도 민주당 의원들이 많아졌으면 좋겠다는 생각을 가끔 했다.

'5분 자유발언'에서 사행성 게임 '바다이야기'를 한 적도 있었다.

사행성 게임도 마약중독처럼 이미 경기도에 수십만 명의 도민들이 사행성 게임에 빠져서 도박중독 상태에 이르렀다. 사행성게임도 도박처럼 뇌를 자극해서 도파민이라는 물질을 분비함으로써 쾌감을 맛보는 정신적·육체적인 중독 상태에 빠져든다. 이것을 끊게 되면 심리적·육체적인 금단현상을 겪고 도박중독증으로 인해서 거의 생활이 망가지고 육체적 신체적으로 병에 시달리는 경우가 많이 있다. 이들을 상담할 수 있는 전문상담시스템을 구축하여 사행성게임에 빠져있는 도민들도 치료해야 된다고 주장했다.

또한 '5분 자유발언'을 통해 경기서남부지역에서 부녀자들이 납치, 살해, 암매장되는 강력범죄사건이 잇따라 발생하고 있고 천백 만 경기도민의 49%인 여성이 안심하고 살 수 있는 경기도를 만들기 위해 경찰서조차 없어서 15만 의왕시민들이 불안에 떨고 있다는 것을 알리기도 했다.

의왕시는 85%가 넘는 지역이 그린벨트로 지정되어 있어서 후미진 지역 등에는 치안 부재지역이 많이 있고 또 일부 그린벨트가 해제되면서 택지개발이 가속되어 치안수요가 급증하고 있었다. 당시 경찰서가 없는 의왕시는 고천·오전·부곡지역은 군포경찰서, 내손·청계지역은 과천경찰서가 각각 쪼개서 담당하여 사건 대처능력이 떨어진다는 지적을 받고 있었다.

2008년 3월 경찰서 유치를 위한 지역치안협의회를 창설하고 경찰서 유치 기원 일천 명 걷기대회를 벌였다. 2008년 7월에는 시민의 90%가 서명한 탄원서를 국회, 청와대, 행정안전부, 경찰청 등에 제출하기도 했다. 또 지난해 국회 예산심의를 앞두고 국회 상임위원장과 행정안전위원회 소속 국회의원들을 일일이 찾아다니며 경찰서 신설 관련 예산배정을 요청하기도 했으나 무산됐다.

상임위인 보사여성위원회에서는 회기 중에 경기도 여성의 안전대책에 대해서 심도 있는 논의를 하였고 두 딸을 가진 어머니 입장에서 우리 여성들에게 피해가 더 이상 가지 않도록 실버존, 스쿨존과 같은 여성존을 만들어줄 것을 계획하고 논의했다. 시련이 있었지만 이런 노력 끝에 결국 의왕경찰서를 개서할 수 있었다.

먼 길이라도 우공이산愚公移山의 의지를 갖고 가리라 마음먹었다. 때론 강하지만 반면에 한없이 부드럽고 온유한 여성성을 나의 의정활동에 십분 활용했다. 어머니처럼, 누나처럼, 딸처럼 현장과 소통하려고 노력했다. 공감 능력은 여성의원으로서의 나의 가장 큰 특질이자 장점이 됐다. 알뜰살뜰 살림을 잘 챙겨서 우리 경기도 살림살이가 점점 늘어나고 경기도민이 행복해질 수 있도록 최선을 다했다.

나의 의정활동이 제대로 인정을 받지 못해 속상했던 적도 많았다. 의정활동을 누구보다 많이 했다고 생각했는데 의정활동란에 단 1개밖에 올라가 있는 것을 보고 분노하기도 했다. 의원동정은 400여 건 가까이 되었고 그중 2/3 이상 의정활동을 했다고 자신했는데 의회에서 아무도 올려주지 않았던 것이다. 의원동정도 내가 올린 것이었다. 나는 상임위원회 전문위원한테 왜 나의 의정활동이 누락되었는지 항의를 했다. 그런데 나의 분노에 찬 물음에 어처구니없는 대답이 돌아왔다.

"다른 의원들이 의정활동을 잘 안 하기 때문에 박덕순 의원님 것만 올려주면 너무 차별화가 돼서 욕을 먹습니다. 그래서 못 올려드립니다."

이런 말도 안 되는 일은 실제로 도의회에서 벌어졌던 실화다. 나는 이런 일련의 상황들이 열심히 하는 의원의 의정활동을 방해하는 것과 진배없다고 생각했고 항의했다.

하지만 나의 의정활동들은 시민단체 등 대내외의 공식 인정을 결국 모두 받고야 말았다.

경기도 의회 2007년도 행정사무감사 베스트 의원으로 선정됐다. 2008년에는 보사여성위원회에 소속되어 활동하다가 경기시민사회단체연대가 뽑은 행정사무감사에서 활약한 우수 도의원 18명 중 한 명

으로 선정되기도 했다. 2010년 3월 17일, 전국여성지방의원네트워크
주최로 열린 시상식에서 '민선4기 여성 지방의원 우수 의정활동 사례
우수상'을 수상하기도 했다.

나 역시 '일하는 엄마'이자 '주부'였던 까닭에 교육문제와 보육문제,
생활환경 문제에 많은 관심이 있었다.

나는 '생활정치 실현'이라는 같은 가치를 지향했다. 보통 '정치'를
어려운 이야기로 치부하는 경향이 있다. 하지만 '쓰레기봉투 처리'같
은 생활적인 부분을 결정하는 것도 결국 정치의 문제다.

나는 김장을 하다 태어난 사람이다. 김장철만 되면 배추 같은 것들
이 잔뜩 길거리에 쌓여 있곤 한다. 김장을 해마다 하지만 항상 처리
문제가 상당히 곤란하다. 음식물 쓰레기봉투 같은 경우에는 보통 5ℓ
정도밖에 안 되기 때문에 그것을 담기는 턱없이 부족하다.

서울시에서 김장쓰레기를 한시적으로 11월 20일에서 12월 20일까

지 일반쓰레기봉투 20ℓ에 김장쓰레기 전용스티커를 붙이면 수거해 간다는 행정서비스를 한다는 걸 읽은 적이 있었다. 이건 별로 힘든 일도 아니면서 실제적인 생활정치 차원에서 가정주부들의 수고를 덜어주는 굉장히 좋은 정책인 것 같아 경기도에도 요구하기도 했다.

이렇게 생활에 밀착된 모든 것들이 다 정치의 주제가 될 수 있는 것이다. 정치는 결코 심오하고 어려운 것이 아니다. 그러므로 누구나 다 할 수 있는 것이 정치다. 단순히 가슴에 배지 차고앉아서 행사장 다니는 도의원이 아니라 소통하는 도의원이 되고 싶었다. 가장 약한 사람이 배려 받고 따뜻하게 살 수 있는 지역공동체를 만들어 나가는데 내가 역할을 할 수 있으면 좋겠다 싶었다. **아리스토텔레스는 나쁜 정치란 사익을 추구하는 것이고, 좋은 정치란 공동체 생활에 참여하며 공동이익을 추구하는 것이라 했다.**

오랫동안 터를 잡고 살아온 의왕시를 나는 사랑했다. 도의원이 되고 나서 나는 내가 항상 가던 시장이나 아파트, 동네 골목들, 여러 공공기관과 기업체 등 곳곳을 다니면서 많은 의왕 시민들을 만나 예전과 다르게 더 꼼꼼하게 그들의 말을 귀담았다.

그들 역시 하나같이 나처럼 의왕에 뿌리를 내리고 열매를 맺고 사는 내 이웃이었다. 역시 의왕에 무한한 고마움의 부채를 갖고 있던 그들은 내게 이런저런 의왕시의 발전을 위한 조언을 조곤조곤 건네주었다. 마치 처음 말과 글자를 배우는 어린 아이처럼 무조건 귀를 열고 들었다.

내가 단지 한 명의 시민이었을 때와 도의원이었을 때의 경청은

천양지차였다. 그들의 목소리에 더 진지하게, 열정적으로 듣게 됐다. 단순히 지위가 달라졌다는 의미가 아니었다. 의왕시의 많은 분들과 끊임없이 소통하면서 예전에는 그냥 스쳐 지나갔을 단순한 읊조림이나 한숨 소리, 원망의 말씀, 아이디어들도 그냥 마음 깊숙이 쏙쏙 들어오게 됐다. 내가 발품을 팔수록 내게 들어오는 시민들의 단 소리와 쓴소리가 더욱 잘 들렸다. 이 목소리들이 도의원 박덕순의 커다란 자산이라고 생각했다.

내가 여성이라는 점이 큰 장점으로 작용했다고 한다. 나라 살림꾼으로는 '여성 의원'이 적격이라고 생각한다. 소위 말하는 찌라시나 X파일에 여성 의원들은 거의 등장하지 않는다. 그 이유는 뭘까? 기초 단위의 지방 정치를 우리는 생활 정치라고 부른다. 불만의 눈으로 봤던 마을의 각종 시설이나 서비스 개선은 지방 정치인들의 손에 달려 있다. 생활 정치야말로 돌봄과 살림의 달인인 여성들이 맡기에 적합한 분야이다.

하지만 지방 정치계는 여성들이 정치에 참여하는 데 보수적이기 때문에 여성의 목소리를 대변할 여성 정치인이 별로 없는 것이 사실이다. 하지만 여성들의 권익을 신장하고, 구태의연한 정치를 개혁하기 위하여 상대적으로 섬세하고 깨끗한 이미지의 여성의원들이 정치에 참여하는 것은 바람직하고 불가피하다. 바닥 수준인 한국 여성의 지위를 향상시키는 지름길은 바로 여성의 정치 참여다. 이 땅의 여성 문제는 여성들이 정치에 적극적으로 참여할 때 해결될 수 있다.

가끔 내게 정치 경험이 길지 않은 것을 지적하면서 뭘 할 수 있나며 묻는 사람들이 있다. 이 질문에 대한 내 답은 정적들의 질문에 했던 힐러리 클린턴 장관의 대답과 같다. **정치 경험이 길지 않은 것은 맞다. 하지만 경험에는 두 가지가 있다. 좋은 경험과 나쁜 경험이다. 나쁜 경험을 오래 하는 것보다는 아무런 경험을 하지 않는 것이 오히려 낫다고 생각한다.**

정치인은 부지런함, 성실함이 생명이다. 아무리 작은 민원도 경청하고 최소한의 해결지점이라도 찾으려고 노력한다. 작은 일이지만 그런 일들이 국민의 행복과 편리를 돕는다고 생각한다.

여성의원이어서 남녀노소 누구나 만날 수 있다. 나는 가정과 회사에서 늘 엄마처럼 정성을 다했다. 모든 국민들에게는 엄마가 있고, 엄마만 할 수 있는 세심한 배려와 지속적인 관심을 필요로 한다는 것을 잘 알고 있다. 무조건적으로 감성과 부드러움만으로 밀어붙이는 것이 다는 아니다. 감성의 이면에 있는 비논리적이고 비이성적인 면만 추구해 국민으로부터 인기를 얻으려 하거나 감동만을 주려는 정치는 잘못되었다고 생각한다.

국민들에게 무언가 보여주려는 성급하고 튀는 행동보다는 묵묵히, 그러면서도 치밀한 계획에 따라 정책을 펼쳐나가야 한다고 생각한다. 쓸데없이 감동으로만 치장하는 것이 아닌 현실성 있는 정책을 꾸준히 밀고 나가려고 노력했다. **특히 아이들의 건강, 인권 그리고 어려운 학부모들로부터 적더라도 가계 부담을 덜어주면서 행복감을 플러스알파를 할 수 있는 많은 정책들을 쏟아내고자 노력했다.**

보육시설 늘리는 것과 함께 안전한 보육도 중요하다. 엄마들이 믿고 맡길 수 있는 보육의 질을 어떻게 담보할 거냐가 같이 논의되어야 한다.

어린이집 집단감염이 상당히 문제가 되고 있다. 만약에 건강진단 하기가 어렵다 그러면 인근에 있는 병원하고 연계한다든지 또는 우리 경기도의료원하고 연계한다든지 해서 적극적으로 어린이집에서 건강검진 잘할 수 있도록 도움을 주는 방법도 강구해 보라고 요청했다.

동시에 보육교사들의 처우 개선 문제도 논의가 되어야 한다. 투입이 있어야 산출이 되는 법이다. 어린이집 원장님들에 스트레스를 주는 행정감사와 점검 건수를 줄이는 방안도 요청했다. 그들 역시 한 가정의 소중한 딸이자 어머니다. 감정노동자로 인정해야 할 만큼 어린 아이를 돌보는 것은 힘들다. 어린 아이뿐만 아니라 학부모까지 상대해야 한다.

주민들이 원하는 건 거창한 의료기관과 최첨단의 의료장비가 아니다. 기본적인 잔병이든 이런 것들을 상담하고 건강진단까지 받을 수 있는 밀착 의료기관의 질을 확보해야 한다. 동네 주치의처럼 편안하게 진료 받을 수 있는 최소한의 의료서비스를 받고 싶어 한다.

6개 의료원의 선택과 집중, 특성화를 말하면서 예전에 프랑스의 비쉬라는 온천에 갔다 온 사례를 곁들여 제안하기도 했다. 그곳에서는 피부과 전문병원에서 아토피 환자에게 처방을 내줘서 비쉬온천에서 몇 달 동안 치료를 할 수 있도록 하는데, 그게 의료보험이 된다. 한 20년 전에 갔었는데도 그렇게 되어 있는 걸 보고 굉장히 부럽고 우리나라도 이런 게 됐으면 좋겠다고 생각한 적이 있었다. 온천이 유명한 이천 지역에서 온천과 연계해서 피부 질환이라든지 아니면 우리나라의 특색 있는 한방의 부황이나 침, 뜸 같은 것을 응용한 특색 있는 걸로 질환을 치료한다면 굉장히 도민들의 반응이 좋을 것 같다는 생각이 들어 안을 내기도 했다.

보험료를 내지 못해서 실제로 혜택을 보지 못하는 분도 상당히 많이 있다. 영유아 같은 경우도 부모가 보험료를 내지 못해서 보험혜택을 받지 못하면 당연히 아이도 질병에 걸렸을 때 보험혜택을 받지 못해서 100% 본인부담을 해야 되는 이런 안타까운 상황도 많이 봤다.

의료보호 1종, 2종이 아닌 대부분의 일반인들은 30%를 본인이 부담해야 한다. 그런데 그 30%의 병원비나 약값을 본인이 부담하는 것도 사정이 좋지 않아 그것을 내기 어려워서 아파도 병원에 못 가고 약을 사먹지 못하는 그러한 사람도 상당히 많다. 건강보험 사각지대에서 고통 받는 희귀·난치성질환 환자들, 가족들도 많다.

우리나라에서 한 부모 가족은 한쪽 부모가 부재한다는 이유만으로 폄하되거나 차별의 대상이 되고 있다. 특히 이혼이 아니라 미혼모(부)인 한부모일 경우에는 그 정도가 더욱 심각해 아이가 학교를 그만두는 경우가 많다. 부모 역시 수시로 직장을 옮겨야 하거나 양육 문제에서 별로 혜택을 받지 못하기도 한다. 생활고보다 더 무서운 것은 사회적 편견과 차별이다.

한 부모는 갑자기 찾아온 위기상황에서도 자신의 안정과 편안한 삶을 포기하고 부모의 역할을 혼자서 감당하기로 결정한 사람들이다. 위로하고 칭찬해야 마땅할 그들을 편견의 시선을 바라보지는 않아야 한다. 이혼이나 비혼에 대해 사회적 관념이 관대해지긴 했지만 여전히 한 부모 가정을 결함이 있는 형태로 바라보는 인식은 그만둬야 한다. 그들 약자도 어차피 우리와 함께 공생하는 소중한 존재들이다. 그들이 행복해야 그 좋은 에너지가 이웃인 우리와 사회, 국가에 전파될 수 있다.

〈예산/결산〉

아줌마여서 예산 사용을 눈여겨보곤 했다. 공무원들이 처음에는 굉장히 부담스러워 했는데 결과적으로는 예산을 편성할 때 도움이 되고, 사전 조율이 되면서 의회나 시민단체의 갈등도 적었다. 시민의 감각이 공무원의 예산 편성 기술과 맞아떨어지면 훌륭한 예산 편성과 집행이 될 수 있다. 주민들은 '내 돈 제대로 쓴다'는 생각을 해야 행정에 대한 불신을 없앨 수 있다.

결혼한 지 20년이 넘었는데 결혼할 때 산 소파를 지금까지 쓰고 있다. 20년이 넘도록 천 갈이 해서 쓴다. 폐가구라는 것은 환경오염이 굉장히 많이 되고 자원낭비라고 생각해서 대부분 주민들은, 경기도민들은 10년 이상 쓴다. 그런데 스펀지가 주저앉았다고 의자를 새로

산다. 내구연한이 지났다고 전체가 다 망가지는 게 아니다. 그중에는 멀쩡한 비품들도 있다. 그런 것들이 획일적으로 교체되어 예산이 낭비되는 것은 분명 문제가 있다고 생각했다. 내구연한이 지나지도 않고 몇 달이나 남은 상태에서도 신규 대형승용차를 구매하는 상황도 지적했다. DMZ 에코파크 조성사업을 백지화시켰고, 한중 해저터널 건설에 대한 것도 비판했다.

에코파크에는 DMZ에 조성하는 나비·희귀 곤충관, DMZ홍보관 등 전시시설과 정보센터, 영상관, 갤러리, 로봇관 등 교육·연구시설, 테마광장과 이벤트광장 등 야외 레포츠 공간을 조성하는 것이다. 도지사는 경기 북부의 낙후된 문화관광산업의 획기적인 변화와 지역경제 활성화를 가져올 것이라고 주장했다. 하지만 내가 보기에 이 사업은 법적분쟁에 휘말릴 수 있는 가능성이 높았다. 나는 DMZ 생태공원조성에 관한 10년간의 자료를 도의회 속기록에서 찾아 분석하기 시작했다. 결론적으로 에코파크 조성사업은 해서는 안 되는 사업이었다. 그 이후 나는 도의원 하반기 임기 내내 행정감사, 5분 발언, 도정질의를 통해 지속적으로 끈기 있게 문제점을 제시했다.

에코파크가 이미 청소년 수련시설로 용도가 정해진 곳에 들어설 경우 과거 공익을 위해 토지를 싼 값에 내놨던 옛 지주들이 환매권을 주장할 가능성이 있었다. 그럼에도 불구하고 도는 청소년 특화시설로 추진하겠다고 제안했다. 하지만 내가 보기에는 "해야 한다"고 제안하고 있는 것처럼 느껴졌다.

그러나 나는 에코파크를 청소년 특화시설로도 보기 어렵다고 주장했다. 막대한 수입을 창출하는 공간은 청소년 특화시설이 될 수 없었다. 민간 업자가 혈세로 사들인 부지를 무상 사용하면서 도민들을 상대로 돈벌이를 하도록 부추기는 꼴이었다. 그 결과 결국 에코파크 조성사업은 백지화 됐다. 나는 이 일을 통해 경기도민의 혈세가 새어나가는 것을 막았다는 자긍심이 생겼다. 경기도의원으로서 경기도정의 잘못된 행정을 바로 잡은 대표적 사례이다.

한중해저터널 역시 천문학적인 건설비, 해양 생태계 환경문제, 난도 터널공사에 따른 기술문제, 선행되지 않은 문제 등 여러 가지 난맥상이 많은데도 도지사는 성급히 발표했다. 나는 국가적 사안을 지자체에서 검토하는 것이 문제가 크고 예산 낭비를 초래할 수 있다고 주장했다.

〈문화/교육〉

맞벌이 부부의 자녀들이 누릴 수 있는 문화적 프로그램에 대한 생각도 했다. 또 고령화 시대라 아직 정정한 어르신들이 많은데 그분들은 일자리가 없다. 맞벌이 부부들은 아이들의 방과 후가 고민이다. 이렇게 생활적인 것들까지 세심하게 챙기고, 의사결정을 하는 것도 정치라도 생각한다. 작은 것에서 파생된 것들을 잘 정리하지 않으면 큰 틀의 정책 역시 이룰 수 없는 법이다.

청소년들을 위해 도서를 구입하고 음악 프로그램을 만들어 청소년들의 정서 함양에 도움을 주고자 요청했다. 식물도 클래식 음악을 들려주면 잘 자라는 법이다. 청소년기에 클래식을 접한 아이와 전혀 접해 보지 못한 아이는 삶의 질이 굉장히 다를 거라는 생각이 들었다.

요즘 아이들이 인터넷이나 오락 같은 데는 노출이 많이 되어 있지만 정신교육을 받을 기회는 많지 않다. 종교가 있으면 다행히도 정신적인 위로를 받을 수 있겠지만 그렇지 않은 아이들을 위해서 명상이라든지 어떤 정신적인 도움을 줄 수 있는, 도전할 수 있는 프로그램도 가미를 해보면 좋지 않을까 생각했다.

또 요즘 꿈이 없는 아이들이 많다. 그래서 자기가 앞으로 어떤 꿈을 가지고 있는지, 인류나 국가를 위해서 어떤 도움을 주는 인생을 살 것인지를 계획해 볼 수 있는 그런 심성 프로그램을 요청했다.

경기도가 13세 이하 어린이 성폭력 피해율이 높은데 아동 성폭력 피해를 지원할 수 있는 전문가가 부족하기 때문에 전문가를 양성하기 위한 교육과정 도입 등 다양한 대책마련을 요청했다. 배움의 기회를 놓쳐버린 청소년들에게 기초학습 및 검정고시 응시 기회를 주는 좋은 사업이 있었는데 지원자가 10명이 되어야 지원을 해 주었다. 하지만 1~2명이 지원하지 않아 그 사업이 취소되는 것이 매우 안타까웠다. 한 명의 청소년이라도 이렇게 낙오되지 않도록 배려해 주는 차원에서 지원을 더 검토하라고 했다.

OECD 나라 선진국에는 보통 인구 5만 명당 1개 도서관이 있는 것으로 알고 있다. 하지만 우리 아이들의, 또 경기도민들의 공공도서관이 부족하다. 문화적인 어떤 지식을 습득하는 데 굉장히 갈급한 상황이라는 것을 얘기하고 우리 경기도가 이런 도서관이라든지 박물관이라든지 문화인프라에 대한 지출이 상당히 부족하다.

경기도의 영어마을 건립에 대한 것도 문제를 제기했다. 단순한 영어공부가 아닌 영어권의 문화체험, 글로벌시대에, 세계화시대에 우리 아이들이 특히 저소득층 아이들이 상대적으로 해외여행이나 연수나 또는 외국유학 같은 것을 가볼 수 없는 저소득층 아이들을 위해서 만들어놓고는 얼마 되지 않은 시점에서 민간위탁을 한다는 이야기가 나왔다.

나는 이 얘기가 굉장히 불쾌했다. 글로벌시대에 우리 저소득층 아이들이 영어를 느끼면서 체험할 수 있는 유일한 대안이고 경기도가 전국에서 가장 유일하게 이걸 처음 시작을 해서 다른 시·군에서 벤치마킹을 하러 경기도에 오고 있는데 우리는 내부적으로 이걸 제대로 활용하지도 못하고 수익성의 논리를 들이대는 것이 어처구니가 없었다. 교육은 백년지대계다.

원래 목적대로 운영이 되어야지 중간에 경제적인 측면으로 따져서 민간위탁을 한다는 등 이런 어처구니없는 발상을 하는 것은 진짜 목불인견이고 안하무인격인 그런 행정처사라고 생각했다. 아이 둘을 키우는 엄마의 입장에서 너무도 안타까웠다.

수도요금이 경기도 안에서도 지역마다 굉장히 다르게 나오고 있었다. 크게는 3배 정도나 차이가 났다. 문제는 재정자립도가 높은 성남, 고양, 과천 이런 데가 오히려 싸고 우리 의왕시나 저쪽 북부에 있는 연천, 가평 이런 데는 또 비쌌다. 가뜩이나 어렵게 사는 곳의 사람들이 더 비싼 물을 먹는다는 게 참 말이 안 되는 얘기라고 생각했다.

작은 규모지만 농사를 짓는 사람으로서 농민들이 비료라든지 농약이라든지 이런 것들을 체계적으로 알지 못하고 주먹구구식으로 알고 있는 것을 보고 걱정이 됐다. 이런 사용법도 표준화 규격화를 주장했다. 이렇듯 여성의 정치활동은 세심과 꼼꼼 사이를 오고가는 소박한 생활철학을 구현하는 데 적합하다.

정치는 나와 동떨어진 어렵고 딱딱한 영역이 아니라, 나의 문제를 공론화하고 더욱 살기 좋은 세상을 만들어가기 위한 '생활'이다.

선한 영향력을 가진 리더

여성들이 정치에 나서야 하는 이유가 바로 여기에 있다.

예전처럼 이제는 커다란 정치 이슈나 슬로건이 국민에게 공감을 주거나 감동을 주던 시대는 지났다. 작은 이야기, 작은 생활의 문제를 차곡차곡, 차근차근 해결해주는 정치가 되어야 국민이 정치에게 믿고 기대고, 정치를 따를 것이다.

Ⅰ 7대 경기도 여성도의원

세상 모든 것에게 고함 '샬롬'

성경에 샬롬이라는 말이 나온다. **샬롬은 모든 사물과 관계들이 온전하고 완전한 균형과 조화를 이룬 상태를 뜻하는 말이다.** 샬롬은 삶의 모든 영역에서 나타날 수 있다. 샬롬이 있을 때 돌은 깨어지지 않은 자연 그대로의 상태를 유지하고, 저울은 완전한 균형을 가진다.

성전과 성벽은 완공되고 몸은 병이 없이 온전해진다. 친구들은 온전한 신뢰 가운데 우정을 나누고, 부채는 남김없이 갚으며 노동의 대가는 온전히 지불된다. 사람과 공동체와 나라들 사이에는 서로 상반된 주장들이 이해되고 수용되며 적대감이 해소되고 분쟁은 사라진다. 서로 맺은 언약은 깨어지지 않고 지속적으로 유지된다. **대결도 성공도 함께 공유하는 미래 사회의 가치는 자연과 사람, 사람과 공동체, 하나님과 사람이 물질적, 신체적, 정신적으로 평화를 이루는 샬롬을 추구하는 것이다.**

누군가 말했다. '살아가는 것은 사랑하는 것이다!'라고. '살아가다'와 '사랑하다.' 어감도 비슷한 두 단어는 마치 한 단어로 여겨져 더욱 공감이 가는 말이다. 곰곰이 생각해 보면 사랑하는 것은 우리가 살아가는 과정이라 할 수 있다. 꿈을 사랑하면 꿈이, 일을 사랑하면 일이, 사람을 사랑하면 인연이 이루어진다. '무엇을, 누구를 사랑하며 살 것인가?'를 부지런히 찾는 것이 바로 인생인 것 같다.

사랑에서 삶의 의미를 찾는 우리는 일생 끊임없이 사랑할 소명과 대상을 찾는다. 감수성이 풍부하고, 뭐든지에 쉽게 감탄하는 내가 사랑하는 대상은 참으로 많다. 아이들, 가족, 회사, 일, 직원들, 이웃, 조국, 신. 이처럼 많은 대상들을 사랑하면서 살아가는 즐거움과 행복을 찾는다. 이 모두는 내가 살아가는 데 없어서는 안 될 중요한 존재들이다. 이들과 함께 호흡하고 이들과 함께 부대끼고, 이들과 함께 행복해하면서 살아간다.

때때로 삶이 힘들고 외롭다고 느껴질 때, 나는 내가 사랑하는 대상들을 돌아본다. 그들에게서 위안과 용기를 얻는다. 사랑하는 누군가가 주변에 있다는 것은 때론 대체할 수 없는 든든한 배경이 된다.

그리고 그 모든 것들의 가장 위에 하나님이 계신다. 하나님을 사랑하는 사람들은 모든 것을 사랑하지 않을 수 없다. 그것도 열정적으로. 하나님의 본질이 바로 사랑이기 때문이다. 자신에게 모든 것을 다 걸어도 채워지지 않는 공허는 신에게 마음껏 다 드리는 사랑으로 채워야 한다. 나는 가치 있는 인생을 살기 위해 적극적으로 활동했다. 그렇게 해서 원하는 대로 일이 풀리면 기뻤지만, 그것도 잠시였다. 어떤 허전함이 나의 몸과 마음을 비집고 들어올 때가 있었다. 그리고 거대한 벽 앞에 선 아이처럼 막막할 때도 있다.

누구보다 열심히 살아가는데 왜 이리 힘들고 괴로울까? 무엇이 잘못된 것일까? 번민이 계속되면서 삶에 대한 의욕도 점차 줄어들고, 어느 순간 자신을 불신하며 의기소침해진 때도 있었다. 그때 나를 구원한 것은 영성이다. 마음의 풍요를 위해 내 자신을 돌보고, 나의 모든 것을 주관하는 신과의 대면을 간절히 원하는 시간이 누구에게나 도래한다. 신을 만나 마음껏 모든 것을 다 드리면 신 역시 마음껏 당신의 사랑을 다 내줄 것이다.

언젠가 잘 아는 목사님이 내게 물으셨다.

"박 약사님! 사랑의 반대말이 뭔지 아세요?"

"증오? 미움? 불신?… 뭐 이런 것들이 아닐까요?"

빙그레 웃으시던 목사님은 고개를 가로저었다.

"아닙니다. 사랑의 반대말은 바로 덜 사랑하는 것입니다. 그러니 치열하게 사랑하십시오."

깊이 공감했다. 그렇다. 미움이나 불신이 사랑의 반대말이 아니었다. 덜 사랑하기에 미웠고, 믿지 못했던 것은 아닐까? 나의 사랑은 자연을 향해서도 나아간다.

"땅은 사람의 것이 아니며 사람이 땅에 속하며 모든 사물은 우리 몸을 연결하는 피처럼 서로 연결되어 있다는 것과 빨간 사람이든 흰 사람이든 나눌 수 없으며 결국 모두 형제다."

문명의 이기를 거부한 어느 인디언 추장의 말이다.

자연은 공기, 물, 흙, 태양이 어울려서 균형을 이루며, 조정하고, 서로를 정화시켜 인간에게 가장 아낌없이 주는 모습을 보여준다. 그렇게 자연과 더불어 사는 인간은 행복했고 건강했다. 하지만 인간들은 아낌없이 주는 자연을 '개발'이라는 미명하게 괴롭히고 착취하고 굶주리게 하여 피폐하게 만들었다. 인간 역시 그 대가를 톡톡히 치르고 있다. 아토피 환자들이 늘고 이름 모를 현대병들이 생겨나고 있다.

안경 쓴 아이가 많아지는 것은 그만큼 주변 환경이 나빠진 것의 반증이라고 생각한다. 몽골의 드넓은 평원에서 사는 유목민들은 평균 시력이 5.0이라고 한다. 언덕이나 산들이 없어 멀리 평원에 적들이 나타나는 것을 볼 수 있도록 시력이 발달한 것이다. 인간의 횡포와 오만을 지금이라도 자연에게 사죄하고 한식구로서 더불어 잘 살아갈 수 있는 상생과 공생을 이뤄 나가야 한다.

환경오염은 인류 문명이 낳은 가장 불행한 자식이다. 약품 오남용 역시 자연과 현대인들의 건강을 해치는 큰 주범이다. 그래서 도의원으로 활동할 때 나는 보건의료 부문뿐만 아니라 환경과 관련한 여러 가지 의정활동을 했다.

한약재에 잔류하는 농약이 그대로 몸에 들어오면 치명적이다. 한약재는 굉장히 특이한 경우가 많은데 예를 들어서 도라지 같은 경우에 시장에서 팔면 식품, 농수산물이고 도라지를 말려서 썰어서 팔면 길경이라고 해서 진해 거담제로 쓰이는 한약재가 된다. 그래서 일부에서는 중국제 한약재의 단속이 심하니까 식품으로 수입해서 한약재로 변경시켜서 판매하면서 검사를 피하기도 한다. 그렇게 둔갑시킬 수 있는 한약재의 잔류농약 검사를 요청했다.

어린이집 실내공기 오염도 검사도 지적했다. 실내 공기 오염은 호흡기나 피부 등에 접촉할 경우 각종 질환을 유발시킬 수 있기 때문에 특히 주의해야 한다. 대기나 토양 같은 건 눈에 보이니까 관심을 많이 갖는데 실내공기는 사실 잘 관심을 안 갖는 편이다. 그러나 눈에 보이지 않게 하루 종일 호흡을 하기 때문에 건강과는 사실 굉장히 관련이 많다. 면역력이 약한 어린이가 머무는 공간이 청결하지 못하면 안 된다고 생각했다.

경기도 안의 폐쇄된 주요소에서 발생하는 벤젠 등 BTEX, 즉 벤젠, 톨루엔, 에틸벤젠, 크실렌의 기준치가 기준치 80mg/kg보다 초과하여 인근 토양오염도가 심각한 것을 지적하기도 했다.

개인적으로 당시 성균관대학교 약학 박사과정에서 환경독성을 공부하면서 환경에 관심이 많았다. 신축 아파트에 입주할 때 보통 시공자가 3일 전에 실내공기를 측정해서 입주자한테 통보하는 제도를 서울시에서는 하는 반면 경기도에서는 하지 않는 것을 질타하기도 했다. 새집증후군 같은 질병, 환경성 질환이 많아서 천식이나 아토피 이런 것으로 고생하시는 분이 많이 있는데 이런 것에 대한 것의 준비를 촉구했다.

신도시가 개발되면서 그 주변의 그린벨트도 상당히 많이 파손되고 있고 주민들이 계속 개발하고 있기 때문에 멧돼지의 이동경로 같은 것이 훼손돼서 주민들한테 출몰하는 현상을 막기 위해서 야생동물의 이동경로인 에코브리지를 만드는 것을 제의했다.

팔당상수원 수질보전구역 내 불법건축물이 증가했다. 팔당상수원에 난립해 있는 불법건축물 혹은 오수배출시설 관리만 잘했어도 1급수에 도달했을 것이다. 하수관거 정비사업이 미비하고 오염원에 대한 오판으로 수조원에 이르는 투자를 하였음에도 불구하고 2급수에 머물러 있다는 얘기가 있는데, 경기도가 하수관거 정비사업을 위해서 5,372억 원이라는 국고를 받았지만 집행률이 34%인 1,826억 원에 그친 이유가 무엇인지 질타했다.

왕송호숫가에서 살고 있고 왕송호수지킴이 단장을 맡은 나는 35만 평 정도의 왕송호숫가에 또 30만 평 이상 되는 경인ICD가 있어서 환경오염이 심해진다는 점을 주장하면서 대책을 촉구하기도 했다. 인근 오염원배출업체인 경인ICD, 로템, 군포택지개발지구 및 인근을 관통하는 의왕-과천 간 유료도로 및 고속도로의 우천 시 폐타이어가루 등 비점오염원 유입, 교통사고동군포IC에서 유조선 전복에 의한 기름 유출사고에 대해 지역주민 청원을 받았다.

비례대표 여성의원 임기 쪼개기
- 온몸으로 맞서다! -

2006년 제4차 지방자치선거에서 나는 경기도의원 민주당 비례대표 1번으로 추천되었다.

당시 민주당은 이미지 쇄신을 위한 참신한 여성 전문직능인을 추천하기로 방침을 세웠고 아주대 지방자치 여성의원 양성과정의 총동문회장인 나에게 정치참여의 기회가 주어졌다. 중앙당에서 비례대표 1번에 내정 되었다는 연락을 받고 당시 경기도당위원장의 국회의원 사무실을 방문하였다. 그 자리에는 비례대표에 내정된 차순위 예비후보도 함께 있었다.

민주당 경기도당 위원장은 나에게 몇 가지 서류를 주면서 서명하라고 하였다. 경기도의원 임기4년 중 2년간 정치경력을 쌓고 국회의원 비례대표에 도전하라고 하였다. 정치초년생인 나는 민주당의 여성 신인정치인에 대한 배려로 생각하고 서류에 서명하였다.

2006년 7월6일 제7대 경기도의원에 당선된 나는 2년간 열정적으로 의정활동을 하였다. 2년의 임기도중 민주당과 열린우리당은 통합되어 통합민주당이 되었다. 나는 의원이 돼서야 "비례대표 의원 임기나누기"는 불법이고 정당에서 실행된 관행이라는 것을 알게 되었다.

지방자치법에 따르면 지방의원의 사직은 본인이 사망하거나 건강상의 이유로 의원직을 수행 할 수 없을 때 가능하며 본회의에서 재적의원 3분의 2이상의 찬성이 있어야 가능하다.

그러나 경기도의원 임기 2년이 지나자 예상치 못한 일이 발생하였다. 2006년 선거 당시 민주당 비례대표에 내정된 차순위 남성후보가 당선 2년 뒤 사퇴하기로 한 문서를 복사하여 경기도의회와 약국, 노인요양원 주변에 살포하고 경기도의원 사퇴약속을 지키라고 시위를 시작하였다. 내가 의원직 사퇴를 거절하자 시위는 점차 거세졌다. 차순위 후보자는 경기도의회와 약국, 노인요양원 앞에서 1인 시위, 프랭카드 부착, 전단지 살포를 하였다. 그리고 약국 앞에 텐트를 치고 요양원 옆 건물에 세를 얻어 상주하면서 조석으로 폭언과 의원직 사퇴종용을 하였다. 당사자인 나는 물론 지역주민과 가족들에게 걱정을 끼치는 등 마음고생을 하였지만 나는 의원직사퇴는 불법이라고 맞서며 불의에 대항하면서 4년간의 임기를 마쳤다.

2010년 6월30일 4년간의 경기도의원 임기를 마치자 차순위 남성후보가 이번에는 2년간의 시위비용을 청구하는 소송을 걸어 왔다. 나는 변호사를 선임하고 두 차례의 재판을 치뤘고 고등법원에서 승소하여 "비례대표 의원직 임기나누기"는 불법이고 각 정당에서 실행된 오래된 잘못된 관행이라는 판례를 받아냈고 이 사건은 당시 KBS 저녁뉴스에도 보도 되었다.

  잘못된 관행에 맞설 수 있는 용기는 다시는 정치권에서 후배 여성 의원들에게 "비례대표 의원직 임기나누기" 라는 관행을 저지르지 못하게 하겠다는 선배로서의 시대적 책임감 때문이였다. 나는 항상 어려운 일을 당할 때마다 하나님과 두 딸 앞에서 부끄럽지 않은 삶을 살아야 겠다고 다짐했고 이 일 또한 하나님의 도우심과 가족의 사랑으로 이겨낼 수 있었다.

❙ ksb뉴스방송

KBS NEWS

⚠️ 정당에서 각서 쓰고 도의원직 '나눠 먹기'

〈앵커 멘트〉

일부 지방의회 비례대표 의원 후보 의원직을 2년씩 나눠서 하기로
약속했던 사실이 법원 판결로 드러났습니다. 이런 일은 당 차원에
서 조직적으로 이뤄졌습니다.조태흠 기자입니다.

〈리포트〉

민주당 비례대표로 경기도의원을 지냈던 박덕순씨가 지난해 작성
한 각서입니다.지난해 6월 30일 이후에는 의원직을 사퇴하겠다는
내용입니다. 임기 절반만 의원활동을 하고 비례대표 차순위자에게
의원직을 넘기기로 공천 때부터 약속한 데 따른 겁니다.

〈인터뷰〉

박덕순 (전 경기도의원) : 박 전 의원은 지난 2006년 지방선거를
앞두고 당시 민주당 경기도당이 비례대표 후보들에게 공천 서류와
함께 사퇴서까지 미리 받았다고 주장합니다. '의원직 나눠 먹기'가
조직적으로 이뤄졌다는 얘기입니다.

〈인터뷰〉

박덕순(전 경기도의원) : "이미 작성되어 있는 사퇴서에 사인하고
도장을 찍으라고 해서…" 하지만, 박 전 의원이 사퇴하지 않자 의
원직을 넘겨받기로 했던 이모 씨는 소송을 제기했습니다.

이에 대해 법원은 두 사람의 약속이 유권자의 민의를 왜곡할 수 있고, 의원직을 사고 파는 불법행위가 일어날 수 있다며 원고 패소 판결했습니다.

선거관리위원회는 현행 선거법은 당 차원에서 비례대표 의원 후보들 간의 나눠 먹기를 하더라도 규제할 수 없는 한계가 있다고 밝혔습니다.

KBS 뉴스 조태흠입니다.

입력시간 2010.12.16 (22:12)

30년 귀한 쓰임으로 얻다-상복? 행복!

상복으로 행복하다? 행복하니까 상복이 터지는 것

　　Dr. Only One으로 불린 사나이. 故 유일한 박사는 우리나라에서는 정말 보기 드문 기업인이었다. 그처럼 청렴하고 도덕적인 기업인은 찾아보기 힘들 것이다.

　　이승만 대통령으로부터 정치자금 요구를 거부한 뒤 거의 탈탈 털릴 정도로 세무조사를 받았지만 당시 세무조사를 담당했던 세무조사원이 "아무리 털어도 먼지가 안 나는 경우가 있구나…."라고 말할 정도였다. 한술 더 떠 굳이 내지 않아도 될 세금까지 자진해서 내는 이 회사에게 결국 정부는 동탑 산업훈장을 수여했다.

　　청렴은 집안 내력이기도 했다. 자신이 CEO에서 물러나며 은퇴하기 전, 회사에서 일하던 자신의 일가친척과 혈연들 모두를 해고했다. 가족들 때문에 회사에 알력이나 파벌싸움이 일어나면 안 된다는 이유였다. 이때, 아들인 유일선과 동생인 유특한 씨가 유일한 박사에게 '소송'을 걸었는데 '퇴직금 반환소송'이었다. 퇴직금이 너무 많으니 반환하라는 소송이었다. 판사가 '세상에 이런 집안이 있나?'라며 경악했다는 후문도 있다.

유일한 박사가 "자신의 모든 재산을 사회에 기부하라"는 유언을 남기고 돌아가셨을 때 딱 두개의 예외가 있었다. 하나는 손녀딸의 등록금 1만 달러와 딸인 유재라 씨에게 남긴 선산이었다. 딸 유재라 씨 역시 공원으로 이용되던 선산을 아버지가 만든 유한재단 측에 기부하고 돌아가셨다.

유한재단은 남을 위해 봉사한 故 유재라 여사의 뜻을 기리기 위하여 유재라 봉사상을 제정하고, 평소에 간호와 사회교육 부문에서 봉사하는 여성 중 선정을 하여 시상을 한다. 여 약사 부문은 1998년에 신설됐다. 모든 여 약사의 선망 대상인 상은 당연히 유재라 봉사상이라 할 수 있다.

2015년 11월, 이 뜻 깊은 상을 탄 것은 내 인생에 있어서 매우 의미가 깊다. 소공동 롯데호텔에서 열린 시상식에 평생 나를 위해 헌신하신 어머니와 외조로 힘을 실어준 남편과 함께 섰다.

약국을 운영하면서 30년간 수행한 건강 상담, 지역 내 공장 노동자 자원봉사, 청소년 교육을 비롯한 각종 사회봉사, 복지시설 자원봉사 등 지역사회를 위한 봉사활동과 의왕시 최초 노인 장기 요양시설

| 유재라상 / 봉사상 시상식(2015년)

엘림요양원을 개원해 실시한 독거노인 지원 돌봄 활동, 2006~2010년 경기도 의회 의원으로서 펼친 소외계층 보건복지 정책 수립, 여성 분야 문제점 개선 등을 통해 왕성한 의정활동, 보건복지 분야의 학문적 뒷받침을 위해 발표한 다수의 논문과 각종 강연프로그램 출연 등이 인정받았다고 생각한다.

유재라 봉사상은 남다른 희생정신과
봉사정신이라는 초심을 잃지 말라는 채찍

나는 어려운 환경을 극복하며 '내가 원하는 삶'을 주도적으로 살 수 있어서 늘 행복하고 감사했다. 이 상은 더욱 선한 영향력을 이웃에게 나누라는 뜻이었다.

약사는 '국민의 이웃'이 되어야 한다고 생각한다. 약사 모두가 친근한 이웃 같은 존재로 국민을 돌보는 직능이 돼야 한다. 많은 약사들이 봉사를 쉽게 생각하고 함께 했으면 하는 바람이다.

예전에 약국을 찾은 한 어르신이 '수면제 몇 알을 먹으면 죽을 수 있느냐. 너무 외롭다'고 한 적이 있었다. 그분에게 요양원에서 다른 노인들의 말벗을 하는 일자리를 소개해 드렸다. 봉사의 기회를 얻은 그분은 누구보다 열심히 살고 계신다. 이렇게 하루하루 기쁘게 살려고 하는 마음가짐과 노력만 있으면 이렇게 쉽게 사람들을 도울 수 있다.

나 역시 선뜻 봉사를 하기는 힘들었다. 15년간의 시집살이 중 8년 동안 시아버지의 병수발을 해야 하는 와중에도 약국을 운영하고 아이들을 키웠으며, 약사 회무를 보고, 의정 일을 하기도 하는 등 매우 바빴다. 때로는 힘에 부치기도 했다. 하지만 '더불어 함께 사는 사회'를 위해 묵묵히 내가 할 수 있는 작은 일을 찾아서 하기 시작하자 내 인생은 오히려 반대급부적으로 변하기 시작했다. 충만하고 기쁨이 가득해지기 시작했다. 이런 기쁨이 동력이 되어 늦깎이로 석·박사 공부를 마칠 수 있었고 여러 정치 참여 활동도 기꺼이 수행했다고 자부한다. 세상을 향한 관심과 애정이 나의 눈을 뜨게 했다. 왕송호수지킴이 활동 등 환경운동이나 지역 교육환경 개선에 앞장 설 수 있었던 것도 '내가 우리 이웃들에게 무언가를 해 줄 수 있을까'라는 고민에서 비롯된 것이다.

손온누리약국훈이 바로 바로 '요람에서 무덤까지 돌보는 약국'이다. 엘림요양원 개설 후 많은 어려움이 있었지만 모시던 어르신들의 천국 여행을 배웅할 수 있어서 보람이 크다. 늘 활기차고 기쁘게 진행 중인 내 이웃 사랑은 여러모로 값진 결실로 되돌아오고 있다.

2015년 11월에 웨스틴조선호텔에서 제29회 '약의 날' 행사가 있었는데 대한약사회 추천으로 보건복지부장관상 수상자로 선정되어 표창을 받는 경사도 이어졌다. 약국 개업한 지 30년이 되는 뜻 깊은 해에 연이어 큰 상을 받게 되었다. 오랜 세월 개국약사로서 최선을 다해 살아온 내게 주는 격려 같아서 기뻤다.

어려울 때마다 손잡아주시고 힘을 주시는 하나님에게 기도를 올렸다. 그리고 아내의 봉사활동에 아낌없는 외조를 해주신 남편 엘림요양원 임병권 이사장님과 나의 어머니이시며 멘토이신 원봉주 여사님께 이 책을 빌려 사랑한다고 말하고 싶다. 그리고 오늘날 박덕순을 귀한 쓰임의 도구로 만들어주신 의왕시 주민들께도 고마움을 전하고 싶다.

ㅣ 보건복지부 장관 표창(2015년)

모든 것은 내 자신에 달려 있다

어릴 때는 나보다 중요한 사람이 없고,

나이 들면 나만큼 대단한 사람이 없으며,

늙고 나면 나보다 더 못한 사람이 없다.

돈에 맞춰 일하면 직업이고,

돈을 넘어 일하면 소명이다.

직업으로 일하면 월급을 받고,

소명으로 일하면 선물을 받는다.

칭찬에 익숙하면 비난에 마음이 흔들리고,

대접에 익숙하면 푸대접에 마음이 상한다.

문제는 익숙해져서 길들여진 내 마음이다.

집은 좁아도 같이 살 수 있지만,

사람 속이 좁으면 같이 못 산다.

내 힘으로 할 수 없는 일에 도전하지 않으면,

내 힘으로 갈 수 없는 곳에 이를 수 없다.

사실 나를 넘어서야 이곳을 떠나고,

나를 이겨내야 그곳에 이른다.

갈 만큼 갔다고 생각하는 곳에서 얼마나 더 갈 수 있는지 아무도 모르고,

참을 만큼 참았다고 생각하는 곳에서 얼마나 더 참을 수 있는지 누구도 모른다.

지옥을 만드는 방법은 간단하다.

가까이 있는 사람을 미워하면 된다.

천국을 만드는 방법도 간단하다.

가까이 있는 사람을 사랑하면 된다.

모든 것이 다 가까이에서 시작된다.

상처를 받을 것인지 말 것인지 내가 결정한다.

또 상처를 키울 것인지 말 것인지도 내가 결정한다.

그 사람 행동은 어쩔 수 없지만 반응은 언제나 내 몫이다.

산고를 겪어야 새 생명이 태어나고,

꽃샘추위를 겪어야 봄이 오며,

어둠이 지나야 새벽이 온다.

거칠게 말할수록 거칠어지고,

음란하게 말할수록 음란해지며,

사납게 말할수록 사나워진다.

결국 모든 것이 나로부터 시작되는 것이다.

나를 다스려야 뜻을 이룬다.

모든 것은 내 자신에 달려 있다.

- 백범 김구 -

한 알의 밀알이 키운
큰나무

상처는 상급을 기약한다!

New 힐링타운 '엘림요양원'

내가 네 기도를 들었고 네 눈물을 보았노라

〈이사야 38:5〉

고령화 시대에 돌입한 이때, 안심하고 우리 부모님을 맡길 수 있는 특별한 노인요양원을 찾지만 그리 쉽게 찾아볼 수 없다. 우리 엘림요양원은 일반적인 노인요양원과는 달리 약에 대한 지식, 특별한 강의 프로그램을 가지고 있다. 직접 농작물을 수확해 노인분들의 식탁에까지 유기농 식단을 선사하고 있다.

인생의 마지막 매듭의 장소인 엘림요양원을 세운 계기는 여러 가지가 있다. 원래 C.C.C에서 독실한 신앙인으로 만난 남편과 나는 처음 결혼할 때 같이 선교사역을 하기로 약속하고 결혼을 하였지만 사정상 해외선교에 나가진 못했다. 하지만 봉사에 대한 마음을 억누르지 못하고 엘림 가족봉사단으로 봉사를 하다가 남편과 같이 친정어머님과 어르신들을 모시고 살자는 생각으로 노인요양원 개원을 생각하게 됐다.

또 다른 계기도 있었다. 나는 2000년도 의약분업 전에 약사님들과 일본과 유럽약국을 견학할 기회가 있었다. 그 당시 일본에는 현재 우리나라의 '장기 요양보험'에 해당되는 개호보험이 시작되어 개국약사도 일정 교육을 받으면 '약사케어매니저'라는 자격을 가지고 독거노인을 방문하여 약사로써 자긍심을 가지고 전문적인 복약 지도와 돌봄을 할 수 있었다. 일본정부로부터 돌봄 수가도 지급 받아 약국경영에 새로운 블루오션으로 떠오르고 있었다. 돌아오면서 나는 한국도 고령화 시대가 급속히 진행되고 있어 돌아오면서 고령화 시대에 약사들의 참여가 필요하며 이에 대한 준비가 필요하다고 생각했다.

1986년 처음 약국을 처음 개설했을 때 나는 "요람에서 무덤까지 고객과 함께하는 약국"이란 약국훈을 정했다. 이를 실천하기 위해 한국에 돌아오자마자 시간을 쪼개 3년간 공부를 하여 '사회복지사' 자격을 취득하였고 노인요양원으로 사용할 건물도 신축했다.

1986년 28살에 약국을 개업했을 때부터 나는 노후대책으로 건물을 지어야겠다고 생각했다. 의약분업 전인 그 당시에는 약을 잘 조제하면 전국에서 환자가 찾아오던 때였다. 열심히 공부하고 노력하여 약국은 성업을 이루었지만 건물을 지을 자본은 턱없이 부족했다. 삼십 대 중반이 됐을 때 내 머릿속으로 계산해보니 도저히 약국을 해서 건물을 지을 수는 없다는 생각이 들어 건물 짓는 것을 포기했다. 그러던 차에 의왕시 약사회장을 하시던 손병설 약사님이 캐나다로 이민을 가신다는 소식을 들었다. 의왕시 약사회 부회장이었던 나는 손 회장님이 운영하시던 손 약국을 인수하기로 마음먹었다.

1996년 당시 손 약국은 의왕시에서 제일 잘 되는 약국이었고 인수 자금 중 권리금만 일억이 넘었다. 욕심은 나지만 부족한 자금 때문에 망설이다 살고 있는 빌라를 팔아 전세로 이사를 가면서 생긴 차액으로 손 약국을 인수했다. 손 약국 인수 후 주변에서 약국명을 "박 약국"으로 바꾸라고 권했지만 나는 존경하는 손병설 약사회장님의 경영 방침을 존중하는 의미로 지금까지 "손 온누리 약국"으로 운영하고 있다.

약국 인수 후 몇 년이 지나서 캐나다로 이민가신 손 회장님이 약국을 찾아 오셨다. 현지에서 운영하는 어학원이 IMF 영향으로 운영이 어려워 한국에 있는 집을 팔려고 오셨다고 하셨다. 나는 인수 받은 약국이 잘 되어 감사하는 마음에 손 약사님이 팔려고 하시는 집을 원하시는 가격에 사드렸다. 그리고 이사를 하여 살고 있었는데 바로 옆집이 매물로 나왔다는 소식을 들려왔다. 예전에 손 약사님이 옆집을 사서 건물을 지으려고 했는데 매매가 안 되어 포기하였다던 옆집이었다. 그날 내 통장에는 약 이천만 원이 전부였는데 집값은 삼억 원이 넘었다. 남편은 외출 중이었는데 수원에 사시는 분이 얼마 후 계약하러 온다고 한다. 나는 망설이다가 기도하면서 이천만 원을 찾아 계약을 해버렸다.

이후 우여곡절 끝에 2004년 살던 집과 옆집을 합쳐서 건물을 지었고 지금의 '엘림 빌딩'이 탄생했다. 시작이 반이라고 나중에 집값을 갚고 건물을 신축하느라 한동안 고생은 했지만 내가 건물을 짓겠다고 마음먹었을 때는 불가능했던 일을 포기하고 나니 소망을 이루어 주시는 하나님의 놀라운 섭리를 체험한 것이다. 하나님께서 세워주신 터전에서 노인들을 섬기는 엘림요양원을 운영할 수 있는 것에 감사드린다.

사실 노인요양원은 내가 더 나이가 들면 시작하려고 했지만 2008년 한국에도 장기 요양보험이 실행된다는 소식을 듣고 2007년 5월에 용기를 내어 의왕시 최초로 "엘림요양원"을 열었다. 서울교회 이종윤 담임목사님께서 기공식에 오셔서 예배를 드리고 건물 이름도 지어주셨다. 하나님이 우리에게 허락하신 첫 번째 건물 이름은 '엘림'이었다. '엘림'은 히브리어로 큰 나무라는 뜻이다. 이스라엘이 이집트에서 해방되어 홍해바다를 건너서 진을 쳤던 곳으로서 모세와 이스라엘 민족들은 12샘과 70주의 종려나무에서 쉴 수 있었던 곳이었다. 하나님이 허락하신 엘림 빌딩이 지역주민들이 포근히 쉴 수 있는 큰 나무가 되기를 바란다.

독일식 노인 요양센터인 엘림요양원에는 30여 명을 전후한 어르신들이 계시다. 엘림요양원은 중풍, 치매, 외상환자, 노인 중증질환 어르신을 위한 노인전문시설이다.

엘림요양원의 컨셉은 "어르신을 사랑과 정성으로 가정처럼 편안하게"이다. 나는 원장으로 어르신들의 '인격 존중', '존재감 인식'에 최우선을 두고 요양보호사의 자질 향상에 심혈을 기울이고 있다. 엘림요양원 가족은 사랑과 정성으로 어르신들을 돌보며 특히 자연친화적인 방법으로 엘림농원을 운영하여 유기농 채소를 어르신들께 공급하여 노인들의 신체는 물론 마음과 영혼까지 치유하고 위로하는 환자 케어를 실천하고 있다.

엘림요양원은 노인성 질환 환자라면 피해갈 수 없는 '욕창' 관리 하나까지 여느 요양원과는 다르다. 환자들의 손, 발이 되어 요양보호사들이 수시로 체위를 바꿔주고, 하루 세 번 얼음과 드라이를 이용해 상처 부위가 빨리 낫도록 하는 특수방법을 쓴다. 나는 보호자에게 "빠르고 쉬운 방법이 선호되는 시대에 조금은 답답해 보일지 몰라도 환자의 치료에는 시간과 정성이 필수적입니다."라고 설명하고 정성껏 돌봐 드린다.

그러다 보면 뼈가 드러날 정도로 욕창 상태가 심했던 어르신의 상처 부위에서 어느새 부드러운 새살이 올라오는 걸 볼 수 있고 그때 느끼는 보람은 이루 말할 수 없다.

지난 10년간 요양원을 운영해 오면서 '엘림요양원'은 환자는 물론 보호자들의 마음까지 헤아리는 곳으로 유명해졌다. 입원상담을 하다

보면 많은 보호자들께서 집에서 직접 모시지 못하는 현실에 대해 마음의 상처를 안고 계시고 어르신 돌봄의 문제로 인한 가족 간의 불화도 종종 볼 수 있다. 치매, 중풍 등 노인성 중증질환자들의 문제는 국가와 사회가 함께 책임을 나눠야 할 부분이지, 가족의 희생이나 노력만으로 해결될 부분이 아니기 때문이다.

우리 요양원은 어르신의 일상생활을 보호자가 한눈에 알 수 있도록 보호자 상시 방문을 환영한다. 엘림요양원 입소 어르신의 대부분은 지역에 거주하시던 분이어서 가족이나 친지, 교회성도님들, 성당 신부님들도 자유롭게 오셔서 환담을 나누고 기도해 주신다.

우리 엘림요양원의 가장 큰 특징은 환자의 인격을 최대한 존중해 모든 케어가 이뤄진다는 점이다. 어르신이 수치심을 갖지 않도록 하는 목욕 방법, 어르신들께 수시로 맛있었던 음식, 먹고 싶은 음식 등을 물어 어르신들의 의견을 최대한 반영해 식사를 제공한다. 치매 어르신들이라도 어르신들이 자신의 존재감을 느낄 수 있도록 매일 아침 이름 불러드리기, 식판에 이름표 붙이기 등 소소한 일부터 꼼꼼히 실천하고 있다.

엘림요양원에서는 △감정과 반응 △활동과 기능성 △영양 섭취 △피부 상처와 치료 △배설과 실금 정도 △숙면과 통증 정도 △환경 적응과 상담 의견 등 세부 항목별로 환자의 상태를 파악하여 관리하므로 보호자가 면회를 자주 오지 못해도 안심할 수 있다. 식사시간에는 거동이 불편한 환자들도 가능한 한 휠체어를 이용해서 식당으로 나와 한 밥상에 둘러앉아 식사하는 것을 원칙으로 하고 있다. 엘림요양원은 인성교육은 물론 석션suction, 요도 카테터와 같은 간호사 수준의 전문 케어법까지 정기적인 교육 프로그램을 자체적으로 마련, 운영해 직원들의 자질을 높여가는 데도 힘쓰고 있다.

엘림요양원은 150여 종의 철새가 찾아오는 35만 평의 왕송호수, 철도박물관, 생태학습공원 등과 인접하여 천혜의 자연환경을 갖추고 있으며 지하철 1호선 의왕역 도보 5분 거리, 의왕~과천 간 유료도로 월암IC 5분 거리로 교통이 아주 편리하다. 현재 남편이 이사장을 맡아 동역자로 함께 일하고 있다. 요양원 5층이 사택이므로 면역이 약한 어르신들을 위해 내가 인근 엘림농원에서 직접 재배한 유기농 채소를 어르신께 늘 공급한다. 이들의 인생사는 하나같이 기구하다.

내가 어려움을 극복하고 1인 3역을 할 수 있었던 비결은 항상 감사하라는 말씀을 마음에 새기며 기쁨으로 사는 긍정적인 사고와 도전정신이다. "어려움이 네게 유익이라"는 성경 말씀을 붙들고 어려움을 견디고 이겨냈을 때 한층 성장하게 해주시리라는 믿음과 새로운 일에 대한 호기심과 두려움을 떨치고 "일단 부딪쳐 보자" 그리고 "최선을 다해보자"라는 도전정신, "작은 일에 충성해야 큰일을 감당할 수 있다"는 섬김의 정신 덕분이다.

2050년 미래에는 노인 인구가 우리나라의 50%가 될 것이라는 통계청의 자료가 있다. 내가 우리나라와 엘림요양원의 미래를 꾸준히 설계하는 이유다. 나는 앞으로도 더 진취적인 모습으로 한국 요양원의 역사를 다시 쓰고 싶다.

아름다운 나이 듦에 관한 고찰
-엘림농원을 가꾸며

I 엘림농원의 유기농 농작물

　나이 드는 것은 무엇일까?

　자신의 인생에서 무언가를 기르는 나이가 된다는 게 아닐까? 사람이라면 자식을 기르고, 후진들을 양성한다. 수령 높은 나무는 아람 굵은 과일을 키울 것이다. 제 모양을 갖출 때까지 보호하고, 거름을 주다 보면 향내와 맛을 제대로 가진 완성체가 된다.

엘림요양원에는 엘림농원이 있다. 나는 요양원을 개원하면서 면역이 약한 어르신들께 신선한 유기농 채소를 대접하고 싶었다.

어릴 때 한옥집 담 밑에 부모님과 함께 만든 꽃밭에 아버지와 꽃에 물을 주며 즐거워했던 기억에 나는 지금도 화초 키우기를 좋아한다. 요양원 인근 엘림농원에서 농사를 지어 보려고 마음을 먹은 나를 보고 가족들과 주변에서 모두 걱정하며 고개를 설레설레 저었다. 호기심과 오기가 발동한 나는 서적을 뒤지고 인터넷 검색을 하고 동네 어르신들께 여쭤보며 농사를 시작했다.

엘림농원은 처음엔 500평의 그냥 엉성한 잡초 밭이었다. 먼저 농원에 퇴비를 뿌리고 돌을 고르고 밭을 갈았다. 고랑도 만들고 검정 비닐도 씌웠다. 설레는 맘으로 하루, 이틀 기다리다 드디어 고추, 고구마, 호박, 가지, 풋고추, 토마토, 옥수수, 배추, 참외 등 모종 삼십여 가지를 심고 자투리 땅 구석구석에 열무 씨도 촘촘히 뿌렸다.

"아니, 약사님! 밭에 잡초가 무성한데 제때에 뽑아 주셔야죠."

"고추에서 새순이 나오면 밑동은 따주고 지지대를 받쳐주셔야죠."

지나가다 저를 보시곤 참견하시는 동네 선배 어르신 농사꾼님 등살에 새벽잠도 못자고 휴일도 반납하고 땀을 흘리며 열심히 일했다. 6월이 되면 매실을 따다 매실청도 만들고 장아찌도 만들며 점점 바빠졌고, 곧이어 장마철이 시작되면서 하루가 다르게 농작물이 자랐다.

잡초는 더 빨리 자라기 시작하여 바쁘다고 며칠 밭에 못 가보면 발 들여 놓을 수도 없이 우거져서 정신을 차리지 못하게 했다. 이른바

"잡초와의 전쟁"도 벌였다. 그리고 장마가 그치나 했더니 곧이어 무더위가 시작됐다.

여름은 왜 이렇게 더운지 알 수가 없었다. 조금만 일해도 땀이 줄줄 흘러내렸다. 남들은 에어컨 틀면서도 덥다고 하는데 땡볕에 모기에 물려가며 약을 발라가며 아픈 허리에 파스 붙이고 끙끙 앓아가며 일하면서 남편 눈치도 많이 받았다.

힘들 때면 내가 이 힘든 농사는 왜 짓는다고 했나 하고 가끔 후회도 했지만 "선한 일을 하면서 낙심하지 말라."는 말씀에 위로 받으며 싱싱한 풋고추와 오이, 상추를 따서 어르신께 대접하는 것으로 위로 받았다.

어느새 가을의 문턱에서 붉은 고추가 하나씩 달리기 시작하는데 아침마다 따내도 끝이 없이 붉어지는 고추 덕분에 고추는 쌓여만 가는데 날씨는 왜 이리 변덕이 심한지 고추를 볕에 널었다가 비가 오면 접었다 하는 일은 끝없이 이어지고 고추를 따서 말리는 일이란 정성과 고단함이 이루 말할 수 없었다.

겨울에 김장하려고 가을 배추모종, 무, 총각무, 쪽파, 청갓까지 심고 나니 동네 어르신이 지나 가시다가 "약사님, 고구마 순도 따주고 들어 주어야지요." 하고 참견도 하셨다. 몇 번 비가 오더니 배추, 무는 쑥쑥 자라고, "배추는 솎아 주어야 잘 자라요." 하는 어르신들 잔소리에 떠밀려 동이 틀 무렵이면 새벽잠을 뿌리치고 농원으로 달려갔다. 김장은 꼭 내 손으로 키운 무공해 채소로 담가 엘림요양원 어르신께 대접하겠다는 일념으로 힘든 줄도 모르고 하루하루 열심히 일했다.

서리가 내리기 전 어느 날 혹시나 하고 고구마 순을 들어보니 땅이 갈라져있었다. 살살 파헤쳐보니 수줍게 붉은 속살을 내보이며 고구마가 달려 있었다. 고구마가 아기 머리만 했다. 심장이 두근거리고 절로 탄성이 나왔다. 서둘러 집에 와서 고구마를 쪄보고 튀겨보고 날로 깎아 먹기도 했는데 너무도 기분이 좋았다. 제일 큰 고구마는 먹기 너무 아까워서 예쁜 유리그릇에 수경재배 한다고 모셔 놓았다.

초겨울에는 잘 자란 배추로 맛있는 김장을 했다. 쭉 빠진 처녀 종아리 같은 무로 깍두기도 담그고 동치미도 담갔다. 남는 무는 잘 썰어 무말랭이도 만들고 무청은 말렸다. 초겨울 한 해 농사를 마칠 때면 아침마다 서리가 하얗게 내렸다.

초봄부터 한 해 농사를 지으며 힘들었지만 많은 것을 배우고 깨닫는 소중한 시간이었다. 더울 때는 식물이 잘 자라지만 아침, 저녁으로 서리가 내려야 비로소 열매가 달리기 시작한다. 가뭄과 장마, 그리고 더위와 병충해, 서리를 맞으며 풍성한 열매를 맺는 농작물을 바라보면서 "풍성한 열매를 맺으려면 때때로 시련과 고통을 이겨내야 한다."는 자연의 소중한 진리를 깨달았다.

농사짓는 일은 자식 키우는 것 못지않게 힘든 일이다. 하지만 하나의 작은 씨앗에서 새순이 나오고 자라고 열매를 맺는 순간을 보노라면 크고 작은 기쁨을 느낄 수 있고 감사와 겸손을 배울 수도 있다.

동이 틀 무렵 일찍 일어나 아침 이슬을 맞은 신선한 상추와 유기농고추를 한 소쿠리 따서 점심상에 내보내면 요양원 어르신들이 맛있게 드시는 모습을 보면 마음이 뿌듯하다. 입 안에서 살살 녹는 것이 웰빙이 따로 없다. 엘림요양원 하늘정원에서 왕송호수를 내려다보며 맛있는 유기농 고구마를 드시면 아마 신선도 부럽지 않을 것이다.

초보농군에서 어느덧 7년이 지난 지금은 비닐하우스도 멋지게 지어 놓았다. 그리고 작년에 고추 말리는 건조기를 장만해 손쉽게 말릴 수 있게 됐다. 제법 숙련된 농부 티도 난다.

자연과 함께하면 행복바이러스 세로토닌이 펑펑 샘솟아 건강하고 행복해진다. 자연 속에서 자라나는 나무의 삶은 마치 우리네 인생 역정과 같다. '봄'에는 꽃을 피우고, '여름'에는 풍성하고 울창한 숲을 이루는가 하면, '가을'에는 수확의 열매를 남겨두고 우수수 잎을 떨어뜨린 채 겨울을 준비한다. 그리고 마지막으로 '겨울'에는 앙상한 뼈와 가죽만으로 언 땅에서 혹독한 시련을 견디며 다음에 다시 태어날 생을 준비한다.

하지만 좀 더 가까이 다가가서 나무들을 세밀하게 살펴보자. 비록 나무들은 말이 없지만, 매우 치열하게 다음 생을 준비하고 있는 모습을 발견할 수가 있다. 바위보다 더 단단한 얼음 땅속에서도 나무들은 살아남을 궁리를 하고 있다. 때가 되면 나무들은 가지 끝에 슬그머니 '겨울눈'을 만들어 낸다.

겨울눈은 늦여름부터 가을 사이에 생겨 겨울을 넘기고 이듬해 봄에 싹이 튼다. 겨울눈은 다음해 잎이나 꽃, 혹은 줄기로 성장할 놈이다. 그 겨울눈을 잘라보면 그 작은 눈 속에는 이미 꽃잎이나, 나뭇잎이 차곡차곡 포개어져 태아처럼 세상 밖으로 나갈 준비를 하고 있는 모습을 볼 수 있다.

겨울눈의 진정한 의도는 '희망의 봄'을 준비하는 데 있다. 만약에 나무에게 이 겨울눈이 없다면 그 나무는 봄에 꽃이 피거나 잎을 틔울 희망이 없다. 삭풍에 떨고 있는 연약한 겨울눈은 곧 얼어 죽어 버릴 것만 같은 '절망'의 상징인 동시에, 봄의 환희를 기약하는 '희망'의 심벌이기도 하다. 죽느냐, 사느냐, 희망과 절망의 극한 갈림길에 서서 나무들이 시련을 극복하고 있는 모습은 생존을 위한 가장 처절한 몸부림이다.

나는 농작물을 보면서 시련은 어쩌면 자신의 잠재력과 강인함을 입증하는 기회가 아닐까 하는 생각을 했다. 똑같은 시련에 사람마다 경험, 교육, 기질에 따라 다른 반응을 보이겠지만 보통의 사람들은 시련에 부딪쳐봐야 넉넉한 마음을 기르고 다른 사람의 어려움도 헤아릴 줄 알게 된다. 인생의 시련은 우리에게 잠재성과 유연성을 품게 만드는 최고의 시간이 될 때도 있다.

자연과 함께하면서 나이 듦에 대해 많이 생각하게 됐다.

정년퇴직하신 중학교 남자 교장 선생님이 엘림요양원에 입원하셨다. 지금은 평안히 하늘나라로 이사 가신 분이다. 그분은 정년퇴직 후 받은 퇴직금을 친지에게 사기당하고 식구들에게 미안해서 가출하셨다. 이후 화병이 생겨 날마다 술을 드시다가 알코올 중독이 되었고 간경화와 뇌졸중을 앓고 계셨다. 뇌졸중으로 여러 요양원을 옮겨 다니다 오셨는데 예민하셔서 목욕도 못하게 하고 짜증만 내셔서 간병

하기 힘든 분이었다. 특히 환부를 소독을 하려 해도 막무가내로 소리를 지르셔서 요양보호사가 힘들어한다는 간호실장의 하소연에 원장인 내가 직접 고안한 도구로 환부를 소독해드렸다. 병자가 아닌 교장 선생님으로 인격적으로 대해 드리니 마음의 평안을 찾고 찬송하시며 지내시다가 천국으로 가셨다. 오빠생각이란 동요를 종종 부르시던 교장 선생님이 그립다.

60대 초반의 아름다운 여성이 있었다. 40대 후반에 뇌졸중으로 쓰러지셔서 오랜 투병생활에 가족들이 지쳐있는 상태였다. 위독하실 때마다 응급실에 가야 한다고 남편에게 연락을 드리면 지쳐하면서 "완전히 사망하면 연락해 달라!"고 하셨다. 이후에 이분이 심야에 응급실에 가게 되면 보호자 대신 내가 응급차에 올라타고 응급실에 가면 담당 의사에게 그동안의 환자 상태를 설명해드리고 치료 과정을 지켜보곤 했다. 이분도 지금은 천국에 계신다.

2013년 추석 때 70대 후반의 훈남 공직자 출신 어르신을 모시고 한가위 축제에 참석한 적이 있었다. 이분은 약간의 치매와 우울증 증상이 있었다. 입소한 뒤 일 년이 지나도 가족 방문이 전혀 없었다. 안타까워 부인에게 전화하여 면회를 요청하니 냉담하게 "당해도 싸다"고 하셨다. 사연인즉 젊어서 바람을 피웠다고 한다.

다른 어르신 가족이 방문 시 가져오는 간식을 늘 나눠먹는데 당신은 찾아오는 사람이 없어 나누어 줄 것이 없다고 한탄하시면서 눈물을 글썽인다. 외로워하시는 어르신을 위해 작년 추석 때 거동이 가능하신 어르신들을 모시고 인근 한세대에서 개최된 한가위대축제에 참석하여 점심뷔페를 대접하고 선물도 드렸다. 돌아오는 길에 어르신께서 "내 평생 오늘이 가장 즐거운 날이다"라고 하시며 기뻐하셨다.

나의 작은 노력으로 이처럼 기뻐하시는 어르신을 뵈니 나 또한 가슴이 뜨거워졌다. 지난 밸런타인 날에는 다른 분 모르게 소포로 초콜릿 선물을 보내 드렸다. 어르신은 선물을 받고 매우 즐거워하셨다. 어르신이 요양원에 오실 때 부인과는 사이가 안 좋으셨다. 요양원에 오신 어르신은 매주 요양원을 방문해 주시는 목사님의 설교를 듣고 예배를 보시면서 마음의 평안을 찾으셨다.

한번은 눈물을 글썽이며 "내가 죄인이다"라고 고백하셨다. 이후 방문한 부인과 관계가 회복되고 몸도 건강해지셔서 며칠 전 퇴원을 하셨고 부인과 과수원이 있는 고향으로 내려 가셨다. 어르신과 정이 들어 헤어지기는 아쉽지만 한 편의 드라마가 해피엔딩으로 끝난 기분이다.

무연고 어르신이 있었다. 유난히 비가 많이 오고 무더위가 기승을 부리던 2013년 8월 중순이었다. 약국 문을 닫으려고 준비하고 있었다. 그때 다급하게 약국에 뛰어 들어오시는 분이 있었다. 약국 인근 교회 전도사님이신데 관절염을 앓으셨고, 거동이 불편한 독거노인께서 손 약국에 찾아가 약사님을 모셔와 달라고 부탁하셨다고 한다.

서둘러 약국 문을 닫고 찾아가 보니 어르신은 TV에서 보던 허름한 쪽방 한구석에 맥없이 누워계셨다. 나를 보더니 눈물을 글썽이며 "다리도 못 쓰는데 설상가상으로 넘어져서 한쪽 팔도 못 쓰게 되어 쌀은 있는데도 밥을 할 수 없어 며칠째 굶었다"고 하소연하셨다.

연락할 곳도 아무데도 없고 전화번호도 생각 안 나고 이대로 돌아가실 것 같았는데 불현듯이 박 약사가 생각이 나서 인편에 나에게 연락했다고 한다. 나는 급히 남편에게 연락을 하여 어르신을 요양원에 모시고 와 죽을 쑤어 먹여드리고 일주일간 돌봐 드렸다. 이분은 장기 요양보험 등급이 없으시고 의료 보호 환자라 지금은 요양병원에 입원하여 치료를 받고 계시다. 이 어르신에게 죽음의 문턱에서 가장 생각났던 사람은 평소 약을 지어주던 친절한 단골 약국 약사였던 나였다.

❙ 단골 무연고 어르신께 연락받고 찾아간 단칸방 모습

노인요양원을 운영하면서 많은 어려움이 있었지만 이렇게 어려운 이웃에게 필요한 "빛과 소금"의 역할을 할 수 있음에 감사한다. 내가 힘이 빠져 지칠 때 나를 위로해주시고 힘을 주시는 하느님과 어머님의 사랑, 그리고 가족 덕분에 다시금 힘을 낼 수 있었다. 또한 어려움을 당한 분들을 보살피며 얻는 보람과 마음의 기쁨은 내 삶의 행복 바이러스이다. 나는 앞으로도 새로운 꿈을 향해 정진하며 "한 알의 밀알이 떨어져 썩어야 많은 열매를 맺느니라."는 말씀을 되새기며 주어진 역할을 묵묵히 수행할 것이다. 그리고 동시에 많은 일을 할 수 있는 능력과 기회를 주신 하나님께 늘 감사한다.

I 분당 목양교회 은빛대학 강연모습(2015년)

웰다잉 가이드가 필요한 때

Ⅰ 인천 사랑의 쌀 나눔 운동본부 은빛대학 강연장에서

노년기에는 노쇠한 육체의 건강을 돌보는 것만큼 정신건강에도 각별하게 신경을 써야 한다.

황제내경에는 사람의 7가지 감정을 가리켜 칠정七情이라 했다. 기쁘고喜, 화나고怒, 걱정하고憂, 생각 많고思, 슬프고悲, 두렵고恐, 놀라운

驚 마음들이 너무 지나치면 병을 불러일으킨다고 했다.

너무 기쁘면 백魄이 상하고, 화나면 음내장을 상하게 하고, 걱정하면 비위장를 상하게 하고, 생각이 많으면 소화기계에 탈이 나고, 슬프면 폐, 기관지가 상하고, 두려우면 신腎을 상하게 하고, 놀라면 몸 기능에 혼란을 초래한다는 식이다.

유감스럽게도 노인자살 문제도 매우 심각하다. 지인 한 분이 자살을 했다. 사회적으로도 굉장히 유명하신 분이고 좋은 일도 많이 하신 분인데 우울증으로 인해서 자살을 하셨는데 그런 충격적인 보도를 도처에서 보고 있다. 10년 동안 우리나라 자살 수는 엄청나게 증가하였고 특히 60세 이상의 노인자살 수가 많이 증가했다.

노인자살예방센터를 지정해서 운영했지만 한계가 있었다. 노인자살을 예방하기 위해서 우울증 치료제를 무료로 제공하거나 노인자살 예방 상담이나 독거노인 생활관리를 하는 것도 중요하지만 약할 수밖에 없다.

우울증이나 이런 질병에 의해서 자살하는 경우에는 각 노인들이 다니고 있는 1차 의료기관, 자기가 다니고 있는 단골 지정병원이나 지역에 있는 단골 약국에서 징후를 파악하여 의무적으로 신고하는 법을 만들어 보는 것도 도의원 시절 생각하기도 했다.

노인학대를 예방하기 위해 관련기관이나 신고 의무자들이 적극적으로 더 활동을 해야 한다고 생각한다. 기타 공공기관 근무자, 공무원을 비롯해서 소방청이라든지 경찰청이라든지 아니면 동사무소 직원이라든지 통장·반장 기타 여러분들에게 노인학대에 대한 교육 그 다음에 신고절차 또 이것을 앞으로 어떻게 할 것인가에 대한 교육이 굉장히 중요하다.

갈수록 고령화 시대가 더욱더 빠르게 진행이 될 것이다. 그럴수록 학대에 의한 사건이나 노인 자살도 상당히 많이 늘어날 것이라 예상된다. 그러므로 구체적인 준비를 할 필요가 있다.

선진 응급의료서비스도 더 확충할 필요가 있다. 이 필요성을 느끼게 된 실제 사례가 있다. 토요일에 감기로 인해서 급성폐렴이 오신 노인분을 모시고 119를 타고 병원 세 군데를 전전하면서 결국 대학병원으로 이송해 드린 적이 있다.

처음에 그 환자분이 다니시던 의왕시에 있는 00병원 중환자실로 모시고 가려고 했더니 주말인 토요일, 일요일에는 응급환자를 돌볼 수 있는 당직의사가 없다고 연락이 왔다. 그래서 인근에 있는 ○○병원으로 다시 이송했는데 거기도 도착해 보니까 기도 절개는 가능하지만 인공호흡기가 없다, 다시 대학병원으로 가라 그래서 결국 안양에 있는 ○○대 병원으로 다시 이송을 했다. 환자를 모시고 병원 세 곳을 전전하면서 도착해서 응급처치를 받았는데 이게 그나마 연결이 됐기에 망정이지 만약에 초기대응이 잘못되면 환자가 사망할 수도 있는 케이스였다. 특히 경기북부 같은 경우는 면적이 넓은데도 야간이나 주말에 응급체계가 제대로 되어 있지 않아 도민의 건강이 상당히 위협을 받는다는 생각을 늘 했다.

대부분 이렇게 우울증에 걸린 노인들, 자살충동을 느끼는 노인들은 밖에 안 나간다. 전화가 와도 안 받고 밖에도 안 나가기 때문에 복지기관과 연결될 확률이 굉장히 낮다. 밖에 나가야 연결이 되는 법이다. 가장 좋은 방법은 가족을 비롯하여 주변에 있는 사람이 관심 있게 지켜보는 것이다. 평상시에 우울증을 앓고 있거나 치료를 받고 있는 사람이라면 더욱 세세한 관심을 기울여야 한다. 조금이라도 상태가 안 좋아졌다면 바로 신고하고 지역에 있는 보건소와 연계하여 이분들의 우울증이 더 이상 진행되지 않도록 예방하는 것이 중요하다.

경기도에 있는 6개 의료원에 가보니 시설이 안타까울 정도로 심하게 낙후되어 있었다. 남원 같은 곳에 의료원을 방문해 보니 시설이 굉장히 좋았다. 도의원 시절 확충을 요구했던 부분인데 그렇게 많이 달라졌을 거라고는 생각하지 않는다. 앞으로 더 많은 관심을 기울여 발전하기를 기대해 본다.

고령화 시대를 맞이해서 독거노인가구도 나날이 늘어가고 있다. 나는 아파트 저층 1층에서 3층 정도에 독거노인들이 거주할 수 있는 세대를 몇 퍼센트 정도 의무적으로 지정해서 지었으면 하는 생각이 있다. 또 노인을 부양하고 있는 2세대가 동시에 거주할 수 있는 아파트를 지어서 노인을 부양하는 것을 장려하는 아파트도 만들었으면 하는 생각이 든다.

예를 들어 독거노인들이 병을 앓는 경우, 흔히 심근경색 같은 경우는 3분 이내에 심폐소생술을 하지 않으면 사망에 이른다. 그렇기 때문에 혼자 사는 노인들이 혼자 쓸쓸히 돌아가시는 경우를 뉴스에서 많이 볼 수 있다. 그래서 이렇게 혼자 사시는 노인들을 관리할 수 있도록 관리실에 CCTV 같은 것을 연결해서 응급상황 시에는 패닉버튼을 누르면 119에 연결되는 시스템도 체계적으로 연구해 주거에 반영하는 것이 좋을 듯하다.

　노인들 스스로도 자연스럽게, 평온하게 '돌아가는^{죽음} 방법'을 디자인하는 것도 필요하다. 사실 사람은 태어나는 순간부터 '죽음으로의 행보'는 시작된다. 50~60대 무렵부터는 자기 또래의 사람들을 먼저 보내는 일도 늘어난다. 나이가 많으나 적으나 죽음은 예외 없다. 아쉽지 않은 죽음은 어디에도 없다. 몇십 번, 몇백 번 죽음과 마주치지만 어느 누구의 죽음이라도 '함께 이야기를 더 나눠보고 싶었는데…….', '더 자주 얼굴을 보고 싶었는데…….', '조금 더 함께 같이 보내고 싶었는데…….'라며 끝없는 석별의 정을 불러일으킨다. 왜 이 사람과의 시간을 더 소중히 하지 못했는지 사무치도록 회한이 엄습해 온다.

'생자필멸(生者必滅), 회자정리(會者定離)'

　태어난 것은 반드시 죽고 만난 사람은 반드시 헤어진다. 이것이 불교의 기본 생각이다. 하지만 죽음이 끝은 아니다. 사람은 누구나 죽은 후에 지금까지 살아 온 이유, 혹은 정신적 유산이라고 할 만한 무엇인가를 남기고 간다.

본래는 태어난 순간부터 죽음을 향해 한 걸음씩 걷기 시작하는 것이지만 너무 젊었을 때부터 항상 죽음을 생각하면서 산다는 것은 좀처럼 하기 힘든 일이다. 그러나 50대에 가까워지면 죽음을 의식하면서 자신은 어떠한 죽음을 맞이할 것인지, 죽은 후에 어떠한 것을 남기고 갈 것인지를 생각해야 한다. '죽음을 의식한다.'는 것은 실제로는 자신이 '살아있다는 것을 의식'하는 것과 같다. 언젠가 맞이할 죽음의 그날까지 하루하루를 소중하게 살아가려는 자세가 자연스럽게 생길 수밖에 없다.

생명은 한 치 앞을 장담할 수 없는 것이어서, 한 치 앞에 자신이 살아있을지의 여부는 아무도 모른다. 이것이 생명의 본질이다. 이렇게 생각하면 지금 여기에 살아 있다는 것은 무언가 큰 힘이 '살려 주고 있다.'는 생각이 자연스럽게 들기 마련이다. 가족은 물론, 친척, 친구를 비롯한 소중한 사람들 모두 '살려주어서 살아가는 삶을 선물로 받은 존재들'이다. 삶을 선물 받은 사람들이 이 세상을 함께 살아간다는 동지 의식이 있다면 절대 서로를 해칠 수 없고, 서로에게 이기적일 수 없다. 서로에게 존경심과 배려를 자연스럽게 보일 것이다.

건강한 사람은 병에 걸릴 걱정이 있지만 병자는 회복할 것이라는 즐거움이 있다. 큰 병에 걸린 의사 지인도 힘든 재활 과정을 성공리에 극복한다면 같은 처지에 있는 환자들과 고통을 공감할 수 있는 최고로 좋은 의사가 될 것이다. 누군가가 '살려 주고' 있는 이상 그 사람은 무언가 이 세상에서 해야 할 일이 있다고 생각해야 한다. 큰 병에 걸리거나 후유증으로 고생해도 '살려 주고 있는' 이상 포기하지 말고 새로운 희망을 갖고 살아가자!

'어떤 식으로 죽음을 맞이하고 싶은가'를 적어두자. 정년을 맞이한 후 몇 년이 지난 지인이 작년에 동년배 네 명을 먼저 저 세상으로 보낸 이야기를 한 적이 있었다. 죽음은 자신의 인생에서 마지막으로 맞이하는 '피날레' 무대 같은 것이다. 어떻게 막을 내리고 싶은지를, 어느 정도의 나이가 돼서 자신의 죽음 이후에 치러질 장례식을 구상할 것인지 구체적으로 작성해 보자! 이렇게 하는 것이 자신의 인생에 대한 최후의 책임이라고 말할 수 있다.

장례식을 어떻게 할 것인지를 구상하는 적정 나이가 언제인가에 대해 질문을 받은 적이 있다. 나는 40대 후반에서 50대를 바라보는 무렵부터 써보기를 권한다. 왜냐하면 죽음은 어느 날 갑자기 닥칠 수도 있기 때문이지만 앞서 말한 바와 같이 죽음을 생함으로써 죽을 때까지 어떻게 살아갈 것인가를 생각할 수 있기 때문이라는 것이 더 큰 이유다.

'내가 죽음을 생각하는 것은 죽기 위해서가 아니다. 살기 위해서다.' 프랑스 작가 앙드레 말로의 말은 죽음과 삶에 대한 깊은 통찰력을 담고 있다.

최근에 널리 알려진 엔딩 노트Ending Note라면 장례에 관해서는 물론이고 인생에 대한 모든 것, 자산을 어떻게 분배했으면 좋을 지에 대한 계획 등등을 한 권에 잘 정리할 수 있을 것이다.

① 만일의 경우에 어떻게 해 주었으면 좋겠다는 희망연명치료를 받고 싶은지의 여부, 구체적인 연명치료법의 선택, 통증 치료에 대한 당부 등

② 장례나 묘지에 대한 희망죽음을 알려야 하는 사람 명부 등과 소유 재산이나 소중히 하고 싶은 것 일람과 그 취급 방법예금 적금을 맡기고 있는 금융기관, 지점, 계좌번호/ 유가증권, 증권회사명, 지점, 계좌번호/ 부동산, 권리서 보관 장소, 명의 등/ 연금, 연금번호/ 보험, 보험회사, 종류, 상품명, 보험증 보관 장소 등

③ 형체를 구별할 수 있는 것에 대한 희망반려 동물이 있다면 다루는 방법이나 소유권에 대한 당부 등이나 가족에게 전해 주고 싶은 말 등을 적어 둔다. 생애 마지막을 기록하는 작별앨범을 가족들과 만드는 것도 나쁘지 않다.

요즘은 삶의 질을Quality of Life · QOL을 더 존중한다. 평온하게 인생의 막을 내릴 수 있도록 하는 분위기다. 원치 않으면 연명술을 더 이상 이어가지 않도록 하는 움직임을 보이기도 한다.

몸이 쇠약해져서 음식도 물도 삼키지 못하는 환자가 점적 주사나 산소 흡입장치를 하지 않으면 일주일에서 열흘 내에 죽게 된다. 영양 부족이나 산소 결핍상태가 되면 뇌 안의 모르핀이 분비되어 평안한 상태가 된다. 이 경우 대부분 잠을 자듯이 마지막 숨을 거둔다. 이렇게 자연사는 아주 평온한 것으로, 생물은 평안하게 죽을 수 있는 구조를 갖추고 있다.

반면, 연명술을 실시하여 약해져 있는 몸에 건강한 사람과 똑같은 칼로리를 투입하면 오히려 고통을 증가시킨다. 물론 인간 역시 생명체인 이상 생명에 대한 집착 본능 역시 뛰어나다. 그런 의미에서 연

명치료 여부와 연명치료술에 대한 선택을 최종적으로는 본인이 판단할 수 있을 때에 결정해서 자신의 의사결정을 주변인들에게 전달해 둘 필요가 있다고 생각한다.

'죽음의 질(Quality of Death)'을 높이자

퀄리티 오브 라이프QOL: 삶의 질라는 말은 자주 듣지만 퀄리티 오브 데스QOD: 죽음의 질라는 말을 들어본 적이 있는가?

QOD가 최근 세계적으로 화제가 되고 있다. 'QOL'을 높이는 동시에 생의 최종 단계인 죽음의 질QOD도 높여야 한다는 인식이 확산되고 있다. 죽음을 기피하고 두려워하는 경향이 지나쳐서 죽음에 대해 정면으로 생각하지 않는 것도 죽음의 질을 떨어트릴 수 있다.

40대나 50대가 어떻게 살아갈 것인가 심각하게 고민하는 것처럼 이후의 노년 단계를 결국 맞이하게 될 죽음에 대한 것과 자신의 QOD를 높이려는 노력들을 미리 생각해야 한다. 본격적인 고령화 사회에 접어든 '국가'와 고령기에 접어드는 '세대', '개인' 모두가 함께 떠안은 과제다.

사람이 죽는다는 것이 결코 무無가 되는 것이 아니라는 것을 자연스럽게 후대에 전할 수 있다. 그 역할은 고령자가 맡는 것이 가장 적격이라고 생각한다.

영국의 시인 엘리엇Thomas Stearns Eliot은 "우리들이 완전히 잊어버리지 않으면 그 사람은 진정 죽은 것이 아니다."라고 말했다. 가끔 그 사람을 추억하며 마음속에서 대화할 기회를 잃지 않는 한 그 사람은 우리들 마음속에서 항상 살아있다는 의미일 것이다.

"눈을 뜨는 모든 아침은 남은 인생의 첫 번째 날이다."

무심코 열어본 인터넷 사이트에 적혀 있던 말인데 정말 명언이 아닐 수 없다. '오늘은 인생 최후의 날이 될지도 모른다.'고 늘 생각했다. 마치 부정적인 소리처럼 들릴 수도 있지만 사실 이 말이 뜻하는 바는 완전 정반대다. 만약, 오늘이 인생 최후의 날이 된다고 해도 절대로 후회가 없도록 하자.

"잘했다!", "고맙다!"는 말로 인생을 채우자

살아가는 기술 중에서도 누구나 바로 간단하게 할 수 있는 최고의 기술이 있다. 그것은 첫마디를 "잘했다!"로 바꾸는 것이다. 정말 남들이 봤을 때 당연히 해야 하는 것들도, 말도 안 되는 결과를 이룬 것들에 대해서도 "잘했다!"라고 말해주는 것이다.

지금 이렇게 살아 있는 것, 평온한 생활을 할 수 있는 것 등을 생각한다면 주위 사람들에게 아무리 "고맙다!"라고 말해도 부족하다. 정말 그렇게 생각한다면 오늘부터 아무리 사소한 일이라도, 작은 배려에 대해서도, 마음을 다해 "고맙다!"라고 말하고 싶어질 것이다. 이렇게 '잘했다!'로 시작해서 '고맙다!'로 이어지는 생각의 회로를 익혀둔다면 우리들의 마음과 생生이 얼마나 충만해질까?

　'평온한 늙음'이란 곰곰이 인생의 깊은 맛을 맛보고, 편히 만족감에 젖어드는 노년의 경지에 이르는 과정이라고 생각한다. 그렇게 때문에 '늙음'은 '즐거워서 기다려지는, 인생 최고의 충일한 시기'라고 말할 수 있지 않을까?

| 엘림가족봉사단 독거노인 초청 봄나들이

고령화 시대 블루오션 'U-Health Care'

2000년도 의약분업 전에 약사님들과 일본 약국을 견학할 기회가 있었다. 그 당시 일본에는 '개호보험'이 시작되었고 개국약사도 일정 교육을 받고 약사 케어매니저라는 자격을 가지고 독거노인이나 노인 요양원을 방문하여 복약 지도와 돌봄을 하고 있었다.

개국약사 1명이 50명의 환자를 한 달에 1~2회 방문 관리하고 방문 수가는 개호보험노인 장기 요양보험에서 지급되고 있다. 이는 약국 경영에 새로운 블루오션으로 떠오르고 있어 부러운 마음으로 견학을 하였다. 한국도 고령화 시대가 급속히 진행되고 있고 이미 '고령화사회'를 넘어서 '고령사회65세 이상 인구 비율 14~20%'로 진입한 지역 사회들도 많다. **나는 한국도 고령화 시대에 노인돌봄에 약사들의 참여가 필요하며 이에 대한 준비가 필요하다고 생각했다.**

또 한 번의 새로운 도전!

201239003. 내 학번이다. 2012년부터 한세대 U-City IT 융합 도시 정책과 박사과정을 시작했다. 사실 성균관대학교에서 약학박사과정을 마쳤기 때문에 다시 박사과정을 시작하는 것은 용기가 필요했다. 그러나 다시 박사과정에 도전할 수 있었던 것은 역시 그칠 줄 모르는 학문에 대한 열정과 절실한 필요성 때문이다. 아침에 일어나면 엘림 농원에 나가 신선한 채소를 수확하고 엘림요양원에 가져다 드리고 출근하여 하루 종일 바쁜 일과를 보내는 와중에도 박사과정 논문을 쓰고 자료를 찾고 연구를 하곤 했다.

'U-Health Care'는 유·무선 통신망 인프라를 사용하여 언제 어디서나 질병의 예방, 상태파악, 예후, 건강 및 생활 관리의 개인 맞춤형 보건의료서비스를 제공하는 기술을 말한다.

나는 2013년 U-city학회 춘계학술대회서 논문을 발표했다. 「노인 장기 요양보험제도에 적합한 스마트 복약 지도를 위한 연구」라는 제목이었다. 논문에서 스마트폰이 활성화 돼 있는 유헬스케어 시대에 맞춰 방문약사들이 스마트폰과 아이패드를 활용한 복약상담의 유익성을 주장했다.

2014년 제9회 경기약사학술제에서 논문부분 장려상을 수상한 「U-Health에서 약국 약사의 역할」 논문을 통해 노인 환자에 대한 전문적인 복약 지도나 약력관리를 위한 방문약사제도 도입이 시급하다고 주장했다.

2016년 제11회 경기약사학술제에서 「U-방문약사의 복약지도 사례」에 관한 논문을 제출하여 은상을 수상하였다.

나는 노인들에게 특화된 약국을 30여 년간 운영하고 있고 2013년 대한약사회 노인 장기 요양보험위원장을 맡아 노인들의 올바른 의약품 사용을 위한 약사의 역할에 대해 고민하였다. 그동안의 봉사활동의 체험으로 복지의 사각지대에 놓여있는 거동이 불편한 독거노인의 경우 더 열악한 환경에 처해 있어 노인의 건강상태를 잘 아는 단골약국 약사를 통한 U-방문약사제 도입이 필요하다고 나는 계속 역설해 왔다.

IT 강국인 대한민국의 경우 방문약사 제도 도입 시 스마트폰 등을 이용한 실시간 약물복약 지도 및 DUR 점검이 가능하고 위급 상황 시 촉탁의사와 상의한 적절한 대응이 가능해진다. 반면 우리나라의 경우 촉탁의 제도가 도입돼 주 1회 방문하고 처방전을 보내 인근 약국에서 조제해 투약하도록 되어 있어 노인과의 대면이 아닌 요양원 근무자 등에게 서면으로 복약 지도만 제공하는 현실이다.

노인 장기 요양원의 경우 요양보호사나 간호사, 사회복지사 등이 근무하고 있지만 복합적인 만성질환을 갖고 입원중인 노인 환자에게 약물부작용이나 응급상황 발생 시 약물에 대한 전문지식이 부족해 환자관리에 어려움을 겪고 있다. 방문약사제 도입을 적극 검토한다면 사회복지의 사각지대에 놓인 독거노인의 건강증진과 자살방지 등에 도움이 될 것이다.

U-City IT 융합 공학박사 학위 취득

나는 2017년 2월 14일 공학박사 학위를 수여 받았다. 2010년에 성균관대학교 약학대학원에서 약물학 박사과정을 마치고 2012년에 유비쿼터스 헬스케어에 대한 호기심으로 IT 공학박사과정에 도전하여 주경야독으로 5년 만에 졸업을 했다. 이번 박사학위 논문은 노인요양원 10년간의 기록이라 내게는 더욱 큰 의미가 있다. 그동안의 연구결과를 정리하여 만든 노인요양원 방문약사의 기록을 후배 약사들에게 남기고 싶은 열망으로 힘든 과정 포기하지 않고 끝낼 수 있었다. 선한 영향력을 펼칠 수 있도록 지혜를 주신 하나님과 나의 멘토 어머니, 지도해주신 교수님, 함께 해주고 도와준 남편과 두 딸 그리고 응원해주신 모든 분들께 감사드린다.

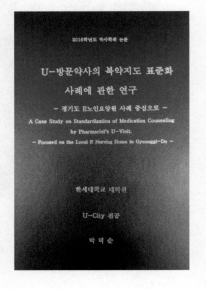

- 2017. 2. 14일
  한세대학교 교정에서

I 한세대학교 IT공학박사 수여식에서

희망과 사랑이라는 영약

차분한 열정으로 행복과 창의력을 북돋아주는 신경전달 물질은 세로토닌이다. 세로토닌은 기분이 우울해지거나 스트레스 상황이 발생할 때 그 분비가 줄어든다. 세로토닌은 극단적 대결, 격정적 환호, 샘솟는 의욕보다는 그것들을 적절하게 조절하는 기능이 있다.

반대로 빠르게 활성화되고 자극적인 것을 만나면 생성되는 신경전달 물질은 엔도르핀이다. 엔도르핀의 분비는 스트레스를 받을 때는 증가되나 즐거울 때는 억제된다. 통증이 있을 때 그것을 덜어주기 위해 분비되는 신경물질이다.

엔도르핀이 계속 높게 유지가 되거나 장기간 지속되는 심한 스트레스에 의해서 엔도르핀이 과도하게 유리될 때는 면역기능을 담당하고 있는 임파구의 기능이 억제되어 쉽게 병들게 된다. 질병은 대개 몸의 균형상태가 깨졌을 때 온다. 가장 약한 부분에 무리가 오고 그게 축적되면 병이 된다. 발전기의 대한민국이 더 빠르고, 더 자극적으로 탐내던 엔도르핀 문화였다면 이제는 작별해야 한다. 그리고 세로토닌 문화를 만들고, 더 많이 만나야 한다.

작은 것에서 행복을 찾고 함께 일하는 보람을 통해 존재감을 느끼는 세로토닌 문화가 진정한 선진국으로 가는 우리 삶의 새로운 방향이 되어야 한다. 보통의 일을 대를 이어 묵묵히 지켜가는 힘, 화려한 외피를 두르는 것보다는 자신의 색깔을 더욱 소중히 여기는 태도가 바로 세로토닌적 삶이다.

이제는 어떻게 살 것인가에 무게중심이 주어지는 시대다. 이만했으면 숨고르기를 통해 한 번쯤 뒤돌아볼 때가 된 것이다. 아직 뒤처져 걷는 힘든 이웃에게 손을 내밀고 배려하는 마음을 가져야 할 때다. 행복과 희망을 잃어버린 사람들한테 세로토닌과 같은 힐링의 에너지를 줄 때 우리는 행복이라는 감정을 느끼게 된다.

사람은 누구나 행복하게 살기를 원한다. 그러나 "무엇이 행복한 삶인가?" 하고 묻는다면 저마다 다른 대답을 할 수 있다. 간혹 그 질문에 대해 명확하게 대답하지 못하는 사람도 있을 것이다. 지금 행복하지 않은 삶을 사는 이들도 '희망'을 버리지 않는다. 오히려 행복한 사람들보다 더 삶의 끈을 단단히 부여잡고 있는 경우도 있다.

희망은 힐링과 성장, 치유의 묘약이다. 희망이 없다면 인간은 자포자기가 되거나 극단적으로 변한다. 희망이 있으면 생명까지 연장시킨다. 과학적인 실험결과로도 밝혀진 사실이다. 큰 물통에 여러 마리의 쥐를 넣은 후, 뚜껑을 닫고 빛을 완전히 차단했다. 그러자 통 속에 갇힌 쥐들은 평균 3분 만에 헤엄치기를 포기하고 죽어버렸다. 다음 실험에서는 모든 조건을 동일하게 하되 희미한 빛이 통 안에 스며들도록 만들었다. 그러자 쥐들은 평균 36시간 이상을 헤엄치며 살아 있었다. 어둠 속에 갇힌 쥐는 금세 살려는 노력을 포기했지만, 한 줄기 빛에서 희망을 품은 쥐들은 750배나 오랜 시간 동안 절망적인 상황을 이겨낸 것이다.

희망은 다 버려도 끝까지 쥐고 있어야 할 인생의 마지막 패다. 그런데 내가 아쉬운 것은 요즘 젊은이들을 만나면 그 나이대의 사람들이라면 가져야 할 희망을 버렸거나, 냉소적인 반응을 보이는 사람들이 있다는 점이다.

상당수 고학력의 청년들조차 안정적인 직업을 갖지 못하고 비정규직으로 세월을 보내고 있다. 가정을 꾸리는 문제에서도 청년들은 결혼을 늦추거나 아예 포기하고 있다. 이 추세가 지속될 경우 아예 결혼을 하지 않거나 출산기나 육아기를 넘길 때까지 결혼을 미루는 청년의 비율은 계속 늘어날 것이다.

대학 졸업 후에도 경제적으로 독립하지 못해 결혼도 미룬 채 부모 집에 얹혀 사는 세대를 미국에서는 '낀 세대'라는 뜻으로 '트윅스터Twixter'라고 부른다. 캐나다에서는 직업을 구하러 이리저리 떠돌다 결국 집으로 돌아온다는 의미에서 '부메랑 키즈Boomerang kids', 영국에서는 부모 퇴직 연금을 축낸다는 뜻에서 '키퍼스Kippers'라고 지칭한다. 또 독일에서는 집에 눌러앉아 있는 사람이라는 의미로 '네스트호커Nesthocker', 이탈리아에선 어머니가 해주는 음식에 집착한다는 말로 '맘모네Mammone'라고 표현한다. '웬만한 대학에 나와 설마 취업을 못하랴?' 싶었던 부모들은 취업을 무서워하고 주저하는 자식들을 보고 억장이 무너진다.

요즘 젊은이에게는 '하고 싶은 일'을 할 권리나 기회가 많이 없다. 적성에 맞는 일, 하고 싶은 일을 하는 게 당사자에겐 가장 행복하고, 사회적으로는 창의적 노동을 통한 높은 성취를 가져다준다. 그런데 우리나라에서는 이게 불가능하다. 그 이유는 일자리의 양극화 때문이다. 취업 걱정이나 불안정한 직장생활, 치솟는 가계 부담 등으로 근근이 부여잡은 쥐꼬리만 한 희망마저도 놓아버리려는 사람들이 많다.

꿈을 꿀 수 없어 힘든 청년들을 보면 늘 미안하다. 정치권이든 기성세대들이든 그들에게 사다리를 내려주어야 한다. 용이 나는 개천을 많이 만들어 줄 의무가 정치나 기성세대들에게 있다.

나는 젊은이들과 대화하면서 그들이 절대 혼자가 아니라는 걸 느끼게 하고, 보여주고자 한다. 일단 모여서 많은 이야기를 나누면 처음에는 불만과 문제제기부터 시작한다. 하지만 어느 순간 '그럼 어떻게 해야 하지? 무엇을 해야 하나?'라는 식으로 대안을 모색하게 된다. 자연스럽게 행동하는 청춘을 이끌어내고 싶다면 우선은 젊은 그들과 충분히 대화해야 한다.

나의 멘토링을 받고 정치든 현실이든 모든 문제에 냉소적인 반응을 보이던 학생들이 행동하는 청년이 되는 것에 뿌듯함을 느낀다. 단순히 불평불만을 내는 것과 다르게 대안을 모색하는 것은 정말 중요한 과정이다. 이런 것을 보면 사람이 희망이라는 말이 빈말은 아니라는 생각이 든다. 자식을 보고 사는 부모도 있고, 연인을 위해 힘을 내기도 한다.

희망이 되는 사람들이 만든 시스템은 그 희망을 지속해갈 가능성이 높다.

I 민족통일을 꿈꾸며 찾아간 백두산 천지

상처는 상급을 기약한다!

엘르Elle의 편집장이며 준수한 외모와 화술로 프랑스 사교계를 풍미하던 장 도미니크 보비Jean-Dominique Bauby가 쓴 『잠수복과 나비The Diving Bell and the Butterfly』라는 책이 있습니다. 이 책은 그가 강의 마지막에 뇌졸중으로 쓰러진 후 3주 후 의식을 회복했지만 전신마비가 된 상태에서 유일하게 움직일 수 있던 눈 깜빡임 신호로 알파벳을 지정해 15개월 만에 완성한 책입니다. 그는 이 책을 완성한 후 8일 만에 심장마비로 생을 마감했습니다. 하지만 "흘러내리는 침을 삼킬 수만 있다면 세상에서 가장 행복한 사람입니다."라 했던 그의 이야기는 많은 감동을 불러일으키고 있습니다.

어느 날, 그는 50센티미터 거리에 있는 아들을 보고도
그를 따뜻하게 안아줄 수 없어서 눈물을 쏟았습니다.
동시에 슬픔이 파도처럼 밀려와

목에서 그르렁거리는 소리를 냈는데,

그 소리에 오히려 아들은 놀란 표정을 했습니다.

그때 그는 건강의 복을 모르고

'툴툴거리며 일어났던 많은 아침들'을 생각하며

죄스러움을 금할 길 없었습니다.

그는 잠수복을 입은 것처럼 갇힌 신세가 되었지만

마음은 훨훨 나는 나비를 상상하며 삶을 긍정했습니다.

그는 말합니다.

"혼수상태에서 벗어난 직후 휠체어에 앉아 산책에 나섰을 무렵,

우연히 등대를 발견한 것은 길을 잃은 덕분이었습니다."

길을 잃어도 희망을 포기하지 않으면 등대를 찾을 수 있습니다.

기회는 위기 덕분이고, 일류는 이류 덕분이고,

고귀함은 고생함 덕분입니다.

상처는 상급을 기약합니다.

만신창이가 되어도 사는 길은 있습니다.

넘어진 곳이 일어서는 곳입니다.

가장 절망적인 때가 가장 희망적인 때이고,

어두움에 질식할 것 같을 때가 샛별이 나타날 때입니다.

희망이 늦을 수는 있지만 없을 수는 없습니다.

별은 멀리 있기에 아름다운 것처럼 축복은 조금 멀리 있어 보일 때

오히려 인생의 보약이 됩니다.

늦게 주어지는 축복이 더욱 풍성한 축복입니다.

꿈과 희망은 영혼의 날개입니다.

내일의 희망이 있으면 오늘의 절망은 문제가 되지 않습니다.

가장 비극적인 일은 꿈과 희망을 실현하지 못한 것이 아니라

실현하고자 하는 꿈과 희망이 없는 것입니다.

꿈과 희망은 축복의 씨앗이고, 행복의 설계도입니다.

꿈과 희망을 품고 삶을 바라보십시오.

힘들다고 느낄 때 진짜 힘든 분들을 생각하십시오.

절망 중에서도 마음속에 태양을 품고 온기를 느끼십시오.

바른 길로 이끄는 '상처의 표지판'을 긍정하며

내일의 희망을 향해 훨훨 나는 나비가 되십시오.

❚ 이화여대 평생교육원 최고명강사과정 11기 졸업식(2014년)

사랑하는 딸들에게

내가 품는 믿음이 나를 키운다

세상을 움직이는 절반, 여성

세계 정치사에서 여성 정치인이 부상한 것은 사실 최근의 일이다. 기원전 2500년 메소포타미아 도시국가인 우르의 여성 지도자 쿠-바바와 기원전 1500년 이집트를 호령했던 여성 파라오 하트셉수트 등의 전설이 남아있지만 여성 정치인이 일선에 직접 나선 것은 20세기 이후이다.

1924년 덴마크에서 여성 최초로 장관이 임명되고 1차 세계 대전 후 우크라이나와 러시아, 헝가리, 아일랜드 등에서 여성 국회의원들이 배출되었으며 1960년대에 이르러서야 스리랑카의 시리바모 반다라나이케 여성 총리가 처음으로 탄생했다. 과거에는 정치가 남자들만의 것이라 생각되었지만 세계를 멋지게 이끈 여성 정치인은 이제 더 이상 낯선 존재가 아니다.

나는 늘 '딸들에게 최소한 부끄럽지 않은 엄마가 되어야지!'라는 마음으로 살았다. 내 딸들의 작은 소망을 대변하는 그 아이들의 자랑스러운 역할모델이 되고 싶었다. 평범한 아줌마고 엄마지만 한 걸음 한

걸음 또박또박 걸음으로써 내 딸들이 따라 걸어도 괜찮은 그런 길을 만들어 나가는 우리 가족 안의 선지자이고 싶었다.

'하이디와 하워드'라는 실험이 있다. 남자들에게는 흥미로웠겠지만 여성들에게는 실망스러운 실험결과가 나왔다. 가상의 인물을 정했다. 이 인물에 대한 설명을 한 그룹에게는 성공한 벤처 투자가인 하이디여성 이름라 했고, 또 다른 한 그룹에게는 하워드남성 이름라 알려주었다. 그런 다음 그들에게 인물을 평하라고 했다. 두 그룹 모두 '하이디'와 '하워드' 모두 유능한 사람이라고 평했다. 하지만 사람들은 남성인 '하워드'는 인간적으로 매력적이고 함께 일하고 싶은 동료로 생각한 반면 여성인 '하이디'는 이기적이면서 함께 일하고 싶지 않은 유형의 사람이라고 평가했다.

이 실험은 십 년 전에 있었다. 십 년이 지난 지금 성공한 여성에 대한 시각은 얼마나 많이 개선되었을까? 여전히 많은 이들이 여성이 권력과 부를 갖는 것을 불편하게 여긴다. 여성이 성공하기까지는 그만큼 독하고, 인간미 없이 일만 했다는 편견을 아무 거리낌 없이 입힌다. 심지어 같은 여성들도 잘나가는 여성들에 대해 이렇게 판단하는 것을 주저하지 않는다. 선험적인 편견이 작용한 남성과 여성에 대한 이런 사회적 평가는 씁쓸함을 자아낸다. 성공한 여성에게 품는 이미지가 성공한 남성에게 가해지는 이미지보다 너무도 부정적이다.

어쩌면 성공한 여성 리더가 적은 이유는 여성이 성공하기 힘든 '환경' 탓도 있지만 여성 스스로 이렇게 여성의 성공에 대해 부정적으로 생각하고 있는 탓은 아닐까? 그래서 성공에 가까이 갈 수 있는 기회가 있을 때조차 능력을 최대한 발휘하지 못할 수도 있다.

성공한 남성들은 일반적으로 자신이 지닌 자질과 기술 덕택에 성공했다고 거리낌 없이 말한다. 그 성공의 열매를 자기가 맛보는 것은 매우 당연하다고 여긴다. 하지만 여성은 자신이 성공한 사람임에도 그 성공요인을 자신의 능력이 아니라 다른 외부적인 요건 때문으로 돌리는 경우가 많다고 한다. 자신감이 부족한 여성들은 쭈뼛거리며 성공의 대가를 소극적으로 향유한다. 실제로 망설이다가 기회를 놓치는 여성들을 나는 수없이 보았다.

'내가 잘된 것은 시기를 잘 탔기 때문이야.'

'나를 도와준 사람들이 많아서 잘된 거야.'

유능한 사람들이 자기 회의로 괴로워하는 현상을 '가면증후군 imposter syndrome'이라 부른다. 가면증후군에 취약하기는 남녀 모두 마찬가지이지만 여성이 훨씬 강렬하게 겪는다. 여성들은 자기 스스로를 끊임없이 과소평가하는 경향이 있기 때문이다.

남성의 힘을 필요로 하는 산업사회가 가고 IT의 발달로 힘이 필요 없는 세상이 됐다. 21세기는 남성의 힘보다는 여성성이 훨씬 필요한 시대가 되리라 의심하는 사람은 거의 없다.

'영원히 여성적인 것들이 우리를 천상으로 인도한다.'

독일의 대문호 괴테가 쓴 소설 '파우스트'의 마지막 부분에 나오는 구절이다. 이 세상을 움직이는 것은 결국 '여성다움'이다. 나 역시 내가 여성이어서 받은 차별과 불합리도 많았지만 역으로 환대와 따뜻한 배려 역시 적지 않았다.

나는 '박덕순' 개인이자 가족의 구성원인 동시에 나아가 사회의 구성원이다. '나'라는 사람을 구성하는 수많은 요소들 중에 무엇을 가장 최우선으로 둘 것인가, 늘 고민하며 살아왔다. 여성 게다가 대한민국의 여성들은 자신의 여성성을 인지하는 순간부터 끊임없이 선택을 강요받는다.

'여자로 살 것인가? 다른 무엇으로 살 것인가?

여성성의 가장 대표 특질은 누가 뭐라 해도 모성이다. 사람이나 짐승이나 모성은 본능적이다. 죽은 새끼의 곁을 지키는 개의 사연이나 죽은 새끼를 몇 날 며칠 등에 태우고 헤엄치는 고래의 이야기는 눈물겹다. 인간 역시 모성본능이 무섭도록 강하다.

자식을 사랑하면 기분 좋은 느낌을 주는 호르몬 도파민 수치가 올라간다. 모성은 이렇듯 사랑하고 베풀수록 더 행복해지는 힘을 갖고 있다. 모성을 바탕으로 한 통합의 리더십이 주목받고 있다. 모성과 감성 리더십이야말로 여성 지도자만이 가질 수 있는 장점이자 무기라 할 수 있다. 앞으로 선거에서 단순히 '여성이기 때문', '어머니이기 때문'에 선출되는 기현상이 나타날지도 모를 일이다.

올바른 모성은 자녀를 사랑하는 마음에서 나오는 법이다. 정치인들도 국민들을 사랑하고 아픈 곳은 없는지, 필요한 게 무엇인지 제대로 살피고 보듬어야 올바른 정치가 이뤄질 것이다. 하지만 이런 모성 리더십이 제대로 발휘되려면 모성을 보호해주는 환경 역시 뒷받침되어야 한다. 하지만 현실은 만만찮다.

　유부녀, 유부남, 독신녀, 독신남 중 행복지수가 가장 낮은 그룹은 누구였을까? 너무 쉽게 정답이 예측되어 슬플 지경이다. 당연히 유부녀였다. 우리 사회에서 유부녀로서 해야 할 의무감과 책임감, 그리고 구속감이 다른 포지션보다 더 크기 때문이다. 엄마로 살아간다는 것은 끝없는 자기희생을 전제로 언제든 가족을 위해 전방위로 뛰는 플레이어가 되어야 한다는 것을 의미한다. 상황에 따라서 멀티형 해결사까지 되어야 한다. 게다가 1:1 결합의 의미를 더 크게 두는 서양의 결혼제도와 달리 1:다 결합의 의미가 더 큰 우리나라 결혼제도하에서는 여성은 많은 역할들을 부여받고 그것을 완수해내기를 요구받는다.

　많은 여성들이 일과 가정을 병행하고 있다. 실질적으로 경제생활을 하는 여성들의 땀이 없으면 가정생활을 영위하는 게 많이 어려운 세상이다. 외줄타기처럼 힘겨움을 감내하면서 맞벌이를 하는 여성들을 많이 보아왔다.

　솔직히 여성들이 가정과 일을 병행할 때 다른 가족의 지지와 원조가 없다면 불가능하거나 힘겨울 수 있다. 여성들이 사회에 뛰어드는 만큼 남성들 역시 가정에 몰입해야 한다. 혹자는 여성에 대한 배려책들이 역차별을 일으켜 남성들의 희생을 전제로 하는 포퓰리즘이라고 공격할 때가 있다. 이런 논란을 불식시키기 위해서라도 여성을 후원하는 남성들에게 이익을 주는 정책을 만들어야 할 것이다. 양성의 둘로 나눠진 것이 아니라 인간은 원래 하나였다. 사회든 기업이든 남성이 여성을 후원하는 행동을 촉진하고 보상하는 제도가 마련되어야 이 세상은 보다 완벽하게 행복해질 것이다.

여성들도 성공하려면 성 대결까지 불사해야 하는 무한질주의 경쟁 시대를 맞이했다. 아직도 여성과 모성이 약점이 되는 사회가 지금의 한국인 것만은 사실이다. 하지만 여성성과 모성을 바탕으로 성공한 여성 리더들이 많이 출현했고, 그녀들이 많은 변화를 이끄는 것도 사실이다.

나 역시 여성들의 의미 있는 모델이 되고 싶다. 나는 가끔 나의 어머니처럼 내 딸들에게 삶의 지표를 제시해주고 본이 되고 있는지 생각해 보곤 한다. 그러나 아직은 너무도 부족한 어머니라고 고백할 수밖에 없다.

나는 어려운 위기가 처했을 때 운이라든지 여자임을 빌려 도망간 적이 한 번도 없었다. 여자라는 단점을 장점으로 바꾸어 성공의 발판으로 만들기 위해 더욱 노력해왔다. 우리나라에서 여성으로 살아가는 많은 후배들에게 꼭 해주고 싶은 말이 있다. 유연한 사고로 세계 속에서 나의 영역을 넓혀나가는 것도 중요하지만 어떤 경우에도 여성스러움을 버리지 말라고 말해주고 싶다. 남자들과의 대결이나 전투 모드만이 승리의 요건은 아니다. 마지막으로 여성인 자신을 어떤 경우에도 믿어보라고 말해주고 싶다. 무한한 가능성과 타자에 대한 따뜻한 이해, 결코 포기하지 않는 도전의식을 품는 존재는 바로 여성밖에 없기 때문이다.

미래학자 존 나이비스트의 주장처럼 21세기는 감성Feeling, 상상 Fiction, 여성Female의 3F가 주도하는 시대다. 여성들이 부드러운 카리스마를 발휘하며 새로운 형태의 리더십을 보여주는 것에 국민들은 환호하기 시작했다. 정치권도 어느새 그런 여풍을 자연스레 받아들이고 전략적으로 활용하기도 했다. 해외에서도 여성 정치인들의 활약은 눈부시다. 포브스가 선정한 '세계에서 가장 영향력 있는 여성'의 상위 그룹 모두가 여성 정치인들이었다.

권위와 힘으로 지난 세기를 지배했던 남성 리더십만으로는 경험과 창의성이 중시되고 정보가 빠르게 고유되는 지식사회에서 살아남기가 어렵다. 따라서 수평적이고 온화한 문화에서 비롯된 포용, 섬김, 배려, 섬세함, 따스함 등 감성을 강조하는 여성 리더십이 필요하다. 첫 여성 대통령 시대를 맞은 요즘 대한민국은 어느 때보다 여성의 이러한 강점이 부각되는 시기다. '힐링의 시대'에 부드러운 카리스마로 소통하기를 주저해 마지않는 여자들의 '이유 있는 활약상'은 더욱 늘어날 것이다.

지구상에 귀중한 생명체를 탄생시키고 성장시키는 여성은 강한 생명력과 힘을 가지고 있다. 자녀와 남편, 인류를 이끌어가는 리더가 될 충분한 자격을 갖고 있다. 여성이 갖춘 출산과 모성본능 그로 인한 예민한 감각과 다각적인 정보 처리능력은 이 시대에 꼭 맞는 리더의 역량이다.

사실 세계 역사를 되돌아볼 때 많은 여성 리더들이 존재해왔다. 영국을 해가 지지 않는 국가로 이끈 엘리자베스 1세, 철의 여인 대처 영국 수상과 미국 힐러리 클린턴 국무장관에 이르기까지 남성과 경쟁해 탁월한 리더십을 발휘해온 여성들은 이미 수없이 존재했다.

우리나라에서도 세상의 틀을 깬 한국의 여성 1호들이 많다. 선덕여왕은 첫 여왕이었고, 박에스더는 첫 여성 미국 유학생이자 여의사였다. 전성국은 첫 여성 외교관이었고, 조배숙은 첫 여검사였다. 보아는 국내 가수 최초로 미국 빌보드 메인 앨범 차트 진입한 가수였고, 김연아는 동계 올림픽 피겨에서 첫 금메달을 땄으며, 소녀시대는 국내 가수 최초로 미국 지상파 토크쇼에 출연했다.

그런 여성 리더가 아니더라도 이미 우리나라에서도 여성의 재능과 잠재력에 대해 예전과 달리 많이 인정하고 있다. 드라마에서조차도 전업주부를 찾아보기 힘들다. 전문직 여주인공은 물론 조연들도 가사도우미, 운전기사, 청소부로 씩씩하고 당당하게 산다.

1인 3역을 담담히 해내고 때로 좌절하면서도 사회의 편견과 유리천장을 깨고 당당히 제 몫을 감당하는 대한민국의 미래를 이끌 대한민국의 여성의 파워를 기대한다. 인고의 산물로 맺어진 자손들이 바로 우리 대한민국 여성이다.

아더왕의 마녀처럼_삶을 주도하라!

영국의 정사로 전해져 오는 아더왕의 일화가 있다.

아더왕이 전쟁 중 이웃나라 왕에게 포로 신세가 되었고 이웃나라 왕은 아더왕을 죽이려 하였다. 그러나 아더왕의 혈기와 능력에 감복하여 질문에 대한 답을 한다면 아더왕을 살려 주기로 하는 제안을 한다.

그 제안이란 "여자들이 정말로 원하는 것은 무엇인가?"라는 질문에 대한 답을 찾는 것이었다. 기한은 1년이고 답을 찾아오지 못한 경우 처형하기로 했다. 아더왕은 자신의 왕국에 돌아와서 모든 백성들에게 묻기 시작했다. 공주들, 창녀들, 승려들, 현자들……. 모두에게 물어 보았지만 누구도 만족할 만한 답을 들려주지 않았다.

아더왕의 신하들이 왕에게 말하기를, 정답을 아는 마녀가 있다 하여 찾아 갔다. 하지만 마녀는 답을 알려주는 대신 엄청난 대가를 요구했다. 그 대가란 아더왕의 원탁의 기사들 중 가장 용맹하고 용모가 수려한 거웨인 기사와 결혼하는 것이었다. 문제는 마녀는 지독한 추녀라는 것이었다. 꼽추였고 이빨은 하나 밖에 없었다.

원탁의 기사 거웨인은 자기가 충성을 바치는 아더왕의 목숨을 구하기 위해 그 마녀와 결혼을 하겠다고 자원했다. 결혼이 진행되었고 마녀는 아더왕이 가진 질문에 대한 정답을 이야기했다. 여자들이 정말로 원하는 것은 바로 "자신의 삶을 자신이 주도하는 것, 곧 자신의 일에 대한 결정을 남의 간섭 없이 자신이 내리는 것"이라고 말했다.

아더왕은 이웃나라 왕의 질문에 대답하였고, 이웃나라 왕은 기뻐하면서 아더왕의 목숨을 살려 주었다. 마녀는 결혼하자마자 최악의 매너와 태도로 거웨인을 비롯한 모든 사람을 대했으나 거웨인은 한 치의 성냄이나 멸시 없이, 착하게 자신의 아내로서 마녀를 대했다.

드디어 첫날밤이 됐다. 거웨인이 침실에 들어가자 평생 본 적 없는 최고의 미녀가 침대 위에서 그를 기다리고 있었다. 마녀는 자신이 추한 마녀임에도 거웨인이 항상 진실로 그녀를 대했고, 아내로 인정하였으므로 그에 대한 감사로서 이제부터 삶의 반은 추한 마녀로, 나머지 반은 이 아름다운 미녀로 있겠노라고 했다. 마녀는 낮과 밤 중 언제 아름다운 미녀로 있을 것인가를 거웨인에게 선택하라고 했다.

거웨인은 "당신이 직접 선택하세요!"라고 말했다. 마녀는 이 말을 듣자마자 기뻐하면서 자신은 "항상 아름다운 여인으로 있겠노라!"고 말했다. 이유는 거웨인이 마녀에게 직접 선택하라고 할 만큼 마녀의 삶과 결정권, 그리고 마녀 자체를 존중해주었기 때문이라고 했다.

자신의 삶의 결정권을 스스로 가지지 못하고 살아가고 있는 여성들이 한 번쯤 생각해 봐야 할 스토리가 아닐까 생각하는 일화다.

내가 진정 원하는 삶을 살기 위해서는 어떻게 해야 할까? 먼저 자신의 꿈이 무엇인지 진지하게 생각하는 시간을 가져야 한다. "대부분 사람들은 원하는 것을 보여주기 전까지 자신이 무엇을 원하는지도 모른다."라고 스티브 잡스는 말했다. 스스로 자긍심을 가져야 한다. 아무리 하찮은 지푸라기라도 어떻게 하느냐에 따라 멋진 신발도 되고, 바구니도 되고, 예쁜 조리도 되는 것이다.

자신이 원하는 꿈이 무엇인지 확연해졌다면 그 다음에는 구체적인 노력이 뒤따라야 한다. 거창한 것을 하려고 하지 마라! 내가 할 수 있는 가장 쉬운 것부터 시작하자! 내 인생 전체를 설계하고 실천해 보는 것이 필요하다. 열정을 가지고 끊임없이 도전해야 한다. 늘 공부해야 한다. 공부는 머리에서 가슴으로, 또 발까지의 긴 여행이다. 힘들지만 나를 충전시켜주는 소중한 경험이다.

자신의 삶을 자신이 주도하는 것은 자신의 일에 대한 결정을 자신이 내리는 것을 뜻한다. 자신의 존재 가치를 과감히 드러내는 것은 바로 자신이 하는 이런 '선택'으로 증면된다. 자신이 원하는 삶을 추구하는 것이 늘 쉬운 것만은 아니다. 많은 절제와 인내를 기본적으로 해야 하는 부분도 있다. 너무 몰아댈 필요가 없다. 많이 힘들면 잠깐의 힐링 타임을 갖는 것도 나쁘지 않다.

홀로 되신 후 힘들게 자식들을 키우셨던 어머니에게 그 힐링타임은 성경책을 읽는 시간이었다.

항상 기뻐하라

범사에 감사하라

쉬지 말고 기도하라

어머니의 모습을 보면서 나는 목적하는 삶 속에서 누리는 여유와 평화가 얼마나 중요한지를 알 수 있었다.

내 학창시절에 꿈을 적으라고 하면 '현모양처'라고 적는 친구들이 많았다. 나 스스로도 현모양처가 되기 위해 노력해 왔고 또 감히 '현모양처'라고 자부한다. 그런데 약사인 나는 약국에서 갱년기 증후군에 걸린 내 또래의 어머니들을 자주 보았다. 그녀들이 처녀일 때는 아버님 눈치 보느라 결혼해서는 시집살이, 남편 눈치 보고 나이 드니 자식 눈치 보느라고 처녀 때 꿈은 생각조차 못하고 평생 하고 싶은 것 못해보고 늙었다고 하소연했다.

솔직히 우리 세대 여성들이 꿈꾸었던 현모양처는 나의 노력이나 의지대로 되는 것이 아니다. 잘나가던 남편이 어느 날 사업에 실패해서 실업자가 되거나 잘 다니던 직장에서 명퇴 당했을 때 하늘이 무너진다. 설상가상 눈에 넣어도 안 아픈 사랑하는 자녀가 원하는 대학에 못 가거나 취업에 실패하거나 병이 들거나 내 마음대로 되지 않을 때 어머니는 한순간에 무너진다. '나는 무엇을 위해 살았나?' 하는 자괴감이 들고 결국 남는 것은 허탈감, 무기력증, 우울증, 불면증, 몸의 병, 그리고 마음에는 상처만 남는다.

현모양처는 여성이라면 가져야 할 당연한 소양이지 꿈이 돼서는 안 된다. 내 자신이 무엇을 하고 싶은지? 무엇이 되고 싶은지? 어떤 일을 할 때 나의 심장이 떨리는지, 행복한지 생각해 보아야 한다.

　나이를 불문하고 꿈이 있는 한, 꿈을 꿀 수 있다면 "청춘"이라고 한다. 대한민국의 여성이 자신의 꿈을 꾸고, 꿈을 이루며 행복한 삶을 산다면 가정도 남편도, 자녀도 함께 행복해지지 않을까?

　"자기 사업에 근실한 자는 왕 앞에 선다"는 잠언 구절이 있다. 일을 통해 명예와 존경, 존엄성을 동시에 얻을 수 있다는 것이다. 일은 곧 그 사람의 인생이다. 사람은 일을 하면서 자신의 인생을 살아간다. 일 따로 인생 따로가 아니라 일이 곧 인생이다. 나는 여성들이 원하는 일을 하면서 그 일을 통해 그녀들의 인생이 보다 알차고 아름답게 되기를 바란다.

행복한 인생을 위한 처방전

가정이라는 힐링센터로 건강하게

내가 중학생이던 시절은 책이 매우 귀했다. 여름 방학 독후감 숙제를 하기 위해서 처음으로 남산도서관을 찾아간 적이 있었다. 새벽 6시임에도 불구하고 이미 도서관 입구에서부터 기다리는 사람들의 줄이 죽 늘어져 있었다.

'참 부지런하게 사는 사람들이 많구나!'라고 생각했다. 오랜 시간이 걸려 겨우 도서관에 들어갔던 나는 그 다음 날부터는 새벽 5시쯤에 남산도서관으로 갔다. 좋은 좌석을 차지하고 앉아 그곳에서 숙제도 하고 책도 원 없이 읽곤 했다. 어느새 중학교 3년 내내 여름방학마다 남산도서관에 가는 것이 당연한 일과처럼 돼 버렸다.

지금 생각하면 오늘의 나를 형성하고 있는 지식과 생각들 중 많은 것들이 그 시기에 충전된 것들이다. 평생 읽은 명작의 대부분도 이때 탐독한 것들이다.

그때 읽은 명작 중 하나가 프랑스 소설가 생텍쥐페리의 『어린왕자』였다. 아주 작은 떠돌이별에서 자존심 강한 장미꽃 한 송이와 함께 살던 어린왕자는 장미꽃의 투정에 마음이 상해 그 별을 떠났다. 여행 중에 어린 왕자는 여러 별을 거쳤고 그 과정에서 왕과 허영심 가득한 남자, 주정뱅이, 상인, 가로등 관리인, 지리학자 등 이상하고 다양한 어른들을 만난다.

내가 특히 기억나는 대목은 어린 왕자가 여우를 만나 여우에게서 "길들인다."는 것의 의미와 거기에 깃든 책임을 배우는 장면이다. 또한 "그 꽃이 소중한 이유는 내가 그녀를 길들였기 때문이야!"라는 어린 왕자의 말이 가장 기억에 남는다.

여우는 어린왕자에게 '잘 보려면 눈이 아니라 마음으로 보아야 한다.'는 것을 가르친다. 그제야 어린 왕자는 정원을 가득 메운 장미꽃들보다 자신과 관계를 맺은 장미꽃 한 송이가 더 소중하다는 것을 알게 됐고, 자존심 강하지만 한없이 약한 장미꽃에 대한 책임을 다하기 위해 자신의 별로 떠났다. 인간들이 맺는 다양한 관계의 중요성과 책임을 나는 이 소설에서 확실히 배웠던 것 같다.

올해 결혼 30주년을 맞은 내 곁을 어린왕자처럼 지켜준 남편에게 나는 늘 고마움을 느낀다. 대학 2학년 때 대학생 선교회에서 처음 만나 '형제님!', '자매님!'하면서 지내다가 부부라는 인연으로 맺어져서인지 지금도 우리 부부는 30년 지기처럼 서로를 잘 이해하며, 다정하게 살고 있다.

무엇보다 우리는 마음이 정말 잘 통하는 사이다. 나는 결혼생활을 하면서 힘들 때마다 "길들인다!"는 여우의 말을 떠올렸다. 나의 가족, 나의 남편에게 책임을 다하려고 노력해 왔다. "나만의 어린왕자"인 남편은 지구상 아니 우주 전체에서 유일하게 "길들여진" 나의 남자다.

가정 속 인간관계가 확장이 되면 그것이 사회적 인간관계, 더 나아가 국가적 인간관계가 된다고 나는 믿는다. 아내와 남편처럼 수평적인 대등관계도 있고, 부모와 자녀 혹은 형제처럼 서열관계도 있다.

그중에서도 부부의 관계가 원만하고 화평하면 나머지 인간관계 역시 잘 이끌어낼 수 있다고 나는 확신한다. 불화한 부부는 자신의 아이들에 대한 책임감이 결여되거나 아이들을 잘 이끌어갈 수 있는 장악력이나 소통력이 부족할 수 있다. 사이좋은 아버지와 어머니의 모습을 보고 자란 아이들이 이 사회 속에 나가서도 좋은 인간관계를 맺을 수 있는 법이다.

우리 모두 '부부'의 의미를 잘, 올바르게 새길 수 있어야 한다. 과연 부부는 무엇일까?

원래 인간은 지금 크기의 두 배였는데 너무 크고 교만해서 신이 그 절반을 갈라 남녀가 생겼단다. 인간이 자신의 분신 같은 반쪽을 그토록 찾아다니는 이유는 완전해지기 위해서라고 플라톤은 말했다.

이렇게 평생 자신의 반쪽을 만나지 못하는 사람도 있고, 만났지만 금세 헤어지는 사람도 있다. '그리워하는데도 한 번 만나고는 못 만나게 되기도 하고 일생을 못 잊으면서도 아니 만나고 살기도 한다.'라는 피천득 선생님의 글처럼 반려의 존재는 그처럼 소중하다.

하지만 요즘 많은 사람들이 부부라는 이름으로 살다가도 서로 어긋나는 부분을 발견하고 갈등하다가 결국 헤어지곤 한다. 처음에 매력적으로 다가왔던 '상대방의 다름'이 나중에 정말 견디기 힘든 것이 되어 헤어지기도 한다.

'아름다운 구속'이라는 말이 있다. 하지만 나는 이 말에 어폐가 있다고 생각한다. 구속은 결코 아름답지 못하다. 구속이 집착이나 다른 이의 성장이나 자유를 허용하지 않는 독점욕이 되어 서로를 힘들게 하는 경우가 많다. 서로의 '다름'을 무조건적으로 지우라고 하거나 일방적으로 한편을 받아들이라고 하는 것도 구속이다. 사랑하려면 그의 혹은 그녀의 절대적인 지지자가 되어야지 구속자가 돼서는 안 된다. 사랑은 제로섬 게임이 돼서는 안 된다. 윈윈 전략이어야 한다.

신이 인간을 반으로 가른 이유가 '교만' 때문이라는 것에 주목해야 한다. 사랑할수록 서로 겸허해지고 욕심을 부리지 않아야 한다. 사랑은 오로지 내가 다 가져야 하는 '욕망'이 아니라 서로를 성장시킬 수 있을 거라는 '희망'이 돼야 한다. 제대로 사랑해야만 인간은 비로소 완전해진다.

나는 가정이 서로의 상처를 보듬고 좋은 관계를 회복시켜주는, 하나님이 선물로 주신 '힐링센터'라고 생각한다. 가정은 사랑과 이해와 지지를 얻을 수 있는 최후의 보루 같은 곳이다. 가족은 가정에서 재충전을 함으로써 다시 한 번 더 바깥세상에 맞설 용기를 얻는다. 자신을 응원해 주는 따뜻한 마음과 웃음이 있기에 편안함과 즐거움을 느낀다.

뭔가 거창한 말을 하지 않아도 축 처진 어깨를 토닥여주는 따뜻한 손길, 다정한 미소가 힘을 불끈 솟아오르게 하는 곳이 바로 가정이고, 그런 교류가 가능한 사람들이 바로 '가족'이다. 가정은 밝은 에너지가 용암처럼 끓어 넘쳐흐르는 곳이 되어야 한다.

하지만 가정이 힐링센터가 아니라 오히려 상처와 불신과 이기심을 가득 싹틔우는 불행의 온실이 되기도 한다. 불행한 아버지와 어머니의 관계를 보고 자라난 자녀들은 불행한 인간관계에 익숙해져서 주변 사람들과의 관계가 원활하지 못한 경우가 많다.

불화하면서 생긴 불행한 감정은 자녀에게 고스란히 전이된다. 기분이 좋지 않은 부부가 자신의 자녀들에게 좋게 말할 리 없다. 그런 부모들의 눈치를 보고 외로움을 느끼며, 세상을 불안한 시선으로 바라보며 자라난 아이가 좋은 성인이 되기를 기대하는 것 자체가 어불성설이다.

세상에 대한 호기심도 없고, 무엇인가를 배우려는 의욕을 내기도 쉽지 않다. 발달도 느리고 공부가 뒤처지는 것은 두말할 것도 없다. 요즘 사회적으로 이슈가 되고 있는 아동 성범죄, 학교 폭력, 청소년 자살 등은 불우한 가정환경과 관련이 깊다. 가정을 행복하게 지키는 일은 사회, 더 나아가 세상이 행복해지는 길이다. 그렇다면 어떻게 하면 부부가 화목하고, 자녀를 더 사랑할 수 있을까?

내가 생각하기에 가족관계를 변화시키는 가장 중요한 열쇠는 가족들 각각의 '자존감'을 제일 먼저 지키는 것이다. 자신을 사랑할 줄 알아야 가족도 사랑할 수 있게 된다. 가족을 사랑하면 더 확장한 이웃도 사랑하고, 다른 나라의 사람들도 사랑할 수 있다.

또 서로가 잘 소통해야 한다. 가족들이 서로 가장 자주 털어놓는 불만은 "도대체 무슨 생각을 갖고 있는지 알 수 없다."는 것이다. 남편이니까, 아내니까, 자식이니까 말하지 않아도 상대가 자신의 기분을 너무도 잘 알고 있을 거라고 생각한다. 하지만 말하지 않는 이상 독심술을 선보이는 일은 불가능하다. 흐르지 않는 물은 썩듯이 서로 통하지 않는 마음들은 응어리로 남을 수밖에 없다.

가족만큼 심리적인 안정감을 주는 존재도 없다. 세상을 살아가는 힘의 제일 큰 원천일 것이다. 가족은 존재하는 것만으로도 힘이 된다. 가족은 어떤 경우에도 서로를 쉽게 포기하지 않는다. 가족과 함께 가면 어떤 고난도 두렵지 않다. 건강한 사회에 꼭 필요한 이타심과 희생, 협동과 신뢰의 원천을 배우는 요람이 바로 가정이다. 올바른 가족을 부활시키는 것은 국가와 공동체를 위해서는 가장 먼저 이뤄져야 한다.

긍정적이고 행복한 가족들의 밝은 에너지로 지치고 어두운 다른 가족들을 일으켜 세울 수 있다. 내 가족뿐만 아니라 다른 모습의 가족까지도 함께 살아야 이웃으로 '조건 없이' 인정해주는 사회가 아름다운 사회다.

부모는 자식의 거울이라는 말을 난 믿는다. 부모가 올바르게 살면 자녀들은 감히 허튼 길로 갈 수가 없다. 만약 궤도를 이탈하더라도 금세 다시 복귀하기 마련이다. 이것이 좋은 가족이 가진 회복력이고 탄성이다. 우리 형제들은 좋은 부모님을 만났고, 비록 일찍 아버지가 세상을 떠났어도 책임과 사랑을 단 한순간도 소홀히 하지 않았던 어머니 덕분에 잘 자란 것 같다.

하나님이 인간을 사랑하시는데 인간은 그 사랑을 잘 알지 못한다. 그래서 하나님은 어머니를 보내셨다고 한다. 언젠가 들은 이야기이다. 사람은 어머니의 품에서 안식을 찾는다. 내가 그러했듯…….

아이들에게 나 역시 넉넉하게 품어주는 우주가 되고 싶었다. 나라는 우주 안에서 가끔 비를 맞아 젖기도 하고, 강풍에 잠깐 넘어지더라도 나의 부모님이 그러했듯 반짝이는 북극성을 띄워 아이들에게 보여줘야 했다. 세차게 넘어진 내 아이들의 무르팍이 덜 까지도록 향내나는 들풀이 되어줘야 했다. 결혼 후 고된 시집살이로 힘들었던 나를 당시 버티게 해준 힘은 내가 두 딸의 어머니라는 사실이었다.

나의 딸들은 착하고 남을 배려하는 성품을 가지고 있다. 큰딸이 초등학교 졸업할 때의 일이다. 어느 날 동네 아주머니가 약국에 커다란 졸업선물을 들고 오셨다. 큰딸에게 고맙다는 말을 꼭 전해 달라고 했다. 사연을 물으니 자신의 딸이 자폐증이 있어 학교에서 왕따를 당하고 말도 잘 하지 못했는데 담임선생님이 반에서 제일 착한 큰딸과 짝을 맺어 주어 증상이 완화되어 무사히 중학교에 진학하게 되었다고 했다.

가만히 생각해보니 지난 일 년 동안 학교 준비물을 두 개씩 준비해 가곤 했는데 내가 무심코 지나쳐 버렸던 것이 생각났다. 짝꿍이 선생님 말씀을 잘 알아듣지 못해 준비물을 잘 안 가져오니 말없이 준비하여 친구를 돌봐 준 것이다. 나는 집에 가서 큰딸에게 선물을 전해주며 자세히 물어 보니 친구를 도와주는 것이 당연한 게 아니냐고 오히려 반문했다. 나는 잘 자라준 딸을 보며 감사를 드렸다.

자신의 일들을 자율적으로 척척 해내는 딸들을 보면서 난 가끔 미소를 짓는다. 어머니도 어린 나를 볼 때 이런 대견한 마음이셨을까. 힘들더라도 바르게 걷고자 하는 부모의 뒤를 총총거리며 따라오는 자식들을 돌아보았을 때 느끼는 자부심이란 이런 게 아니었을까.

남편과 나는 우리 가정을 가족들이 상처 받고 힘들 때 위로받고 회복하는 곳으로 잘 가꾸어 왔다고 자부한다. 가정이 최고의 힐링센터가 되는 일은 그다지 어려운 것이 아니다. 서로가 다름을 인정하고 많은 달란트를 가진 사람이 아닌 구성원에게 나눠주고 격려하면 된다.

가장 행복해야 할 귀한 사람

이 세상에서 가장 행복해야 할 귀한 사람은 누구일까? 이기적인 생각인지는 모르지만 나는 바로 나 자신이라고 생각한다. 하지만 가장 행복해야 할 귀한 우리들은 스스로 그런 줄을 잘 모르는 것 같아 안타깝다. 괜히 열등감에 사로잡혀 스스로를 불행하게 만드는 사람들이 의외로 많다.

인생에서 가장 떫은 감은 '열등감'이고, 가장 맛 좋은 감은 '자신감'이다. 따지고 보면 세상 모든 문제의 근본원인은 열등감에서 비롯된다. 부부의 불화, 인간관계의 불화도 그 근본원인을 들여다보면 열등감 때문이다. 열등감에 묶여있는 사람은 자신을 제대로 사랑하지도 못한다. 자신을 있는 그대로 사랑할 수만 있다면 열등감의 대부분은 해결할 수 있다.

사실 열등감은 느낌이지 어떤 실체가 아니다. 그 열등감은 자기 자신이 허락하지 않으면 느낄 수 없는 감정이다. 내가 그렇게 생각하지 않으면 아무도 나에게 강요하지 않는 것이 열등감이다. 즉 열등감은 자기가 탄생시킨 자신의 분신 같은 것이다.

그런데 희한한 것이 가정형편이나 학력, 가진 것 등 외적인 조건을 따지면 열등감에 빠져 불행한 삶을 살 법한 사람들이 의외로 행복하게 살고, 정말 모든 것을 다 갖춘 사람들이 오히려 불행하게 사는 모습을 보인다는 것이다.

객관적으로 적게 가졌는데도 행복해하는 사람들은 절대 자신이 가진 게 적다고 생각하지 않았다. 현재의 모든 것을 수용하고, 감사해하며, 늘 기쁨을 느끼는 삶을 살았다. 많이 가졌지만 불행한 사람들은 행복의 기준이 자기 자신한테 있지 않다. 남의 시선이나 사회적인 기준부터 생각한다.

'남들에게 내가 어떻게 보일까?'에 집착하고 좋은 인상을 주기 위해 온갖 노력을 마다치 않는다. '조명 효과'라는 심리학 용어가 있다. 자신을 연극 무대에 선 주인공인 것처럼 생각하는 것이다. 무대에 오르면 주인공에게 스포트라이트가 쏟아지고, 관객들이 주인공만 주시한다. 이때 주인공처럼 조명을 받고 있다고 착각하면서 다른 사람들의 시선에 민감하게 신경 쓰기 때문에 내적인 감정을 중시하기보다는 겉으로 자신을 포장하려 든다는 것이다. '내가 누구인가?', '나는 행복한가?'보다는 '나를 어떻게 볼까' 하면서 남에게 드러나는 자신의 이미지에 더 집착한다. 그런 사람들의 마음속에는 다른 사람이 나를 떠나갈까 봐 두려워하는 마음이 강하다.

자신이 상대방에게 사랑받을 만한 가치가 없다는 자기 비하와 열등감, 죄책감을 가진 사람들은 항시 사람들이 자신을 싫어하고 떠날지 모른다는 본능적인 두려움을 갖고 있다. 정작 주시해야 할 것은 자신의 내면이다. 스스로를 들여다보자. 두 발로 땅을 디디고 살고 있다는 안정감과 자신감을 느껴보자. 그리고 스스로 사랑하는 마음을 가져보자. 남들의 시선에 목숨 거느라 너무 외양을 속이게 되면 내적 성숙을 위해 투자할 수 있는 에너지가 줄어든다.

슬럼프에 빠진 사람들에게 자신을 비하하는 말을 삼가라고 조언하는 이유가 있다. 그런 말을 내뱉는 순간 진짜 그렇게 되는 경우를 자주 본다. '나는 너무 새가슴이야!', '내가 잘해봤자 인정이나 해주겠어?'라며 자신이 능력이 있음에도 자신의 안에서 나오는 소리는 귀담아 듣지 않고, 남의 말에 확성기를 달아줌으로써 마음속 괴물을 더 키워서는 안 된다.

일반적인 열등감은 이상의 나와 현실의 나 사이의 괴리에서 온다. 이 괴리가 자부심으로 채워지면 열등감은 자연스럽게 극복된다. 열등감이 성장의 동력이 되기 위해서는 자기 자신을 믿고, 더 사랑해야 한다. 요즘 젊은이들은 전체적으로 너무 미래에 대한 불안감과 현실에서의 좌절감을 깊이 껴안는 것처럼 보인다.

"Rejoice O Young Man In Thy Youth젊은이여, 젊음을 기뻐하라."

- 전도서 -

젊음을 기뻐하고 더 사랑하라는 소리는 '청춘'이라는 시간을 힘들게, 거추장스럽게 빠져나오고 있는 젊은이에게는 씨알도 안 먹히는 소리일 수도 있다. 토익점수와 자격증, 어학연수 등 스펙 쌓기에 여념 없는 '88만원 세대'들이 싫어하는 소리들이 기성세대들의 '아프니까 청춘이다.'라는 말이라고 한다.

한때의 히트 상품이 '멘토', '멘토링'이라고 한다. 기성세대들이 갖은 폼을 잡은 채 청년들에게 그저 그런 범용 명언들을 쏟아붓는다고 모두가 멘토가 될 수 없다. 기성세대의 '헝그리 정신'이 지금 청년들에게는 왜 없냐는 나이 먹은 '꼰대'의 고리타분한 도전 얘기는 더 이상 젊은이의 심금을 울리지 못한다.

난 요즘 진정으로 젊은이의 성장과 발전을 도모해주는 멘토들이 과연 있기나 한지 의문스럽다. 이미 요즘 청년들에게 청춘의 상징인 낭만과 꿈, 사랑과 도전은 죽은 단어가 돼버린 것 같다. 그들 말대로 꼰대 축의 나이가 된 나는 그들에게 아파보라는 말을 쉽게 할 수 없다. 될 수 있으면 안 아픈 게 좋다는 것이 약사로서도 하고 싶은 소리다.

물론 존경하는 기성세대들의 진한 경험담을 듣는 것은 나쁘지 않다. 하지만 그 경험담을 내 인생에서 그대로 따르거나 인용할 필요는 없다. 다양한 멘토들의 이야기를 섭취하는 것은 과히 나쁘지는 않지만 판박이처럼 찍어낸 조언은 힘든 청춘을 일으킬 수 있는 실질적인 힘이 없을 수 있다. 왜냐하면 그건 '그들의 이야기'이기 때문이다. 개인의 인생에는 그들만의 스토리와 환경이라는 것이 존재하기 때문이다. 삶의 조건들이 지금 나와는 현저히 다른 그들의 경험담은 그저 참조용으로만 써야 한다.

세상을 살아가면서 나를 이해하고 조언하고 격려해 주는 멘토는 인생 전 영역에 걸쳐 꼭 필요하다. 멘토가 아주 '위대하거나', 아주 '훌륭한' 사람일 필요는 없다. 가까이에 있는 나를 알고 나를 이해해 줄 수 있는 좋은 사람이면 충분히 나의 멘토가 될 수 있다. 자녀양육, 직장생활, 부부관계, 건강관리, 재산관리 등을 가까이에서 조언을 쉽게 건네줄 수 있는 선배 정도면 충분히 멘토라 불러도 무방하다.

내게 있어서 제1의 멘토는 바로 어머니다. 과연 지금의 내가 우리 어머니처럼 내 딸들에게 삶의 지표를 제대로 제시해주고 좋은 본이 되고 있는지 궁금할 때가 있다. 나의 어머니에 비한다면 나는 정말 부족하기 짝이 없는 엄마임을 고백할 수밖에 없다.

올해 여든네 살이신 어머니는 하나님의 은총으로 다복하고 건강한 노후를 보내고 계신다. 어머니로서도 존경스럽지만 여성으로서도 매우 존경한다. 내가 그분의 딸인 것이 자랑스러울 정도로 어머니는 훌륭하게 삶을 살고 계신다.

서른두 살이라는 한창 나이에 청상이 되신 어머니는 6남매를 홀로 키우면서도 늘 최선을 다하셨다. 명절이나 생일, 성탄절 등 기념일마다 출근하기 전 직접 편지를 써서 우리들 머리맡에 놓고 가셨다. 늘 받기만 하고 답장을 쓰지 못했던 것을 어느 해 어버이날에 감사 편지를 써서 드렸더니 정말 기뻐하셨다. 나는 어머니로 인해 이 세상의 모든 어머니를 위대하고 경이로운 존재로 느끼게 됐다.

이처럼 저명한 인사가 아닌 나와 크게 다르거나 멀지 않은 삶의 궤적을 가지고 살아간 이웃들의 친근한 이야기는 내 삶과 훨씬 가까워 쉽게 공감할 수 있다. 멘토로 인해 용기를 얻었다면 당신도 역시 누군가의 소중한 멘토가 되어줄 수 있다. 하지만 100세 시대를 맞아 긴 세월 동안 변화에 잘 적응하면서 스스로 문제를 풀어가야 하는 시대에는 최상의 가장 좋은 멘토는 바로 자기 자신이다. 자신이 바라거나 믿는 바를 말할 때마다 그것을 가장 먼저 듣는 사람은 바로 자기 자신이기 때문이다.

'내가 이룬 성공은 든든한 후원자 한 명 덕분이다. 실패와 좌절을 겪을 때마다 그는 언제나 따뜻한 위로와 격려를 보내주었다. 그가 내미는 손에 힘입어 나는 넘어진 자리에서 다시 일어설 수 있었다. 변함없이 나를 지켜준 후원자, 그의 이름은 내 마음 속의 자아다.'

자신의 소신과 열정이 보태져야 성공한 삶을 살 수 있다는 것을 나타내는 문장들이다. 자신의 삶을 스스로 잘 살 수 있다는 믿음이 가장 필요하다. 믿음은 내면에서 용기를 만든다. 용기가 단단해지면 열정이 생기고 내 삶을 주체적으로 살 수 있는 힘을 만든다. 힘이 강건한 의지가 되고 결국 스스로가 세상에 보탬이 되는 사람이 되도록 만든다. 인생의 목표를 정하는 것도 용기가 필요하다. 그 용기만 가질 수 있다면 능히 세상을 바꿀 수 있다. 나는 나일 때 가장 빛난다. 누구도 다른 이의 아바타로는 살 수 없고, 살기를 바라지도 않는다.

서열화된 대한민국에 살고 있는 청춘은, 2등부터는 누구나 열등감으로부터 예외가 아니다. 심지어 1등인 사람도 다른 기준에 의해 열등감을 품을 수 있다. 사회가 요구하는 스펙과 시스템에 프로그램화된 채 자신과 사회에 대해서는 너무 무지한 상태로 살아가는 것보다 자신이 뭘 좋아하는지, 뭘 잘하는지, 무엇을 하고 싶은지를 스스로에게 자문하고 답을 구하는 것이 자기 멘토링이다. 자신에 대해 무지한 사람이 타인이나 사회에 관심을 가질 수 있다는 것은 어불성설이다.

공자는 스스로 묻는 자만이 깨달음을 얻을 수 있다고 말했다. 남이 가는 길이 다르다고 해서 두려워하지 말라! 자신의 빛깔을 가지고 살아가는 것은 쉽지 않기에 더욱 빛나는 법이다.

자존감이 높은 사람은 무시를 당하여도 쉽게 상처받지 않는다. 오히려 상대방에게 연민을 보낼 만큼 넉넉하다. 자존감이 낮은 경우 자기는 불행하며 그 원인이 타인에게 있다고 생각하기 쉽다. 자존감이 낮은 사람은 대부분 가정에서 사랑과 존중을 받지 못한 경우가 많다.

게다가 자존감이 낮은 사람들의 대부분은 자존감을 뒷받침할 실력이 턱없이 부족하다. 뭐라도 하나 잘하는 것이 있는 사람들은 현격하게 낮은 자존감을 가진 경우가 드물다. 운동선수가 공부를 못했다고 자존감이 낮지 않고, 완전 몸짱에 몸치여도 수재 중의 수재라면 그만의 자존감을 기를 수 있다. 물론 반대도 드물다. 완벽하게 다 가진 것 같은 사람도 자존감이 낮을 수 있다. 그러나 그것은 아마도 품성의 문제일 것이다.

젊은이들이 무엇이든 시도해보고 경험해보길 바란다. 도전은 단지 힘들 뿐, 무서운 것이 아니다. 주어진 인생만 살 것이 아니라 인생이라는 것을 거침없이 헤쳐 나가는 묘미를 찾길 바란다. 만약 당신이 부모라면 자녀 '앞에서'가 아니라 '옆에서' 지켜주어야 한다.

자존감은 나를 소중하게 여기는 마음에서 나온다. 자존감이 높은 친구들은 어떤 일을 잘 못하더라도 자신을 있는 그대로 인정하고 마음에 들어 한다. 못하는 것도 있는 나지만 세상에 하나뿐인 나이기에 소중하다고 말한다. 반면 자존감이 낮은 친구들은 "나를 사랑하는 기준이 자신에게 있지 않고 남에게 있기 때문"에 남의 눈치만 보고 남의 시선에 엄청난 자괴감과 열등감을 느낀다.

자기만의 방식으로 길을 찾아 나선 젊은이들은 자존감이 낮아질 수가 없다. 그가 성공의 목적지에 도착했든 아니면 아직도 그 여정에 있든 간에… 만약 행로를 잘못 들어서도 중간에 포기하는 것이 아니라 궤도 수정을 통해 좀 더 원활하게 도착할 수 있다.

'나는 가치 있는 존재이며 마음에 무한한 지혜와 잠재력과 사랑으로 가득하다.'

이 믿음을 갖게 되는 순간 많은 것이 달라진다. 외부 상황과 조건에 쩔쩔매는 못난이가 아니라 어느 정도 삶을 통제하고 긍정적이고 행복한 삶을 창조할 수 있는 거인으로 변한다.

몸과 마음의 힐링 디톡스법

사람들을 아프게 만드는 것들이 많아진 세상이 됐다. 그 아프게 하는 것들은 종류를 막론하고 '독소'다. 환경오염과 방부제와 착색제 같은 유해물질, 정크 푸드 등 좋지 않은 것들이 몸을 병들게 하는 것들이라면 서로에게 주고받는 거친 말과 되돌려주지 못하는 배려심과 강퍅한 이기심 같은 눈에 보이지 않는 것들은 마음을 병들게 하는 것들이다.

몸과 마음에 쌓인 독소를 내보내야 그 자리에 행복과 건강이 깃들 수 있다. 특히 마음 따라 몸의 건강도 달라진다고 생각한다면 마음건강을 돌보는 것이 얼마나 중요한 일인지를 알 것이다. 정신신체의학 mind-body medicine이라는 영역이 있다. 말 그대로 몸과 마음의 상호작용을 연구하는 분야다. 이제야 서양의학에서 나온 이론이지만 동양의학에서는 고래로 몸과 마음은 하나라는 주장이 자연스럽게 존재했었다.

아주 오랜 옛날 신들이 회의를 열었다. 그들은 인간의 생명을 어디에 숨길까 하고 심각하게 갑론을박했다. 그때 어느 신이 묘수 하나를 냈다. 그의 제안은 단순하면서도 효과만점이었다. 무엇이든 먼저 갖고자 서로 다투고 시기와 질투를 하는 인간들의 마음속에 그 '생명'을 숨기기로 한 것이다. 마음을 건드리면 생명까지 다칠 수 있게 되자 사람들은 자기 마음뿐만 아니라 남의 마음도 조심스레 다루려 애쓰기 시작했다. 마음을 잘 다스리는 것이 잘 사는 것이라는 걸 알려주는 우화다.

요즘 현대인들은 마음이 고삐가 풀려 자기 스스로 통제가 안 되는 모양새로 살아간다. 분노 살인도 많고 묻지 마 살인도 난무한다. 층간 소음 때문에 멀쩡한 남의 집 귀한 형제를 죽이기도 하고 모르는 사람들을 그냥 자신이 화가 난다고 해서 무차별적으로 폭행하거나 살인한다. 걸핏하면 욱하는 사회가 됐다.

우선 몸의 건강을 챙기려면 불필요한 살을 빼야 한다. 원래 보태는 것보다 비우는 것이 더 힘든 법이다. 사람살이가 다 그렇다. 욕심도 덜 부리는 게 더 어렵다. 불필요한 것들이 쌓이면 소통이 안 된다. 여러 가지 오해와 왜곡들이 마음의 소통을 가로막는 것처럼 지방덩어리들은 몸 안의 신진대사를 방해한다.

내보내고 비울수록 행복해진다. 몸과 마음에 쌓인 노폐물을 내보내고 깨끗하고 확실한 '비움'을 통해 건강뿐만 아니라 삶에 대한 만족과 행복까지 찾을 수 있다.

디톡스를 잘하기 위해서는 음식들을 잘 선별해서 먹는 것도 중요하다. 고기, 밀가루 음식, 설탕, 지방 성분이 많은 음식들을 자제해야 한다. 신선식품, 효소, 보양식들을 잘 챙겨먹는 것도 중요하지만 더 중요한 것은 지금 내 몸의 상태를 잘 파악하여 현재 가장 필요한 영양소와 양을 조절하는 것이다.

몸의 디톡스만큼 마음 디톡스도 잘해야 한다. 생각 디톡스로 우울에서 벗어나는 것은 건강을 위해서도 중요한 일이다. 마음먹기에 따라 호르몬이 달라진다. 스트레스를 받으면 살이 찐다든지, 식욕 억제가 원활하지 못했던 경우를 떠올려 보라!

엄청나게 과한 욕망 따위도 버려야 한다. 이기적인 욕심이 사람과의 관계를 망치게 하고, 결국 나를 고독하고 불행하게 만드는 것이다. 자식의 성적이나 출세, 미래에 무리한 욕심을 가진 부모들과 자식들이 갈등을 빚다가 어느 일방이 불행한 결말을 맞이한 사례도 많다.

요즘 부모들은 한둘만 낳다 보니 자녀를 무척 애지중지한다. 아이가 학교에서 교사나 친구로부터 맞고 오는 것 자체를 보지 못해 스스로 나서서 교사와 친구를 응징하는 열혈 학부모들도 많다.

자신의 아이가 경쟁에서 지는 것도 못 본다. 삐뚤어진 자기애가 이상하게 자녀에게 투영된 것이다. 빚을 내서라도 좋은 옷 입히고, 맛있는 것만 먹이고, 온갖 학원 보내고, 국내서 좋은 대학 못 갈 것 같으면 유학도 서슴지 않고 보낸다. 이런 부모의 지독한 사랑 속에서 자란 아이들이 얼마나 자율적일 수 있을까? 그들은 스스로 뭐 하나도 하지 못하는 아이로 자라날 수밖에 없다.

남과 비교하며 만들어 가는 병적인 질투심과 '기왕이면 앞서가야 한다', '남보다 뒤처지지 말아야 한다'는 강박증이 마음의 소음들이다.

사교육 열풍, 부동산 광풍, 조기 유학, 명품병, 호화 결혼식, 과다 혼수 등이 그 소음의 잔재들이다. 성장의 동력일 수도 있지만 지나치면 심각한 고질병으로 변하는 질투심, 샘내기 강박증도 소음이다. 내 몸속에 소음이 많으면 인간은 고통스러울 수밖에 없다.

불필요한 욕망과 영양소를 버려야 건강해지는 것은 이미 성경 말씀에서도 잘 드러나 있다.

'만나manna'는 하나님의 양식을 가리킨다. 흰 서리같이 고왔고 진주 같은 모양인 만나는 이스라엘 백성이 광야 40년 방랑 생활 동안 하나님으로부터 공급받았던 특별한 하늘 양식이었다. 그러나 하나님은 장장 40년 동안 만나를 내렸지만 결코 하루치 이상을 거둬가도록 두지 않았다. 만약 이틀 치라도 욕심을 내는 사람이 있다면 바로 다음 날 썩은 내를 맡아야 했다.

욕심을 가지면 초심을 잊어버리고 기본적인 것을 어기게 된다. 이틀, 삼일 치를 가진 사람은 점점 부유해지고, 하루치에도 만족했던 사람들조차 만족과 기쁨을 모르게 되고 많이 가져서 교만해진 자들을 질시하고 원망하게 될 것이다. 무엇보다 만나를 준 존재 자체에 대한 고마움을 잊게 될 것이다.

이 세상에서 가장 부유한 사람은 자기가 가진 것으로 만족하는 사람이다. 오프라 윈프리는 "살면서 내가 가진 것들을 보면 더 많은 것을 가지게 될 것이다. 살면서 내가 가지지 못한 것들을 보면 만족이란 절대 없을 것이다."라고 말했다.

만족은 감사를 낳는다. 우리가 모든 일에 감사하며 산다면 우리의 삶이 이토록 메마르지는 않을 것이다. 너무 큰일에만 감사하려 하지 말아야 한다. 우리는 주위에 있는 모든 것들 속에서 만족을 느낄 수 있고, 세상을 살아갈 때에 불평불만만 일삼는다면 건강한 마음을 해치게 되고 우리 삶도 파괴되고 만다. 불만은 마음속에서 나쁜 에너지를 만들게 되고 결국 자신의 삶을 불행하게 한다.

불행할 때 감사하면 불행이 끝나고, 형통할 때 감사하면 축복이 연장된다. 어떤 작가는 "신은 두 곳에 계시는데 한 곳은 천국이요. 또 한 곳은 감사하는 사람의 따뜻한 마음속이다."라고 말했다.

산을 오를 때를 생각해보면 불필요한 것을 지녔을 때 얼마나 힘들 수 있는지를 잘 알 수 있다. 무거운 것을 지니고 있으면 등반하는 것이 매우 불편하다. 옷도 신발도 가볍게 하고 필요한 먹을거리만 담은 배낭을 메야 가뿐하게 오를 수 있다. 인생도 그렇다. 불필요한 것을 빼야 한다.

울타리 없는 경쟁 사회로 내몰린 현대인들이 각종 스펙을 더해 나가고, 더 많은 부를 쌓기 위해 안간힘을 쓰느라 정작 행복이 무엇인지 놓치는 순간이 많다. 권력, 금력, 정보력 등등 이 세상의 온갖 힘과 명예에 집착하며 힘겨운 삶을 이어가는 현실에서 제대로 살아가기 위해서는 더하지 말고 빼야 한다. 끊임없이 바닷물을 받아들이기만 해서 결국 죽은 호수가 되어 버린 사해처럼 욕망으로 가득 찬 우리의 삶도 언젠가 그렇게 생명력을 잃어버리게 될 것이다.

물론 무조건 내 속의 자연스러운 욕망들을 없애라는 이야기가 아니다. 소중한 것들을 잃기 전에, 필요치 않은 것들을 자발적으로 버리라는 말이다. 생각보다 우리에게는 필요 없는 것들이 많다. 아까워서 쉽게 버리지 못하는 옷이나 책 같은 물건들도 있지만 한 인간에게 품는 건강하지 못한 집착이나 미움, 과도한 애정 역시 불필요하다.

자신의 의지로 비움으로써 소중한 것들을 잃지 않을 수 있다. 가끔 불필요한 게 전혀 없다는 사람들을 보게 된다. 도대체 내 주변에 무엇이 쓸데없는 것인지 잘 모르겠다는 사람들도 있다. 그런 경우 어떻게 해야 우리의 잉여물이 뭔지 알 수 있을까? 복잡한 것을 단순화해서 바라보면 쉽게 그 잉여를 눈치 챌 수 있다. 이렇게 많아서 넘치는 것들을 치워나가면 점점 작지만 소중한 것들이 과연 무엇인지 잘 깨닫게 된다.

행복한 인생을 위한 처방전

모성이라는 아름다운 힘

　딸 둘을 키우는 엄마로서 종종 모성에 대해서 생각하곤 한다. 특히 이 세상에 '사람'이라는 존재를 내어놓는 부모, 특히 엄마의 역할에 대해 강연을 할 때에도 많이 생각하는 편이다.

　'건강 100세 시대 7대 체크리스트'라는 제목으로 강연을 할 때 종종 하는 질문이 있다.

　"부모에게 자식이란 어떤 존재인가?"

　여러분은 어떻게 생각하는가? 강연장에서 어르신들에게 나오는 답변은 대동소이하다. 한결같이 "무거운 짐이다.", "등짝에 달라붙어 있는 혹이다." 등의 부정적인 답을 한다. 하지만 그 와중에도 남들이 부러워하는 긍정적인 답변을 하시는 분들이 있으시다. 대체로 효자, 효녀를 두신 행복한 분들이 경우가 많다. 부정적으로 말씀하시든, 긍정적으로 말씀하시든 자식에 대한 이야기를 할 때면 어르신들의 눈은 그리움과 애틋함으로 쉬이 젖어 드시곤 한다. 자식이란 부모의 눈에 쐰 콩깍지가 틀림없어 보인다.

우리 속담에 "고슴도치도 제 새끼는 함함하다."는 말이 있다. 부모에게 있어 자식은 무조건 예뻐 보인다는 말이다. 이를 생물학적으로 해석하자면 자식에게 쏟는 부모의 절대적인 애정의 근원을 뇌와 호르몬의 상관관계로 이해할 수 있다. 동물 실험에서 출산 전후 뇌에서 도파민 수치의 변화가 관찰되었다고 한다. 어미가 출산 이후 새끼와 접촉하면 이것이 신호가 되어 뇌의 도파민 수치가 상승한다. 신경전달물질인 도파민의 뇌에서의 여러 가지 역할 중 하나가 고양감 즉 기분 좋은 느낌을 갖게 하는 것이다.

이는 사람에게 있어서도 마찬가지다. 아이의 웃는 얼굴은 엄마의 뇌에서 도파민 분비를 증가시켜 엄마를 행복하게 한다는 연구 결과가 있다.

도파민 외에도 부모가 되게 하는 물질은 또 있다. 바로 옥시토신이다. 옥시토신oxytocin은 그리스어의 '빨리 태어나다'라는 뜻을 가진 단어에서 그 이름이 유래하였듯이, 원래 자궁의 근육을 수축시켜 진통을 일으키고 젖 분비를 촉진하는 호르몬이며 출산 시 다량으로 분비된다. 그래서 임상에서는 출산을 유도하는 분만유도제로 사용하기도 한다. 이 옥시토신은 자궁뿐 아니라 뇌에도 영향을 미친다고 한다.

엄마의 몸속에 옥시토신의 양이 늘어나면 엄마의 모성 행동과 아기에 대한 애착 형성도가 비례해서 늘어나는 것이 관찰됐다. 옥시토신은 진통을 유도하고 젖 분비를 자극하여 엄마의 몸이 신체적으로 아이를 낳아 기를 수 있도록 도와줄 뿐만 아니라, 정신적으로도 갓 태어난 아기에게 모성애를 느끼고 애착 관계를 형성하는 데 도움을 주는 전천후 출산과 육아에 관련된 호르몬인 셈이다.

이처럼 아이의 탄생을 전후해서 부모에게서는 정신뿐 아니라 신체에서도 변화가 일어나 부모의 길을 걷게 하는 것은 신비롭지 아니한가? 부부가 아이를 낳아 키울 수 있도록 생체 내 호르몬이 변화한다니 참 신기한 일이고 감사한 일이라는 생각이 든다.

내게 자식이란? "하늘이 내려주신 선물"이다. 나는 힘들 때 딸들의 얼굴을 보면 힘이 난다. 어버이는 자식을 좋은 환경에서 키우기 위해 힘든 일도 참아가며 할 수 있다. 어버이는 자식을 위한 기도를 할 때 가장 절실하게 눈물을 흘리며 간절하게 기도한다. 만일 자녀가 없다면 이 세상의 어버이들이 그 많은 힘든 나날을 어떻게 이겨내며 살아갈까?

하지만 때론 하늘이 주신 이 선물이 때론 자신의 기대에 못 미치는 경우도 많다. 하지만 자식이란 선물이 마음에 안 든다고 바꿀 수는 없다. 부모는 내게 주어진 선물인 자식을 남과 비교하지 말고 있는 그대로 사랑하고 인정해야 행복할 수 있다. 자녀가 힘들 때 부모는 더욱 힘들고 안타까운 법이다. 자녀가 행복해하면 부모는 힘들다가도 힘이 난다. 부모에겐 세상에서 가장 약효가 빠른 "피로회복제"는 자식이다.

만일 자녀가 불효를 한다면 부모는 자신이 자녀에게 섭섭한 행동을 하지 않았나 돌아보고 먼저 자녀에게 손을 내밀고 다가서야 한다. "내 딸아, 엄마가 미안하다. 사는 것이 뭔지 바빠서 네게 신경을 못 써

주어서 미안하다, 네가 힘들 때 위로해주지 못해 미안하다. 엄마를 용서해주렴, 엄마도 그때는 최선을 다했단다. 그리고 무척 힘들었단다."

서로 소통하고 서로의 잘못을 용서해주면 눈 녹듯 앙금이 가라앉고 이해심이 들 것이다. 이런 이야기를 강연에서 하면 청중이셨던 어르신들 대부분이 눈물을 흘리신다. 지난 시간을 되돌아보고 안타까워하신다. 세상에서 둘도 없는 부모 자식 지간인데도 소통이 안 돼서 서로 상처주고 아파했던 시간들이 스쳐 지나가기 때문이다. 지금이라도 먼저 자녀의 손을 잡고 위로해주고 축복해 주자. 그래야만 자식도 부모도 모두 행복해진다.

I 제1회 의왕시여성상 신지식인부문 수상 사진(2004년)

내가 품는 믿음이 나를 키운다

"너 자신을 알라!"

소크라테스의 이 말은 틀림없는 명언이라 생각합니다. 확고한 의식을 가진 사람, 자신이 누구인지 아는 사람, 자기 안에 무엇이 있는지 아는 사람은 분명 행복한 사람입니다.

세상에는 자신의 가치를 제대로 알고, 평가하는 사람들이 그리 많지 않습니다. 자신에 대한 세간의 평가와 비교해 과하게 여기는 것도 문제지만 너무 저평가하는 것도 문제가 있습니다. 자신의 가치를 낮게 매기는 사람들은 흔히 자존감이 낮은 경우가 많습니다.

자신의 가치를 느끼는 것은 자신의 고유한 가치와 품위, 한 인격체로서의 유일성을 안다는 뜻과 상통합니다. 나의 참모습, 즉 하느님께서 만들어 주신 본래의 나를 제대로 깨달을 수만 있다면 그 사람은 더 행복할 수 있습니다.

가끔은 살아가면서 자신에 대한 믿음이 약해지는 때가 있습니다.

계획한 것도 제대로 실행시키지 못하는 자신한테 실망하는 경우도 많을 것입니다. 하지만 그렇게 자신에 대한 믿음이 시험받는 시간을 두려워하기만 하고, 회피하려고만 해서는 안 됩니다. 오히려 그 시간은 더 성장할 수 있는 기회로 여겨야 합니다.

"나는 생각보다 강하다!"

자신에 대한 믿음은 한 순간에 만들어지는 것이 아닙니다. 실망만 반복하고 끝나는 것이 아니라 그 열패감을 극복하기 위해 다시 일어나 밀어붙이는 과정 속에서 자신에 대한 믿음이 열매처럼 달린다고 생각합니다. 약해지려고 할 때마다 "나는 생각보다 강하다"를 외쳐보기를 바랍니다. 언어에는 실행력이 있기 때문입니다.

효머니스트
박덕순 약사의 편지

"웃어라, 온 세상이 너와 함께 웃을 것이다. 울어라,
너 혼자만 울게 될 것이다."
- 영화 [올드보이] 중에서

꿈은 포기하지 않으면 이루어진다

I 대한민국명강사 경진대회 우수상 수상(2016년)

　나는 어렸을 때 유달리 조용하고 수줍음이 많은 소녀였다. 삼남 삼녀 중 넷째인 나는 집에서도 순둥이라 불릴 정도로 심부름 잘하고 착한 딸이었다. 초등학교 3학년 때 가정방문을 오신 선생님이 어머니께 나에 대해 말씀하셨다. "어머니, 덕순이는 수업시간에 발표력이 부족하고 너무 조용합니다. 하루 종일 그림자처럼 앉아있어 애가 교실에 있는지 없는지 잘 모르겠어요." 선생님이 다녀가신 지 며칠 지나자 어머니는 발표력이 부족하다는 나의 손을 이끌고 동네 웅변학원을 찾아 가셨다.

　당시 우리 집은 아버지가 일찍 돌아가시고 어머니 혼자서 육남매를 키워야 했던 어렵고 힘든 시절이었지만 어머니는 나의 단점을 극복할 수 있는 기회를 주신 것이다. 가정형편상 웅변학원은 한 달 남짓밖에 다니지 못했지만 웅변학원을 다닌 이후에 나는 서서히 발표에 자신감을 갖게 되었다.

나는 1982년 약학대학을 졸업하고 서울성모병원 근무를 거쳐 1986년에 약국을 개설했고 약국에서는 업무상 늘 환자와 상담을 해야 했다. 20대 후반인 젊은 여 약사인 나는 환자 대면상담에 자신이 없었고 나의 부족함을 뼈저리게 느꼈다. 환자가 방문해서 질문을 하면 환자의 얼굴, 아니 눈을 쳐다보지 조차 못했기 때문이다.

특히 나이 드신 남자분이 남성질환에 대해 질문을 하면 진땀이 나고 얼굴이 붉어지니 상담을 진지하게 할 수가 없었다. 나에겐 약국을 계속 해야 할지 말지 난감한 일이었던 것이다. 고민 끝에 나는 나의 단점을 고쳐보기로 마음을 먹었다.

약국 조제실에 집안 구석구석에 사람 얼굴을 그려 놓고 눈동자 쳐다보기 연습을 시작하였다. 그렇게 시작한 연습은 계속되어 어린 딸을 앉혀 놓고 환자와 상담하는 연습으로 이어졌다. 나는 상담 시 어린이나 노인들도 알아듣기 쉽게 설명하려고 노력했고 예화를 많이 사용하고 그림도 그려가며 설명해 보았다. 나의 어린 딸이 내 말을 이해하면 나의 설명은 성공한 것으로 생각하였다. 이렇게 나의 상담력은 하루하루 조금씩 발전해 나갔고 점차 약국 경영에 자신감이 붙기 시작하였다.

1997년 봄, 한 제약회사의 무좀약 "아킬레스 프로젝트"가 시작 되었다. 의약분업 전이라 직접조제를 해서 투약했는데 전국에서 판매 1위를 하였다고 마케팅 PM이 나를 찾아왔다. 일주일 동안 약국을 오가더니 어느 날 나에게 약국 마케팅 강의를 해달라고 하였다. 삼십대 중반인 나이에 한 번도 강의를 해본 적이 없었지만 나는 "내가 약국에서 하는 그대로 말하면 되겠지."라는 생각으로 용기를 내어 강단에 서게 되었다. 그날 이후 2000년 의약분업이 되기 전까지 나는 전국의 약사님들에게 마케팅 강연을 하며 바쁜 나날을 보냈으며 전국적인 스타 약사강사가 되었다.

의약분업 후에는 달라진 약국 환경에 적응하느라 바빴고 누워 계신 홀시아버님 병간호와 두 딸의 입시 준비 그리고 대학원 진학, 4년간의 경기도의원, 노인요양원 운영 등으로 바쁘게 지내게 되었다. 그러면서 자연스럽게 강연의 기회가 줄어들었고 간간이 약사회 연수교육 강연과 초·중·고교의 금연, 약물 오남용 강의와 노인대학의 재능기부 강연으로 20년간의 강사 명맥을 이어 오곤 했다.

2014년 페이스북에서 나는 우연히 한 광고를 보게 되었다. "Story 9, 즉 스토리를 구하라!"라는 강사 경연대회 광고였다. 그냥 지나치려다 호기심에 도전을 해보기로 했다. Story 9 강사경연대회에 참가한 이후에 나는 일반인을 상대로 하는 명강사의 꿈을 꾸게 되었다. 그래서 이화여대 평생교육원 최고명강사과정의 문을 두드렸고 지난 이년 동안 명강사의 강연을 듣고 배우면서 나의 부족함을 메꿔나갔다.

재능기부 강연으로 강의력을 증진시키며 정진하던 중 2016년 3월
22일 나는 한국 HRD협회로부터 "대한민국 인적자원개발 대상 명강
사 대상"의 수상자로 선정됐다는 소식을 들었다. 강사로서 영광스러
운 순간으로 기억된다. 나는 부끄럽지 않은 명강사가 되기 위해 그동
안 나름대로 열심히 노력했으니 이제 한숨 돌리고 천천히 해도 좋겠
다고 생각했다.

ㅣ (사)한국강사협회 대한민국명강사 경진대회(2016년)

그러던 어느 날 (사)한국강사협회로부터 한 통의 메일을 받았다.
2016년 대한민국 명강사 경진대회가 칠월에 열린다는 내용이었다.
올해는 너무 바빠서 지나쳐 버리려 하는데 "덕순아, 한번 도전해 보
자!" 하면서 내 가슴이 먼저 뛰고 있었다. 나중엔 하고 싶어도 기회가
안 올지도 모른다는 생각에 서둘러 지원서를 만들어 제출해 버렸다.

며칠이 지난 후 서류심사가 통과되었으니 예선 심사를 받으러 오라는 메일이 도착했다. 떨리는 마음으로 찾아간 예선 심사장에는 전국에서 모인 스물한 명의 명강사들이 모여 있었다. 일곱 명씩 세 개 조로 나뉘어 몇 시간의 심사가 진행되었고 마침내 여덟 명의 최종 결선 진출자가 확정되었다.

2016년 7월 22일 토요일 오후 효창운동장 인근의 백범기념관에는 여덟 명의 쟁쟁한 명강사들이 결선을 기다리고 있었다. 결선 진출자 여덟 명 중 단 세 명만 수상하고 명강사로 인증을 받을 수 있기에 다소간의 팽팽한 긴장감이 흐르고 있었다. 순서를 정하기 위해 유리 항아리에 손을 넣어 빼는 순간 나도 모르게 "아~" 하는 소리가 나왔다. 맨 마지막은 피했으면 했는데 여덟 번째 마지막 순서를 뽑았던 것이다.

첫 번째 강사가 나오고 명강의가 이어지고 일곱 명의 강의가 끝나가고 있다. 시계를 보니 오후 한 시에 시작한 강연이 다섯 시를 지나고 있었다. 나는 점심도 거르고 긴장하고 몇 시간을 기다리려니 강연을 하기도 전에 지쳐 버렸다. 하지만 떨리는 마음을 가다듬고 마포에 사시는 친정어머니와 친구분 그리고 남편이 응원하러 함께 왔으니 최선을 다해 보기로 마음을 먹었다. 올해 여든 여섯 되신 나의 어머니 앞에서 강연을 통해 재롱잔치를 한다고 생각하고 강연을 시작하였다. 나의 강연 제목은 "당신의 노후, 준비되셨나요?"였다.

고령화 시대 백세 장수를 하려면 필요한 항목을 몇 가지 언급하고 그중 가족 간의 소통이 중요하다는 것, 즉 자녀를 효자로 만들어야 장수하고 행복한 노후를 보낼 수 있다는 내용이다. 내가 삼십 년간 약국을 하면서 만났던 어르신들의 사례를 언급하고 나의 어머니의 기도와 사랑, 그리고 자식과의 소통에 관한 사례를 말씀드렸다. 마지막으로 십오 년간 누워계신 홀시아버님 모시고 시집살이 하면서 약국과 자녀를 키울 때 힘들었던 시간을 이겨 내기 위한 나의 노력과 비법을 강연에 녹여 내었다. 꿈과 도전정신, 열정을 가지고 선한 영향력을 끼치며 삶의 마지막에 후회 없는 삶을 살아 내자고 강연하면서 나도 모르게 눈물이 흘러 나왔다. 강연을 마친 후 청중들에게 나의 멘토이신 어머니를 소개해 드리자 우뢰와 같은 박수소리가 터져 나왔다.

 이윽고 모든 강연이 끝나자 여덟 명의 명강사들이 단상에 올라 각자의 소감을 말하는 시간이 되었다. 나는 오십 대 후반의 나이지만 재롱잔치 하는 마음으로 팔순의 어머니께 강연을 보여 드리고 함께

하는 시간이 되어서 감사하고 기쁘다고 말씀드렸다.

이윽고 세 명의 명강사의 이름이 불리어졌다. 첫 번째로 "박덕순 강사님!" 하는데 눈물이 핑 돌았다. 청중석에 앉아 계신 어머니께서 눈물을 흘리며 박수를 치고 계신다. 나는 "어머니, 감사합니다. 모든 것이 다 어머니의 기도 덕분입니다."라고 마음속으로 외치며 참석자들과 함께 수상의 기쁨을 누렸다. 동문들이 "약사 출신 최초의 대한민국 명강사 탄생이다."라며 축하해 주셨다.

나는 강연을 할 때 항상 나에게 되묻곤 한다. '나는 왜 이 자리에 서 있는가?'라고. 나는 내가 사는 동안 받은 많은 은혜와 감동을 혼자만 간직할 수 없어 누군가에게 나누고 싶어 강사의 길로 들어섰다. 앞으로도 힘들어 하는 분들을 손을 잡아주고 위로해 주는 약사강사로 기억되기 원하며 나의 길을 달려갈 것이다.

다음은 한국강사협회 초대회장을 역임한 이대 최고명강사과정 안병재 교수님께서 내가 대한민국명강사경진대회 우수상을 수상한 날 페이스북에 올리신 글이다.

"또 한 분의 명강사가 탄생되는 순간이다. 최단 시간에 '대한민국 명강사 HRD 대상', 그리고 '사)한국강사협회의 명강사'까지… 놀랍다. 강의도 강의이지만, 남다른 나눔과 섬김의 스토리… 강의가 끝나고… 명함을 받고 싶다고 줄을 서는 모습을 보면서… 선한 영향력에 박수를 보냈다…. 함께 응원을!!!"

효머니스트 박덕순 명강사의
어머니께 드리는 글

제목: '세상에서 가장 멋진 우리 딸'

이 글은 2015년 2월 19일 구정 아침의 일상이다.

구정 아침에 떡국을 끓여야 한다는 생각 탓인지 이른 새벽 4시에 잠이 깼다. 올해는 내가 약국 근처에 5층 건물을 지어 노인요양원을 운영한 지 9년째 되는 해이다. 매년 명절이면 요양원 입소하신 어르신께 음식을 대접하고 요양원에 방문하는 보호자들이 평소보다 많이 찾아오기에 원장인 나에게는 평소보다 매우 분주한 날이다. 때문에 정작 어머니께는 명절에 인사드리지 못하고 연휴가 끝나야만 찾아뵐 수 있다. 친정어머니께는 죄송하지만 나에겐 돌봐 드려야 하는 요양원 어버이가 계시니 대책이 없는 일이다. 더구나 오늘은 명절을 사흘 앞두고 몸이 아프다고 주방을 담당하는 직원이 퇴직한 상태라서 아침부터 삼십 명분의 떡국을 직접 끓이고 하루 종일 주방에서 근무하며 어르신과 직원들의 식사를 담당해야 한다.

이 세상에서 제일 소중한
우리 딸

무에서 유를 창조한
우리딸

그대 가슴에
꽃씨를 뿌리리라

꽃이자라 열매를 맺듯이
그대 가슴 속에 영원한 꽃이 피리라

엄마의 기도

　우선 어제 하루 종일 끓여 놓은 사골 국물에 양지와 사태고기를 넣고 직접 준비한 쌀떡을 넣고 계란을 풀고 남해에서 가져온 마늘과 싱싱한 대파를 큼직하게 썰어 넣었다. 그리고 이 떡국을 드시는 어르신들께서 더욱 건강한 한 해를 잘 지내시도록 돌봐 달라는 기도와 사랑의 조미료를 듬뿍 넣고 떡국이 끓기를 기다린다. 드디어 떡국이 완성되었다. 참기름과 후춧가루를 조금 넣고 간을 본다. 아~ 정말 내가 끓였지만 맛있는 떡국이다. "요리는 과학이다."라는 평소 내 생각대로 아무래도 약사는 요리에도 천부적인 감을 타고나는가 보다.

벌써 아침 일곱 시가 넘었다. 조금 있으면 아침식사 시간이다. 서둘러 나박김치도 꺼내고 생선전과 갈비찜, 온 가족이 합심해서 만든 동그랑땡과 나물도 상에 옮긴다. 요양원 2층과 4층에 큰 들통으로 2개, 삼십 인분의 떡국이 전달되고 나서야 나는 비로소 피곤하지만 뿌듯한 마음으로 모닝커피 한 잔을 마신다. 이제 우리 가족이 먹을 떡국을 다시 준비해야 하지만 잠시 쉬기로 하고 클래식 음악을 듣는다.

점심 식사 배식이 끝나고 남자어르신들이 계시는 4층에 들러 새해 인사를 드렸다. 서XX 어르신께서 나를 보고 반갑게 맞아 주신다. 눈물을 글썽이시며 나를 안아 주시며 "원장님이 끓여주신 떡국이 너무 맛있어요. 정말, 감사합니다." 하고 인사를 하신다. 또 다른 어르신은 "원장님, 어릴 때 떡국 먹고 오랜만에 맛있는 떡국을 먹어 보네요." 하신다. 나는 '어르신들께서 맛있게 드셔주셔서 제가 오히려 감사하죠.' 하면서 이른 새벽부터 단잠을 설치며 생긴 피곤함이 모두 사라지는 것을 느꼈다.

예전 같으면 지금부터는 서둘러서 친정에 가서 자매들과 함께 윷놀이도 하고 저녁도 먹고 쉬면서 명절연휴를 즐길 시간이다. 하지만 나는 친정어머니께 전화만 드리고 어르신들 간식을 준비한 뒤 서둘러 저녁 식사를 준비해야 한다. 하지만 잠시 짬을 내어 둘째 딸을 기다리는 친정어머니께 전화를 건다.

"따르릉~ 따르릉~" 어머니는 명절에 못 찾아뵙는 딸을 혹시나 하며 매번 기다리신다. 그래서 전화를 걸어 드려야 한다. 어머니께서 걱정하실까 봐 벌써 며칠 동안 요양원 어르신들 새벽밥을 해놓고 약국에 출근한 것은 말씀 못 드리고 명절 연휴에 주방직원이 병이 나서 어머니를 찾아뵙지 못한다고 둘째 딸을 기다리지 말라고 말씀드렸다. "아휴, 네가 노인들 돌보느라 고생이 많구나. 내가 가서 도와주면 좋은데⋯⋯." 하며 어머니는 걱정을 하신다. 나는 명절에 요양원에 찾아오는 보호자가 없는 어르신들께서 혹시 외로우실까 봐 서둘러 정성껏 어르신들 저녁 준비를 했다. 내겐 돌봐 드려야 할 스물여섯 명의 어머니, 아버지가 계시니 힘들다고 불평할 수도 없다.

명절 다음 날이다. 오늘은 구정 연휴 휴일지킴이 약국을 해야 한다. 일전에 약사회에서 보건소에 보고하기 위해 명절연휴 근무를 조사할 때는 요양원 주방아줌마의 퇴직을 예측 못했기에 30년 동안 매년 해왔던 휴일 지킴이 약국을 한다고 말씀 드렸다. 그런데 명절을 앞둔 요양원 주방 직원의 갑작스런 퇴직으로 벌써 며칠째 아침마다 새벽밥을 해온 터라 피곤이 쌓여 약국을 열기가 너무 힘들다. 더군다나 연휴에는 약국 직원도 모두 휴가 중이라 나 혼자 근무를 해야 한다.

오늘도 새벽 4시에 일어나 아침을 준비해 놓고 서둘러 약국 문을 열었다. 오전 10시쯤 되니 보건소에서 약국에 확인 전화가 왔다. 약

국에 들어오는 환자들마다 반가워하는 눈치다. 의왕역 너머 인근 군
포시 부곡동에서 문 연 약국을 찾아 이곳까지 물어물어 오셨다는 할
머니는 몇 번이고 "약사님, 약국 문을 열어 줘서 너무 너무 고마워."
하신다. 힘은 들지만 보람 있는 시간이다. 정신없이 일하다 보니 점
심시간이다. 명절 근무에는 식당이 거의 문을 닫기 때문에 도시락을
준비해 와서 대충 요기를 한다. 오후에 친정어머니께 전화가 왔다.
"덕순아, 엄마가 지금 세배 받으러 너희 약국으로 친구들과 가고 있
으니 조금만 기다려라." 하신다. 딸이 보고 싶으신 친정어머니께서
약국으로 오신단다.

의왕시에 약국을 개설하고 삼십 년이 되는 올해 초에 나는 무언가 기
념이 되는 일을 하고 싶었다. 회사나 공직에 삼십 년 근무하면 해외연
수라는 포상이라도 있겠지만 개국약국을 하는 약사는 스스로 기념을
해야 한다. 삼십 년 동안 약국을 경영할 수 있는 건강을 주심에 감사하
고 나를 신뢰하고 찾아 주는 고객들에게도 감사하는 마음과 삼십 년 동
안 열정적으로 약사의 직무를 감당한 내 자신에게도 상을 주고 싶은 생
각이 들었다. 15년 된 1999년도 그랜저를 타고 다니는 나에게 남편은
삼십 년 동안 고생했으니 이번에 자동차를 새로 장만하라고 한다.

하지만 나는 장고 끝에 손온누리약국을 리모델링하기로 하고 1월
말에 실천에 옮겼다. 며칠 밤을 새워 약국의 변신을 시도하였더니 나
의 약국은 삼십 년 된 약국이 아니라 새로 오픈한 드럭스토어형 약
국의 모습으로 재탄생하였다. 나는 그동안 미뤘던 POS시스템, 바코

드 리더기, 복약 지도용 컬러봉투도 도입하고 약사 가운도 새로 주문해서 입고 삼십 년 전 설레던 초심으로 돌아가 새로운 열정을 가지고 맞는 환자의 눈높이에 맞는 약국을 해야겠다고 생각했다.

약국 리모델링이 끝난 뒤 결과는 기대 이상이었다. 약국에 오시는 단골 고객은 물론 좋아하셨고 이후 젊은 층 고객도 늘어나고 매출의 신장도 일어났으며 새로운 쾌적한 환경에서 즐겁게 일하면서 고객들로부터 칭찬도 보너스도 받았으니 말이다. 이런 모습을 친정어머니께 말씀드렸더니 친구분과 새로 단장한 약국을 구경 삼아 오시겠다고 하신다.

해가 져갈 무렵 친정어머니께서 약국에 도착하셨다. 친정 마포에서 의왕역까지는 지하철로 한 시간 반 이상 걸리는 먼 거리다. 여든 다섯의 노구에도 바쁜 딸이 보고 싶어 어머니는 내가 좋아하는 곶감과 유과, 불고기, 과일을 싸가지고 한걸음에 달려오셨다. 추운 겨울에 이 먼 곳까지 오신 어머니를 뵙고 내가 어머니께 불효를 하는 것이 아닌지 걱정이 되었지만 다행히 어머니는 건강해 보이셨다.

친구분과 약국을 둘러보시고 너무 멋지다고 외국에 있는 약국 같다고 감탄을 하신다. 꽃을 좋아하시는 어머니는 약국 리모델링 선물로 받은 활짝 핀 서양란과 향기를 머금은 동양란을 보고 기뻐하셨다. 오늘은 구정연휴라 오후 7시까지 약국근무를 하기로 했기에 서둘러 약국 문을 닫고 어머니를 모시고 우리 집으로 향했다. 내가 새벽에 일찍 일어나 만들어 놓은 새콤달콤한 도라지무침, 시원한 나박김치에 생선전과 어머니가 가져오신 불고기, 그리고 명절 끝에 잘 어울리는 시원하고 얼큰한 대구매운탕까지 한 상에 차려 어머니와 친구분께 저녁을 대접하였다. 어머니께서는 "아이고, 참 맛있다, 요양원 주방아줌마가 없다고 해서 걱정했는데 간도 잘 맞고 음식이 너무 너무 맛있구나." 하며 칭찬해 주셨다.

삼남 삼녀 중 넷째인 나는 철들 무렵부터 어머니를 기쁘게 해드리기 위해 공부를 열심히 했고 어머니의 칭찬과 격려 덕분에 약대에 갈 수 있었다. 지금은 나이가 들었지만 어머니의 칭찬과 격려를 받으면 항상 행복하다.

저녁 식사가 끝난 뒤 늦었지만 친정어머니께 세배를 올렸다. 어머니께서는 세배를 받으시고 딸과 사위, 그리고 손녀딸에게 세뱃돈을 주셨다. 어머니께서 내게 주신 세뱃돈 봉투에는 다음과 같은 기도문이 적혀 있었다.

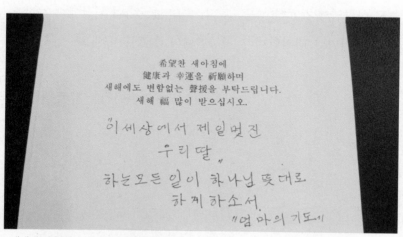

希望찬 새아침에
健康과 幸運을 祈願하며
새해에도 변함없는 聲援을 부탁드립니다.
새해 福 많이 받으십시오.

이세상에서 제일멋진
우리딸,
하늘모든 일이 하나님 뜻대로
하게 하소서.
"엄마의 기도에"

▎새해에 받은 어머니의 연하장(2017년)

세상에서 제일 멋진 우리 딸! 하는 모든 일이 하나님 뜻대로 되기를 기도한다.

-엄마의 기도-

나는 어머니의 세뱃돈을 받고는 가슴이 뭉클해졌다. 여든 다섯의 나이에 보고 싶은 딸을 찾아오셔서 세뱃돈을 주실 만큼 건강하심에 감사하지만 어머니의 세뱃돈을 언제까지 받을 수 있을까 하는 생각에 이내 눈시울이 붉어졌다.

나는 어머니의 세뱃돈을 받고는 쓰지는 못한다. 일 년 내내 어머니의 세뱃돈을 핸드백에 넣고 다니며 생각 날 때마다 꺼내보고 어머니가 건강하고 행복하게 사시길 기원한다. 나는 내년에도 후년에도 어머니의 세뱃돈을 계속 받을 수 있기를, 어머니께서 장수하시기를 오늘도 하나님께 간절히 기도드린다. 나의 멘토이며 세상에서 가장 멋진 나의 어머니, 감사합니다, 사랑합니다. 늘 건강하세요~

-사랑하는 둘째 딸 드림-

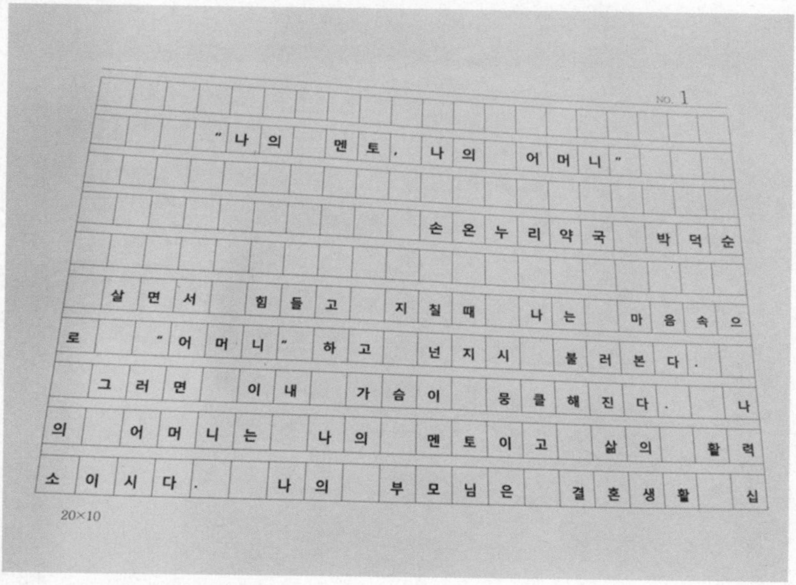

NO. 1

"나의 멘토, 나의 어머니"

손온누리약국 박덕순

살면서 힘들고 지칠때 나는 마음속으로 "어머니" 하고 넌지시 불러본다. 그러면 이내 가슴이 뭉클해진다. 나의 어머니는 나의 멘토이고 삶의 활력소이시다. 나의 부모님은 결혼생활 십

20×10

ㅣ어버이날 선물로 드린 감사의 편지

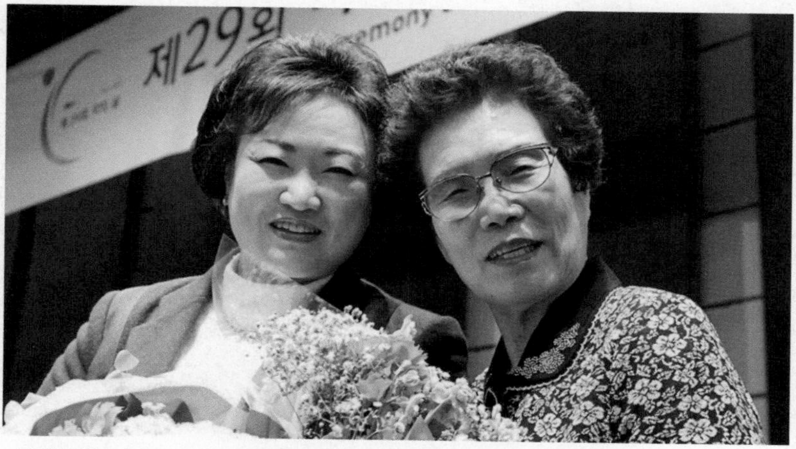

ㅣ보건복지부장관상 수상당시 나의 멘토이신 어머니와 함께(2016년)

ㅣ 여약사신문 창간호 표지모델(2000년)

다시 꿈을 꿀 수 있다면 모두가 청춘이다!

　초등학교 시절 선생님이 장래의 희망을 적어 오라고 하시면 나는 늘 고민에 휩싸이곤 했다. 공책에 적어놓은 꿈은 대략 30개가 넘었다. 공책의 칸이 모자랄 정도였다. 늘 호기심과 꿈이 많았던 나의 모습은 오랜 세월이 흐른 지금도 별로 변하지 않은 것 같다. 아직도 나는 꿈을 꾸고 있기 때문이다. 그리고 아주 간절하게 꾸었던 꿈들은 대부분 이뤄졌다. 이룰 수 없었던 안타까운 꿈들도 있었지만 그래도 괜찮다. 왜냐하면 그 꿈을 이루기 위해 내가 노력했던 시간들은 아주 소중했고, 전혀 버릴 게 없을 만큼 가치로웠기 때문이다.

　지금까지 살아오면서 남들보다는 많은 경험을 해왔다고 자부한다. 약사로서의 전문성 있는 직업을 가졌고, 정치인으로 살아도 보았다. 그리고 필생의 꿈이었던 노인요양원을 설립하고 운영하기도 했다.

　욕심이 많다 여길지는 모르겠지만 아직도 앞으로 이루고 싶은 꿈들이 많다. 10년 동안 노인요양원을 운영하는 동안 생긴 꿈이다. 바로 복지의 사각지대에서 발견되는 장기 요양보험 등급이 없는 독거노인에 대한 돌봄을 해결하기 위한 미래형 실버타운을 만들어 운영하는 것이다.

내가 그리는 미래형 엘림 실버타운은 복합적인 기능을 가진 노인 시설이다. 이를 위해 아주 다양한 것을 구상해왔다.

첫째는 거동이 자유로운 건강한 노인이지만 혼자 살기에는 불편한 경중의 노인 환자를 위한 소규모 실버하우스를 만드는 것이다. 이곳은 노인의 프라이버시를 존중하고 각자의 삶의 흔적들을 유지하며 친지들이 자유롭게 찾아와서 함께 머물 수 있는 빌라 형태의 실버하우스이다. 실버하우스는 최신 U-Health Care 시스템을 도입하여 입소자의 건강상태를 실시간 파악할 수 있다.

둘째는 법인형 노인요양병원을 입주시키는 것이다.

셋째는 노인 장기 요양보험 적용이 가능한 노인요양원 시설을 갖추는 것이다.

넷째는 어르신들의 삶의 질을 높이기 위해 스포츠 센터를 갖추는 동시에 원예치료센터, 요리교실, 다도, 요가 등 취미 생활을 할 수 있도록 배려할 생각이다.

마지막으로는 입소 어르신과 가족을 위한 힐링센터를 만드는 것이다.

어르신의 돌봄 문제로 가족 구성원들이 다투는 것을 많이 보았다. 이런 불화로 인해 요양원에서도 어르신들이 돌아가실 때까지 가족들이 면회도 오지 않는 경우가 있었다. 너무 안타까워 내가 나서서 가족들을 서로 화해시키고, 어르신과 가족들의 상처를 감싸주어서 평온하게 천국으로 보내드린 경험이 있다. 이때 나는 매우 큰 보람을 느꼈다.

이런 경험을 바탕으로 내가 구상한 것은 어르신들의 실버하우스 옆에 가족을 위한 게스트하우스를 만드는 것이다. 이 게스트하우스는 힐링센터가 될 것이다. 차별화된 미래형 엘림실버타운의 섬김과 돌봄 서비스가 전 세계적으로 유명해져서 다른 나라의 노인들까지 요양하러 오는 경지에 이르는 것이 내 꿈이다.

요즘 내가 아주 큰 열망을 품고 도전하고자 하는 또 하나의 꿈은 바로 좋은 작가와 강연자가 되는 것이다. 따뜻한 글과 말로 좌절하는 청춘들에게, 가족 해체와 우울증에 시달리고 자살을 생각하는 분들에게 원기와 힘을 북돋우는 역할을 하고 싶은 것이 내밀한 꿈이다.

전에 "스토리를 구하라!"라는 타이틀을 가진 강연 오디션에 참석한 적이 있다. 이 오디션에 도전하고 나서 나는 내 부족한 점을 찾아낼 수 있었다. 이 단점들을 보완하고 장점들을 부각시켜서 더 구체적으로 준비하고 있다.

그리고 내 인생이 끝나는 날까지 놓칠 수 없는 마지막 꿈은 하나님의 목소리와 뜻을 증명하는 간증 사역을 이루는 것이다. 그동안 내게 역사하시고 살아계신 하나님의 도우심과 사랑을 다른 이들에게도 알려주고 싶다.

사실 나는 한국 여의도에서 개최된 '1980년 세계 대부흥회'에서 하나님께 해외선교사로 나가겠다고 자원한 적도 있었다. 그리고 생활인으로 살아가면서도 일터나 가정, 지역 사회 곳곳마다 선교사로 봉사를 한다는 생각으로 살아왔다. 누군가에게 힘을 주는 '빛과 소금'이 되고자 했다.

하나님은 내가 간증사역 하기를 원하신다고 생각한다. 언제일지 모르지만 그때를 위해 기도하며 준비하고 있다.

사실 도의원 시절 사당동에 위치한 실업인선교회에서 간증을 부탁 받은 적이 있다. 처음 해보는 간증이라 떨리고 두려웠지만 기도하면 서 나름 최선을 다해 준비했다.

간증이 끝날 무렵 나와 참석자들은 모두 성령 충만하여 눈물을 흘리며 은혜를 받았다. 간증을 하며 가슴이 떨렸고 내 안에 성령님이 함께 하심을 느꼈다. 동시에 잠재해 있던 나의 개인적인 문제들도 해결되는 은혜와 기적도 경험했다.

이런 여러 나의 꿈들을 나는 절대 불가능한 것으로 여기지 않는다. 충분히 가능하다. 꿈꾸기 시작한 순간부터 이미 절반은 이루기 시작한 것이라 믿는다.

"그때 그 일을 했더라면….'

"그때 그 일을 하지 않았더라면….'

사람들은 대부분 이런 말을 하며 과거에 대한 미련과 후회로 아까운 시간을 허비하곤 한다. 하지만 나는 그런 시간을 차라리 다른 것을 꿈꾸는 시간으로 만들기 위해 노력했다.

물론 허황된 꿈을 좇으라는 말은 아니다. 꿈을 꾸는 일이 쉽지만은 않다. 꿈꾸기는 에너지가 엄청 많이 드는 일이다. 꿈을 현실로 바꾸기 위해 겪어야 하는 변화는 안일한 일상을 흔들 수도 있다. 하지만 변화 없이는 결코 나아질 수 없다. 인생의 안전지대만 찾다 보면 세상 속에 내가 넓힐 수 있는 공간은 점점 줄어든다.

나는 나이가 드는 것이 두렵지만은 않다. 기대하며 즐기기까지 한다. 비록 20대의 열정은 옅어졌는지는 모르지만 노련함과 여유와 내공을 갖추는 것을 느낄 때마다 스스로 자랑스럽다. 50대 이후부터는 깊이 있는 변화, 과감한 융합, 미친 몰입, 봉사 등이 모두 가능하다.

물리적인 나이는 중요하지 않다. 주름살과 흰머리가 꿈을 가로막는 것은 아니다. 다시 꿈꾸기 시작하는 사람들은 모두가 청춘이다.

어떤 일을 진심으로 하고 싶다면
아무리 바빠도 시간을 쪼갤 것이다
사람들이 일을 벌이지 않는 것은
그만큼 간절히 원하지 않기 때문이다
그러면서 애꿎은 시간 탓만 한다
-제이슨 프라이드, 〈똑바로 일하라〉-

인생의 '만병통치약'을 통해 행복한 에너지가
팡팡팡 샘솟으시기를 기원드립니다!

권선복

도서출판 행복에너지 대표이사
영상고등학교 운영위원장

　　살면서 잔병치레 한 번도 앓지 않은 사람은 없을 것입니다. 아프면 누구나 병원에 가고, 진찰을 받고, 또 처방전을 받아 약국에 가곤 합니다. 처방전에는 그 병증을 낫게 하기 위해 먹어야 하는 약의 목록이 기록되어 있습니다. 적재적소에 작용하는 약은 아픈 증상을 낫게 해 주고, 몸을 다시 건강하게 만들어 줍니다. 그러니 처방전은, 우리가 잠시 헤매거나 고민하고 있을 때, 이렇게 하면 된다고 일러주는 일종의 지침이라고도 말할 수 있을 것입니다.

『행복한 인생을 위한 처방전』은 올해로 개업 32주년을 맞은 약사인 저자가 약사로서, 또 여성으로서, 한 가정의 며느리, 아내, 또 어머니로서 치열하게 살아온 삶을 생생하게 풀어내고 있는 에세이입니다. 효孝의 개념이 점점 더 희미해져만 가는 오늘날, 자신을 '孝머니스트'라고 자신 있게 소개하며 봉사하는 삶을 살아가고 있는 저자의 따뜻한 마음이 독자들로 하여금 감동을 느끼게 합니다. 그런 따뜻한 마음과 저자의 도전정신이 만나 열정적인 삶으로 승화된 것이 아닌가 싶습니다.

우리는 이 책을 통해 저자로부터 '행복한 인생'을 살 수 있는 지침인 '처방전'을 받았습니다. 배려심과 이타심, 포기하지 않는 끈기와 도전, 열정, 그리고 늘 '감사'하며 순간순간을 사는 것이 바로 그 처방전에 적힌 약들입니다. 이 책이 부디 인생의 '만병통치약'이 되기를 바라오며, 모든 독자분들의 삶에 행복과 긍정의 에너지가 팡팡팡 샘솟으시기를 기원드립니다.

하루 5분 나를 바꾸는 긍정훈련
행복에너지

'긍정훈련' 당신의 삶을 행복으로 인도할
최고의, 최후의 '멘토'

'행복에너지 권선복 대표이사'가 전하는
행복과 긍정의 에너지, 그 삶의 이야기!

권선복

도서출판 행복에너지 대표
대통령직속 지역발전위원회
문화복지 전문위원
새마을문고 서울시 강서구 회?
한국정책학회 운영이사
영상고등학교 운영위원장
아주대학교 공공정책대학원 졸
충남 논산 출생

국민 한 사람, 한 사람이 모여 큰 뜻을 이루고 그 뜻에 걸맞은 지혜
로운 대한민국이 되기 위한 긍정의 위력을 이 책에서 보았습니다.
이 책의 출간이 부디 사회 곳곳 '긍정하는 사람들'을 이끌고 나아
가 국민 전체의 앞날에 길잡이가 되어주길 기원합니다.

** **이원종** 前 대통령 비서실장/서울시장/충북도지사

'하루 5분 나를 바꾸는 긍정훈련'이라는 부제에서 알 수 있듯 이 책
은 귀감이 되는 사례를 전파하여 개인에게만 머무르지 않는, 사회 전
체의 시각에 입각한 '새로운 생활에의 초대'입니다. 독자 여러분께서
는 긍정으로 무장되어 가는 자신을 발견할 수 있을 것입니다.

** **조영탁** 휴넷 대표이사

권선복 지음 | 15,0(